古典文獻研究輯刊

十三編

曾永義 主編

第3冊

摯虞研究（下）

徐昌盛 著

國家圖書館出版品預行編目資料

摯虞研究（下）／徐昌盛 著 — 初版 — 新北市：花木蘭文化
出版社，2016〔民 105〕
目 2+156 面；19×26 公分
（古典文學研究輯刊 十三編；第 3 冊）
ISBN 978-986-404-579-2（精裝）
1.（晉）摯虞 2. 經學 3. 中國文學
820.8   105002160

古典文學研究輯刊
十三編 第 三 冊   ISBN：978-986-404-579-2

摯虞研究（下）

作　　者　徐昌盛
主　　編　曾永義
總 編 輯　杜潔祥
副總編輯　楊嘉樂
編　　輯　許郁翎
出　　版　花木蘭文化出版社
社　　長　高小娟
聯絡地址　235 新北市中和區中安街七二號十三樓
　　　　　電話：02-2923-1455 ／傳眞：02-2923-1452
網　　址　http://www.huamulan.tw 信箱 hml 810518@gmail.com
印　　刷　普羅文化出版廣告事業
初　　版　2016 年 3 月
全書字數　315561 字
定　　價　十三編 20 冊（精裝）新台幣 38,000 元

摯虞研究（下）

徐昌盛　著

目次

第四章 西晉文學視野中的摯虞文學研究

　　根據《文章流別集》中作家作品的選錄情況，復檢《文章流別論》的理論說明和作品評論，再審視摯虞的文學創作情況，可以發現，西晉文人很是重視兩漢的文學作品，並將其作爲自身創作的模擬對象。摯虞又多次參加文學活動，如元康三年愍懷太子的釋奠禮詩文唱和和尚書省同僚外調任職的詩歌贈答等，與當時的文人來往密切，「八王之亂」後，文人產生了分化，一部分人涉獵政治、孜孜於事功，而另一部分人供職內府、繼續治學，摯虞正代表了後一種傾向。摯虞的文學思想，主要體現在《文章流別論》中，而與李充的《翰林論》既有聯繫也有區別，反映了兩晉學風和文風的變化；而摯虞、李充的文論立場屬於史學家，與曹丕、陸機的文學家立場頗有異同，體現了摯虞在文學批評史的價值。

第一節　從《文章流別集》看西晉文人的漢代情結

　　通過分析《文章流別集》的作家作品選擇和《文章流別論》的理論宣示，並考察摯虞的文學創作，我們發現摯虞對兩漢的文章給予了很高的重視。這種對漢代文學的追慕，不能僅僅看作摯虞的個人意識，實際上反映了西晉文人普遍的漢代情結。

一、《文章流別集》對兩漢文章的表彰

　　摯虞的文學思想主要反映在《文章流別論》中，《文章志》也略提供了一

些材料。《文章流別集》久佚，已無法通過具體的篇目選擇來討論摯虞的文學思想，但《文章流別論》中所涉及的作品必然爲《文章流別集》所選錄，這些作品也反映了他對文學史和作家作品的評價。

（一）西晉文人的漢代文學觀包括建安年間的創作

今天的學者，大抵將建安文學作爲曹魏文學的重要部分來研究，這是符合歷史事實的。自從建安元年，曹操挾漢獻帝遷都鄴城，實際執掌了漢柄，獻帝只是拱默備位而已。但在魏晉之際的人們看來，建安仍然是漢代的年號，儘管曹操後來追諡爲魏武帝，但畢竟是稱臣終年，與獻帝的君臣名分尚在。西晉人的態度，可以從兩次「議立晉書限斷」中窺略，儘管司馬氏從正始元年的高平陵政變後開始執掌魏柄，但最終仍是泰始開元得到了廣泛認同，這其實反映了正名的社會思潮。

西晉共有兩次議立晉書限斷：第一次發生在武帝時候，當時的意見主要有兩類：一是荀勗的以正始起年，一是王瓚的以嘉平開元；第二次發生在惠帝元康七、八年（297～298）間。後一次的討論影響比較大，朝廷三公也進行過問，各種意見針鋒相對，但賈謐「請從泰始爲斷」的意見佔有主流地位，《晉書·潘岳傳》載「諡《晉書》限斷，亦岳之辭也」，那麼賈謐的意見來自於潘岳。其它有從正始起年和嘉平起年的議論，一從司馬懿任太傅輔政，一從誅滅曹爽集團後總執軍政大權開始，都考慮到司馬氏實際掌權的情況。賈謐以泰始爲晉開元，考慮到禪代之後才有了晉朝的聲名，這種意見獲得了廣泛的認同。東晉干寶修《晉紀》，「上自宣帝迄於建興，凡五十三年，成二十卷」〔註1〕，似以司馬懿爲斷，但說五十三年，武帝泰始元年是 265 年，愍帝建興五年是 317 年，則宣帝當爲武帝之誤，干寶應是以泰始開元。

既然西晉人談本朝的開元，同意以泰始爲斷，那麼以此繩律漢魏之際的情況，亦可以斷定西晉人心目中的漢代文學是包括建安文學的。

西晉的司馬彪（？～306）《續漢書敘》的斷代年限可以提供直接的證據，本傳載：

> 以爲「先王立史官以書時事，載善惡以爲沮勸，撮教世之要也。是以《春秋》不修，則仲尼理之；《關雎》既亂，則師摯修之。前哲豈好煩哉？蓋不得已故也。漢氏中興，訖於建安，忠臣義士亦以昭

〔註1〕〔唐〕許嵩：《建康實錄》，第 188 頁。

著，而時無良史，記述煩雜，譙周雖已刪除，然猶未盡，安順以下，
亡缺者多。」彪乃討論眾書，綴其所聞，起於世祖，終於孝獻，編
年二百，錄世十二，通綜上下，旁貫庶事，為紀、志、傳凡八十篇，
號曰《續漢書》。〔註2〕

司馬彪是西晉的宗室，高陽王司馬睦長子，認為後漢止於獻帝、迄於建安，
並撰成《續漢書》，應該是反映了西晉人的共同態度。

（二）摯虞提及的作家作品以兩漢為主

根據俞士玲《摯虞〈文章流別集〉考》〔註3〕的收集情況，共有文體十二
種，分別是賦、詩、七、設論、漢述、頌、銘、箴、誄、哀策、哀辭、圖讖
等；作家二十二名（含荀子和賈誼），作品若干篇。作者按照文體和題材順序
做了排列，並注意與《文選》、《文心雕龍》的比較，極便使用。茲依據作家
卒年排列如次：

作家	生卒年	作　　品	備　註
屈原	前 339～？	《離騷》、《九歌》、《九章》	
宋玉	屈原弟子	《九辨》	《高唐賦》、《神女賦》，無顯證
荀子	前 314？～271？	《禮》、《智》	無顯證
賈誼	前 200～前 168	《鵩鳥賦》	無顯證
枚乘	？～前 140	《七發》	
東方朔	前 140？～？	《答客難》	
司馬相如	？～前 118	《子虛賦》、《上林賦》	
揚雄	前 53～後 18	《羽獵賦》、《長楊賦》、《趙充國頌》、《解嘲》、《十二州箴》、《二十五官箴》	
王莽	前 45～後 23	《鼎銘》	
史岑		《出師頌》、《和熹鄧后頌》〔註4〕	

〔註2〕　《晉書・司馬彪傳》卷八二，第 2141～2142 頁。

〔註3〕　見俞士玲：《西晉文學考論》，南京：南京大學出版社 2008 年版，第 199～200
頁。

〔註4〕　西漢末東漢初，史岑有兩人，曹道衡、沈玉成：《中國文學家大辭典・先秦漢
魏晉南北朝卷》（中華書局 1996 年版）分開著錄，見第 79 頁；又王立群《〈文

作家	生卒年	作　品	備　註
班彪	3～54	《北征賦》	
傅毅	？～90？	《顯宗頌》	
崔駰	？～92	《達旨》	
班固	32～92	《兩都賦》、《幽通賦》、《漢述》	
班超	班固之妹	《東征賦》	
張衡	78～139	《二京賦》、《思玄賦》	
崔瑗	77？～142？	《杌銘》	
馬融	79～166	《廣成頌》、《上林頌》	
朱穆	100～163	《鼎銘》	
胡廣	91～172	《百官箴》	
蔡邕	133～192	《太尉楊公碑》、《玄表賦》	
陳琳	156～217	《武獵賦》	
王粲	177～217	《羽獵賦》、《贈蔡子篤詩》、《贈文叔良》、《贈士孫文始》、《贈楊德祖》、《爲潘文則作思親詩》、《硯銘》	
應瑒	？～217	《西狩賦》	
劉楨	？～217	《大閱賦》	
託名蘇武和李陵		李陵與蘇武詩	
託名枚乘		古詩	

　　以上作家作品的資料來源是《文章流別論》，這也是最可靠的《文章流別集》的作品依據，所錄作家除屈、宋、荀子外，其餘都來自兩漢。另外《文章志》也涉及作家作品若干，尤其較多地提及後漢曹魏作家作品，但《文章志》是作家的小傳，重在交待其生平和著作情況，儘管也提及一些作品，但可能受制於《文章流別集》的編纂思想，並不一定能入選其中，譬如「（桓）

選〉成書考辨》也確認有兩個史岑「一位當王莽末，字子孝，一位當東漢時，字孝雲」，摯虞等人誤將《出師頌》、《和熹鄧后頌》繫於史子孝名下，據其內容，實爲史孝雲所作，可從，見《文學遺產》2003 年第 3 期。但本文意在考察摯虞的文學思想，故不改。

麟文見在者十八篇，有碑九首，誄七首，《七說》一首，《沛相郭府君書》一首」〔註5〕，所提及的《七說》和《沛相郭府君書》是文體不類碑誄但又要湊足十八篇之數的產物。

但《文章志》的著錄不無價值，茲將提及的作家卒年排列如下：

作　家	生卒年	作　品	備　註
史岑	（王莽末）		以文章顯
劉玄	明帝時	《簀賦》	
傅毅	？～90？	《琴賦》	
桓麟	108？～148？	《七說》一首，《沛相郭府君書》一首	碑九首，誄七首
崔烈	？～194？		
周不疑	193～209	《文論》四首	
阮瑀	？～212		
潘勖	160？～215	《魏公九錫策文》	「以文章顯」〔註6〕
劉修	劉表（142～208）子		著詩賦頌六篇
陳琳	156～217		
徐幹	171～218	《中論》二十篇	
王粲	177～217		
繆襲	186～245		
應璩	190～252		
應貞	？～269		

《文章志》涉及的作家中，只有史岑、傅毅、陳琳、王粲與《文章流別論》所錄相同，而提及的作品卻無一為《文章流別論》所論述。無論如何，這些作品對於理解摯虞對漢代文學的提供具有同樣的價值。

（三）摯虞的文學史思想中對兩漢文學的表彰

《文章流別集》所選的作家作品，反映了摯虞的文學史思想。賦、頌兩體，存世較多，茲以此兩種文體為例，分析摯虞對漢代文學的態度。

〔註5〕　《後漢書・桓彬傳》李賢注，第1260頁。
〔註6〕　《衛覬傳》：「建安末河南潘勖，黃初時河內王象，亦與覬並以文章顯。」

　　先看賦體。《文章流別集》選了哪些賦作？具體作家和年代分佈又是怎樣？這些關係到摯虞對賦史的認識。茲引《文章流別論》相關內容，再進行歸納總結。

　　《藝文類聚》等類書引《文章流別論》有「司馬遷割相如之浮說，揚雄疾辭人之賦麗以淫」〔註7〕，「前世爲賦者，有孫卿、屈原，尚頗有古之詩義，至宋玉則多淫浮之病矣。《楚詞》之賦，賦之善者也。故揚子稱賦莫深於《離騷》；賈誼之作，則屈原儔也」〔註8〕。《文選》班彪《北征賦》李善注引《流別論》云：「更始時，班彪避難涼州，發長安至安定，作《北征賦》也。」〔註9〕《文選》曹大家《東征賦》李善注引《流別論》云：「發洛至陳留，述所經歷也。」〔註10〕《古文苑》卷七《羽獵賦》章樵注引《文章流別論》云：「建安中，魏文帝從武帝出獵。賦，命陳琳、王粲、應瑒、劉楨並作。琳爲《武獵》、粲爲《羽獵》、瑒爲《西狩》、楨爲《大閱》。凡此各有所長，粲其最也。」〔註11〕見載於其它資料的有關摯虞論賦的還有：「摯虞論蔡邕《玄表賦》曰：『《幽通》精以整，《思玄》博而贍，《玄表》擬之而不及。』余以仲治此說爲然也。」〔註12〕這條材料沒有明確提及出處，孫詒讓《札迻》卷一〇以爲出於摯虞《文章流別論》，察其內容，理應如此。

　　摯虞將《楚辭》視爲賦的一種，反映了晉人受《漢書・藝文志》的分類影響，仍然堅持辭賦不分的觀念，到了梁代，《楚辭》已經成爲獨立的文體，《文選》將其列爲單獨一類，反映了蕭統等有意區別屈原作品與賦的意識。又「七」體已經獨立，儘管《七發》是大賦的濫觴，但不計入賦類討論。

　　《文章流別集》選錄的作家作品耳熟能詳，都是傳世名篇，在摯虞之前的賦論家，如皇甫謐《三都賦序》和陸機《遂志賦序》也大抵涉及，因此說《文章流別集》選擇了當時公認的佳作。《文章流別集》中賦的題材，俞士玲根據《文選》分類方式，共區分爲七個小類，各附篇目，筆者稍有增補並羅

〔註7〕　《藝文類聚》卷五六，第 1018 頁。

〔註8〕　《藝文類聚》卷五六，第 1002 頁；《太平御覽》卷五八八，第 2644 頁。《北堂書鈔》卷一〇二，第 429 頁。

〔註9〕　《文選》卷九《北征賦》李善注引，第 142 頁。

〔註10〕　《文選》卷九，第 144 頁。

〔註11〕　《古文苑》卷七章樵注引，《四部叢刊》景常熟瞿氏鐵琴銅劍樓藏宋刊本。

〔註12〕　《金樓子・立言篇第九下》，第 925 頁。

列道：《楚辭》類有《離騷》、《九歌》、《九章》、《九辨》、《高唐》、《神女》、《鵩鳥》等；京都類有《兩都》、《二京》；田獵類有《子虛賦》、《上林賦》、《羽獵賦》（揚雄）、《長揚賦》、《武獵賦》、《羽獵賦》（王粲）、《西狩賦》、《大閱賦》；紀行類有《北征賦》、《東征賦》；志類有《幽通賦》、《思玄賦》、《玄表賦》；又有荀卿賦《禮》、《智》等等。

　　《文章流別集》所提及的賦作家有屈原、宋玉、荀卿、賈誼、司馬相如、揚雄、班彪、班固、曹大家、張衡、蔡邕、王粲、陳琳、應瑒、劉楨等，具體來看，屬於先秦的作家 3 人，作品 8 首（「九」作俱算 1 首）；西漢的作家 3 人，作品 5 首；東漢的作家 9 人，作品 10 首。兩漢共有十二人，體現了漢賦的繁榮和典範作用。

　　同時，這也反映了摯虞心目中的賦作的起源和發展的歷程，賦來源於屈原的《離騷》，也是後世騷體賦的模擬對象；荀卿賦的鋪陳方式也影響到大賦的寫作手法；宋玉是屈原的弟子，在賦的創作中很有成就；西漢的賈誼創作了騷體賦《鵩鳥賦》，很有影響力；而司馬相如和揚雄，在東漢已經是人們作賦的楷模，東漢魏晉的賦論中頗多推崇馬揚的論述；班固《兩都》、張衡《二京》，代表了京都賦的巔峰，也使京都賦盛極難繼；東漢時代，小賦的創作越發繁榮，賦的創作已經不再困難，因此作品也越發紛紜。

　　《文選》所收錄的騷體和賦體的戰國兩漢部分，基本與《文章流別集》相同，如宋玉、張衡各收四首，司馬相如、揚雄各收三種，班固收兩種，大略情況類似，因此《文選》很可能參考了《文章流別集》。

　　次看頌選。摯虞《文章流別論》說：

> 頌，詩之美者也。古者聖帝明王，成功治定而頌聲興。於是史錄其篇，工歌其章，以奏於宗廟，告於神明，故頌之所美，則以為名，或以頌形，或以頌聲，其細已甚，非古頌之意。昔班固為《安豐戴侯頌》，史岑為《出師頌》、《和熹鄧后頌》，與《魯頌》體意相類，而文辭之異，古今之變也。揚雄《趙充國頌》，頌而似雅，傅毅《顯宗頌》，文與《周頌》相似，而雜以風雅之意。若馬融《廣成》、《上林》之屬，純為今賦之體，而謂之頌，失之遠矣。〔註13〕

摯虞所提及的代表作家作品有揚雄《趙充國頌》，史岑《出師頌》、《和熹鄧后

〔註13〕　《藝文類聚》卷五六，第 1018 頁。《太平御覽》卷五八八，第 2647 頁。《北堂書鈔》卷一〇二，第 430 頁。

頌》，傅毅《顯宗頌》，班固《安豐戴侯頌》，馬融《廣成頌》、《上林頌》等，俱屬於漢代的作家作品。俞士玲認爲摯虞不收馬融的兩篇頌，若果眞如此，摯虞就無法落實「流別」的要求。

「頌」本是《詩經》六義之一，《周頌》、《魯頌》、《商頌》是最早的規範，漢儒歸納它們的特點是「美盛德之形容」，主要是歌頌聖帝明王的治國業績，目的是告祭祖先和神靈。頌在發展過程中，或重視對形象的描寫，或致力於對音樂的關注，發展趨向日益細微，脫離了古頌的規範。班固、史岑等人作品，還像古頌，只是文辭發生了變化，這是語言發展的自然結果。但揚雄的頌作，與「雅」體相似，又傅毅之作，雜以風雅，總之比古頌駁雜、已爲例不純。馬融之頌，應是賦體，卻稱爲頌，其差失更顯明了。頌體發展到晉代，更脫離了頌美的基本價值取向，反而倒向反面，轉爲針砭批評，如陸機《漢高祖功臣頌》，即是「褒貶雜居」的例證〔註14〕，摯虞與陸機係同時人，不容不知，其作「頌」體，強調古頌規範，應該是有爲而發，充滿現實關懷的。

摯虞所選的幾篇頌作，其實是頌體發展過程中的幾種變異形態，即風雅雜糅、文辭變異和賦體化，這也反映了頌體發展的一般情況。摯虞的意思不是說除了這幾部作品，其它頌作俱恪守古頌規範，而是說這幾部名家名作尙且如此駁雜，其它頌作更不遑多言了。明乎此，就不難理解筆者說《文章流別集》採入馬融《廣成頌》、《上林頌》的原因。

《文章流別集》已佚，僅殘存《文章流別論》和《文章志》的部分內容，儘管只是吉光片羽，但通過對殘存文獻中有關作家作品的收集整理，我們約略可以管窺出摯虞的文學史思想，主要體現在以下幾個方面：

1. 儒家經典是一切文體的源頭，但因地位尊崇，而不入文章之類，後世《文心雕龍》說「宗經」，《文選》不錄「姬公之籍、孔父之書」，其淵源有自。

2. 摯虞生當西晉，收錄前世文章，主要還是戰國兩漢，而兩漢時期以東漢最爲重要，反映了東漢文人意識的清晰和文學創作的繁榮。

3. 摯虞的選篇大抵是當時的名篇佳製，這是符合總集的編纂目的的，但也融入了自己對流別的考察和判斷，告訴讀者源體、流體和變遷的具體表現，反映了西晉文體意識的成熟和辨體研究的深入。

〔註14〕參見傅剛：《昭明文選研究》，第 301 頁。

4. 賦、頌、銘、箴、詩等體裁是討論重點，這些是後世認同的純文學體裁，反映了西晉人已經有了文筆意識，也說明在太康文學的繁榮背景下，人們對有韻之文的欣賞。

二、摯虞文學創作中所體現的兩漢因素

摯虞的詩歌創作，多為四言詩，而對當時流行的五言詩看法比較傳統，即接受了《毛詩序》的看法，以《詩經》「雅頌」體四言詩作為自己的模擬對象，其存詩較多的贈答題材是從東漢開始廣泛的使用。摯虞的辭賦理論，來源於兩漢和建安時期的舊說，而辭賦創作中，騷體賦《思游賦》遠紹「楚辭體」，但更近的模擬對象應是賈誼，尤其在精神實質上有相通之處；又《鶹鵲賦》，繼承了賈誼《鵩鳥賦》和禰衡《鸚鵡賦》的寫法；《疾愈賦》更是將《七發》中為人所忽略的客人所述楚太子的疾病情狀作為模擬的題材。因此說摯虞的文學創作也是以兩漢作品為主要模擬對象。

（一）摯虞的四言詩創作及原因

四言詩，本是《詩經》的正體。漢代的四言詩，除了郊廟歌辭如《安世房中歌》、《郊祀歌》等外，文人詩歌中，西漢景帝時有韋孟的《諷諫詩》、《在鄒詩》，宣帝、元帝時期有韋玄成的《自劾詩》、《戒子孫詩》，東漢有東平王劉蒼的《武德舞歌詩》，班固《兩都賦》中的《明堂詩》、《辟雍詩》、《靈臺詩》，傅毅的《迪志詩》，劉珍《贊賈逵詩》，朱穆《與劉伯宗絕交詩》，桓麟《答客詩》，應季先《美嚴王思詩》，秦嘉《述婚詩》、《贈婦詩》，蔡邕《答對元式詩》、《答卜元嗣詩》，孔融《離合作郡姓名字詩》，仲長統《見志詩二首》等。經過兩漢詩人的努力，四言詩的題材得到了擴大，應用場合也日趨廣泛，尤其贈答詩也較多的呈現出來，這恰恰是魏晉四言詩使用的主要題材之一。摯虞現存的四言贈答體，溯其根源，應該在東漢時期。

摯虞的四言詩，存世共有五首，其中四首是贈答之作，對象是伏武仲、李叔龍、褚武良、杜育，只有《雍州詩》是詠物之作。贈答體一般適用於正式的場合，而四言體既是《詩經》流脈，又主要應用於郊廟祭祀等重要場所，長期以來一直是詩歌的正體，因此顯得最為莊重典雅。即使陸機以五言詩炳耀當世，贈答一體也不例外，但在與陸雲、潘尼的贈答中，仍然使用過四言體。應該說，四言體本是贈答詩的正體，五言詩風靡之後，漸漸蔓延至贈答

體，而摯虞本來輕視五言體，現存也沒有在正式場合寫作的五言詩，因此摯虞很可能極少創作。而與之共議《新禮》的傅咸，卻沒有他這樣偏執，其與郭泰機的贈答，即是用五言寫成。然而有意思的是，根據傅咸《贈郭泰機詩》小序可知郭泰機是「寒素後門之士」，是向傅咸贈詩自薦〔註15〕的，不好直陳己意，故假「寒女」自寓，這種特殊的題材需要使用通俗的五言體來表達，而傅咸說「故直戲以答其詩云」〔註16〕，既是遊戲口吻，顯然不是很重視這次贈答。但傅咸另有一首《贈何劭王濟詩》，亦是以五言寫就，而贈答對方係當時舉足輕重的大人物，應該說五言體用於贈答在當時並不會引起非議。雖然說傅咸撰有「七經詩」，對經學典籍頗爲熟悉，又與摯虞受命共議《新禮》，其禮學造詣本不待言，但從本傳來看，傅咸的一生主要是以敢於直言、嫉惡如仇著稱，其經學行跡不甚顯著；而在文學上，本傳說他「好屬文論，雖綺麗不足，而言成規鑒」〔註17〕，顯然他也愛好創作和評論文學，應該對當時的文壇狀況也比較熟悉，甚至有意識地嘗試綺麗文字，但由於才華的局限和認識的差異，他並沒有很好的融入到主流的文學風氣當中，或者說他與當時文壇崇尚綺靡的風氣是有所隔膜的。其五言贈答詩不妨視作是有意識融入主流詩壇的嘗試。與之相比，摯虞的立場顯得更爲傳統和堅決，尤其是在理論上對綺麗文風進行了鞭撻，這與傅咸的態度有著明顯的區別。

　　屬於詠物範疇的是《雍州詩》，很能說明摯虞在詩歌中體現的儒學追求，他選擇對雍州進行讚歎，蘊意深遠。詩曰：

　　　　於皇先王，經啓九有。有州惟雍，居京之右。
　　　　土載奧區，山包神藪。嘉生惟繁，庶類伊阜。
　　　　悠悠州域，有華有戎。外接皮服，內含岐豐。
　　　　周餘既沒，夷德未終。莫不慕義，易俗移風。〔註18〕

周都豐鎬，雍州是西周政權的所在地，而文武周公等先公先王又是儒家心目中的聖賢，《詩經·大雅》頗載周民族的史詩，如《緜》即說古公亶父遷徙岐下。詩最後四句表明了周朝的風教仍然在當地遺存，影響著當地的民俗風氣。

〔註15〕按，《文選》卷二五錄有郭泰機《答傅咸一首》，李善注又說「傅咸贈詩曰」，仔細揣摩詩意，筆者以爲應是郭泰機贈詩在先，郭泰機答詩在後，兩詩有顛倒贈答之嫌。
〔註16〕《文選》卷二五，第353頁。
〔註17〕《晉書·傅咸傳》卷四七，第1323頁。
〔註18〕《初學記》卷八，第173頁。

作爲經學家的摯虞，同時也出身在雍州這片土地上，感情是異常深厚的，以西周的流風餘韻結尾，不能說沒有一份自豪感和使命感。

葛曉音深入探討了《詩經》雅頌體在漢魏始終興盛的原因，認爲「雅頌體構句本來就以實字爲多，能夠適應四言實字化以後的體式要求。更何況漢魏四言在相當多的情況下用於頌美和贈答，而兩晉的贈答詩幾乎都是頌美，所以使用雅頌體的現成句式和章法是最方便的」〔註 19〕。又討論西晉的詩歌說「最突出的現象是早在漢代就已僵化的四言這時成了應用最廣的詩體」，「西晉的廟堂雅樂歌辭，一般文人的應酬贈答之作，大都採用典正奧博的四言雅頌體」，指出「四言頌體的形式與儒家述聖設教的內容是相爲表裏的」，而且點出其作用說「四言詩的僵化不僅促進了五言的雅化，而且爲東晉玄言詩提供了典正平板、枯燥說理的現成形式」。

目前可見的摯虞唯一的五言體是《逸驥詩》，詩曰「逸驥無鑣轡，騰陸從長川。剪落就羈靮，飛軒躡雲煙」〔註 20〕，是對奔跑的駿馬的吟詠，很可能是一篇遊戲之作。那麼，摯虞生於五言詩蔚然勃興的太康年間，爲什麼不熱衷於五言詩創作呢？這應該與他的經學家身份有關。

鍾嶸《詩品序》說：「迄晉太康中，三張二陸兩潘一左，勃爾復興，踵武前王，風流未沫，亦文章之中興也」。晉初詩壇，以「三張二陸兩潘一左」最爲著名，基本代表了當時詩歌創作的潮流，並形成了頗具特色的「太康文學」，尤以五言詩的成就而著名。

那麼這七人的學術身份是什麼呢？從《隋書·經籍志》和諸家補志的情況來看，這七人中的大多數，學術成就並不突出，甚者如張載、張協、潘尼、左思等，竟無任何學跡留存，應該是純粹的文人。但張華撰有《博物志》等雜史以及星象圖經；張亢有《歷贊》；陸雲有《陸子》、《新書》和《笑林》；潘岳有《關中記》；陸機有數部史學著作：諸人的學問主要體現在史部或子部，卻沒有發現經學著作傳世。這應該是繼後漢曹魏鄭眾、馬融、服虔、鄭玄和王肅等大家的努力之後，經學經歷了高度發展時期，到了晉代，人們感覺已經很難超越漢學傳統，在缺乏新的思潮激蕩的情況下，遂將學術注意力轉移至史學領域。摯虞儘管有史學著作傳世，但最爲著名的是他的禮學造詣，大

〔註 19〕葛曉音：《漢魏兩晉四言詩的新變和體式的重構》，《北京大學學報》（哲學社會科學版），2006 年第 5 期。下引同。
〔註 20〕《太平御覽》卷三五九，第 1650 頁。

量的議禮言論躋身《晉書‧禮志》傳之不朽。因此與張華、陸機相比，摯虞的經學家身份顯得更爲突出。

「三張二陸兩潘一左」是一個相對純粹的文人團體，秉持文學家的論文立場，每人都曾有文集行世，主要是以樂府和五言詩的創作顯示出太康文學重視「情」與「辭」的特徵，因此在詩歌史上具有一定的意義。如張華詩雖以「其體華豔，興託不寄，巧用文字，務爲妍冶」、「兒女情多」（鍾嶸《詩品》）見譏，但成就也恰恰在「情」和「辭」上，《情詩》五首是其代表作，俱是五言體；再如潘岳的《悼亡詩》三首以抒發哀悼之情而感人至深、張協的《雜詩》「遣詞工練巧麗而又清雅流暢」〔註21〕、陸機更以「縟旨星稠，繁文綺合」（《宋書‧謝靈運傳論》），「情繁而辭隱」（《文心雕龍‧體性》）名世，他們都注重「情」和「辭」、並以五言體取勝。

然而摯虞對五言詩的看法顯得很傳統，他說「雅音之韻，四言爲正，其餘雖備曲折之體，而非音之正也」〔註22〕，強調了四言體的正統地位，儘管這是當時普遍的文學觀念，但在五言騰踊的魏晉時期顯得不夠敏感。而所謂的「備曲折之體」應該是主要針對魏晉以來五言詩的發展而言的，既包括文人五言徒詩，也包括民間樂府詩和文人擬樂府詩。他在《文章流別論》中又說：

> 古詩之四言者，「振鷺於飛」是也，漢郊廟歌多用之。五言者，「誰謂雀無角，何以穿我屋」是也，樂府亦用之。六言者，「我姑酌彼金罍」是也，樂府亦用之。七言者，「交交黃鳥止於桑」之屬是也，於俳諧倡樂世用之。〔註23〕

顯然，他所提倡的雅音四言體，多用於郊廟歌辭這樣的莊重場合，而認爲五言和六言，主要是供樂府演唱使用，至於七言，地位更爲低下，是俳諧倡樂供人君取樂而施行。這樣看來，他認爲五言多用於樂府，而文人五言詩，是從模擬樂府詩開始的〔註24〕，俱「非音之正也」。因此，張華有《輕薄篇》、《游俠篇》等，陸機有《豔歌行》、《吳趨吟》等多首擬樂府詩，而摯虞卻無一首擬樂府詩傳世，當是與他的文學觀念有關。

〔註21〕 傅剛：《魏晉南北朝詩歌史論》，長春：吉林教育出版社 1995 年版，第 102 頁。
〔註22〕 《藝文類聚》卷五十六，第 1018 頁。
〔註23〕 《太平御覽》卷五八六，第 2639 頁。
〔註24〕 傅剛教授說：「傅玄詩歌創作從樂府起步，並以此顯示其特色。其實這也是魏晉作家的共同特點，通過對古樂府的學習、揣摩，進入到有特色的詩歌創作中。」見《魏晉南北朝詩歌史論》，第 106 頁。

根據俞士玲對現存材料的考察〔註25〕，《文章流別集》之「詩」體收錄了贈答、雜詩和古詩等三種題材。贈答詩惟見王粲的《贈蔡子篤》、《贈文叔良》、《贈士孫文始》、《贈楊德祖》，俱是四言體。雜詩只錄蘇李詩，且不論眞僞如何，但寫成於漢末應無疑問，也屬於五言體，與之類似的是題爲枚乘的古詩也寫成於漢末，摯虞所錄俱是文人五言詩，而對樂府詩概不收錄。再結合摯虞的創作實際，儘管他對五言詩有所譏議，但對文人五言詩也沒有全然決絕，畢竟在五言詩風起雲湧的時代，要以四言體獨善其身還是相當困難的。總之，結合文學觀念、選篇情況和創作實際，摯虞對樂府確實秉持輕視的態度。

摯虞又說「詩雖以情志爲本，而以成聲爲節」，提出「麗靡過美，則與情相悖」，以爲詞藻的華麗與感情的抒發是不能共存的，這顯然是對陸機「詩緣情而綺靡」說的反動。其實摯虞和陸機對「情」的要求是不一樣的，摯虞繼承了《詩大序》的說法，說「古之作詩者，發乎情，止乎禮義」，要求以禮義來節制感情，而陸機對「情」沒有任何的限定；但在「情」與「辭」關係上，兩者卻又有些相似，摯虞說「情之發，因辭以形之，禮義之旨，須事以明之」，同意感情的抒發需要文辭來表達，但「麗靡過美，則與情相悖」，辭藻的過於靡麗又是與感情抒發相違背的，陸機對「情」與「辭」關係的理解也有所相像，認爲「文辭美需要建立在情意的基礎上」（朱自清《詩言志辯》），但以「綺靡」爲詩歌文辭的特色。

摯虞所反對的「麗靡」恰恰是太康詩壇的重要特色。那麼導致摯虞文學觀點迥異同代人的原因是什麼呢？在對經學淵源的討論中，我們知道，摯虞對經學典籍非常熟稔，尤其是在禮學上卓有建樹。而現存的詩歌作品，基本以四言爲主體，尤其是贈答等適用於正式場合的題材。應該說經學家的身份使他堅持漢代儒家的文學觀念，而對魏晉以來崇尚華靡的五言流調不以爲然。

（二）摯虞的賦作與漢賦的關係

摯虞存世的賦作並不多見，除《晉書》錄有《思游賦》可稱完帙外，其它如《鵁鶄賦》、《觀魚賦》、《槐賦》和《疾愈賦》等，僅殘存於類書之中，全篇已不可得睹。另有《愍騷》之殘句，應屬楚辭體，《文章流別論》既置入賦中討論，說明在摯虞的文學觀念中，辭賦是一體的。

摯虞的《鵁鶄賦》是一篇詠物賦。程章燦曾總結出晉代賦風的一個新特

〔註25〕參見俞士玲：《西晉文學考論》，第 194～195 頁。

點，即「淺可託深，微能喻大」〔註 26〕，這開拓了題材的新領域，主要的代表是收錄於《文選》中的張華《鷦鷯賦》。該賦從《逍遙遊》之「鷦鷯巢林不過一枝」得名，並由此生發對比，闡明的意旨是「言有淺而可以託深，類有微而可以喻大」〔註 27〕。其實就《文選》收錄的賈誼的《鵩鳥賦》和禰衡的《鸚鵡賦》來說，主旨也是在對小動物的吟詠中展現深切的人生體驗，只是鷦鷯比鵩鳥、鸚鵡更要小些。摯虞的《鷦鷯賦》，與上述諸賦相較，主要側重於它的出身、形狀以及飛翔活動的描寫，因爲是零章殘帙，所以看不到寄託了什麼人生理想。賦之首句說「有南州之奇鳥，諒殊美而可嘉」，如此看來，摯虞是對遠地而來的異物懷有強烈的好奇心，因此遣辭成賦以爲吟詠。禰衡的《鸚鵡賦》所吟詠的鸚鵡也是「西域之靈鳥」，也有形狀的描寫，如「紺趾丹觜，綠衣翠衿；采采麗容，咬咬好音」〔註 28〕，但不如摯虞鋪陳得仔細，又因爲生性孤傲，觸忤權貴，屢受排擠，而背井離鄉寄身於殺機凜凜的江南黃祖威權之下，禍在旦夕，鸚鵡的身世激起了內心的戚戚感，言辭之中頗多悲傷淒涼，如「爾乃歸窮委命，離群喪侶。閉以雕籠，翦其翅羽。流飄萬里，崎嶇重阻」〔註 29〕云云。據此，《鷦鷯賦》的題材和描寫方式應該受到了《鸚鵡賦》的影響。

摯虞的《槐賦》，從殘句來看，大體是鋪敘槐樹的生長風致。而《觀魚賦》〔註30〕先寫作者所見到的池中之魚的遊玩景象，又以一句「徒極觀而無獲兮，羨鮮肴之柔嘉」轉折，由水中的魚聯想到桌上的鮮肴，從而開始了捕捉的過程，最終成爲佐酒之庶羞。在宴飲歡樂之餘，作者筆鋒一轉，說「既歡豫而不倦，願窮晝而兼夜。獨臨川而慷慨，感逝者之不捨。惟修名之求立，戀景曜之西謝。懼留連之敗德，遂收歡而命駕」，明顯有漢代大賦曲終奏雅的意味。

摯虞的《疾愈賦》，顧名思義，是鋪寫久病新愈的心情，辭曰：

> 余體氣不和，飲食漸損。旬有餘日，眾疾並除。饋食纖纖而日
> 尠，體貌廉廉而轉損。校朝夕其未殊，驗朔望而減本。形容消而憔
> 悴，體質懞而狼狽。內憂深而慮遠，乃量餐而度帶。講和緩之餘論，
> 尋越人之遺方。考異同以求中，稽眾術而簡良，會異端於妙門。乃

〔註 26〕 程章燦：《魏晉南北朝賦史》，南京：江蘇古籍出版社 2001 年版，第 175 頁。
〔註 27〕 《文選》卷一三，第 202 頁。
〔註 28〕 《文選》卷一三，第 200 頁。
〔註 29〕 《文選》卷一三，第 200 頁。
〔註 30〕 《初學記》卷三〇，第 481 頁；《藝文類聚》卷九六，第 1673 頁。

歸奇於涉塵，惟茲藥之攸造，寶明中之宜堅。丸以三七爲劑，服以
四獻爲程。勢終朝而始發，景未反而身輕。食信宿而異量，體涉旬
而告平。〔註31〕

從這段遺文來看，主要寫了染疾的消瘦和憂慮，並交待了找到異方神藥後不
久疾愈的情況，行文平淡如同流水賬。只是寫疾病初愈的題材，漢魏以來尚
未得見〔註32〕，或是摯虞之首創歟？枚乘的《七發》中所述七事，爲後代賦
家開創了許多題材，唯獨客人所述楚太子的疾病情狀無人關注，應該是不在
七事之內，不易引起關注。摯虞對這一點給予了關注，在《文章流別論》中
說：

《七發》造於枚乘，借吳楚以爲客主。先言：「出輿入輦，蹶痿
之損；深宮洞房，寒暑之疾；靡漫美色，宴安之毒；厚味暖服，淫
躍之害。宜聽世之君子要言妙道，以疏神導體，蠲淹滯之累。」既
設此辭，以顯明去就之路，而後說以聲色逸遊之樂，其說不入，乃
陳聖人辯士講論之娛，而霍然疾瘳。此因膏粱之常疾以爲匡勸，雖
有甚泰之辭，而不沒其諷諭之義也。〔註33〕

這段話裏隱約透露了摯虞對七體的關注。《七發》之中，既有疾病之肇端「且
夫出輿入輦，命曰蹶痿之機；洞房清宮，命曰寒熱之媒；皓齒娥眉，命曰伐
性之斧；甘脆肥膿，命曰腐腸之藥」〔註34〕，又寫了病情的表現「膚色靡曼，
四支委隨，筋骨挺解，血脈淫濯，手足墮窳」〔註35〕，最後聽到要言妙道，
便「涊然汗出，霍然病已」〔註36〕。其實摯虞《疾愈賦》中的細節，在《七
發》中都有端倪，只是具體的表達頗有不同而已。但勿庸諱言，除了在題材
上或許有所貢獻外，這篇《疾愈賦》的文學價值實在有限得很。

摯虞《文章流別論》曰：

賦者，敷陳之稱，古詩之流也。前世爲賦者，有孫卿、屈原，
尚頗有古之詩義，至宋玉則多淫浮之病矣。《楚詞》之賦，賦之善者

〔註31〕　《藝文類聚》卷七五，第 1290 頁。
〔註32〕　筆者就此翻了費振剛等編撰的《全漢賦校注》和程章燦氏《魏晉南北朝賦史》
　　　　　的篇目歸納，尚未發現寫疾病類的題材，但不敢以爲就此窮盡，姑且存疑。
〔註33〕　《藝文類聚》卷五七，第 1020 頁；《太平御覽》卷五九○，第 2657 頁。
〔註34〕　《文選》卷三四，第 478 頁。
〔註35〕　《文選》卷三四，第 478 頁。
〔註36〕　《文選》卷三四，第 484 頁。

也。故揚子稱賦莫深於《離騷》；賈誼之作，則屈原儔也。〔註37〕

摯虞以賦爲古詩之流，這最早出自班固的《兩都賦序》。曹丕說「文章者，經國之大業，不朽之盛事」(《典論論文》)，提高了文章的地位，曹植卻接受了西漢揚雄的觀點，他說：「辭賦小道，固未足以揄揚大義，彰示來世也。昔揚子雲先朝執戟之臣耳，猶稱壯士不爲也。吾雖德薄，位爲蕃侯，猶庶幾戮力上國，流惠下民，建永世之業，流金石之功，豈徒以翰墨爲勳績，辭賦爲君子哉？」(《與楊德祖書》)表面上，曹植是看不起辭賦這種文學體裁的，實際上是迫於形勢不得已而言之。傅剛教授曾指出，《與楊德祖書》作於建安二十一年，正是丕、植兄弟爭儲的白熱期，曹植「害怕曹操會只把他當作一個文人看待，所以他使用對比的手法，欲揚其立功之志向，有意壓抑自己所擅長的辭賦之道，是爲他的政治目的服務的」〔註38〕。楊德祖或許不能體會其中的深意，明確表示不同意曹植的觀點，認爲「今之賦頌，古詩之流，不更孔公，風雅無別耳。修家子雲，老不曉事，強著一書，悔其少作，若此仲山、周旦之儔，爲皆有譽邪？君侯忘聖賢之遺蹟，述鄙宗之過言，竊以爲未之思也」(《答臨淄王箋》)，又認爲經國大業和文章辭賦可以共存，他說：「若乃不忘經國之大業，流千載之英聲，銘功景鍾，書名竹帛，斯自雅量素所畜也，豈與文章相妨害哉？」(《答臨淄王箋》)程章燦評價楊修的看法說：「楊修對辭賦的看法介於曹丕、曹植之間，是新舊觀念的複合體。」〔註39〕從上述諸家的賦論來看，摯虞的賦學觀念體現了其中的一個方向，認爲賦是古詩的流脈，確認了賦的崇高地位。正因爲如此，他才致力於賦的寫作，如果他也像揚雄那樣認爲辭賦是小道的話，依他對樂府的處置先例，應該不願意躬自創制。而辭賦一體的觀念，這在漢人心目中已經如此，建安諸家亦無異議，摯虞不過是沿襲舊說而已。

　　總之，摯虞的詩賦與兩漢有著密切的關係，其詩歌理論，受到了《毛詩序》的影響，以《詩經》「雅頌體」和漢代四言詩作爲自己的創作標準，這種題材固然常見，但與當時五言詩趨於興盛、詩人多有唱和的情況頗有不同；而辭賦一體的觀念來自漢代，賦爲古詩之流的觀點來自於班固的《兩都賦

〔註37〕　《藝文類聚》卷五六，第 1002 頁；《太平御覽》卷五八八，第 2644 頁。《北堂書鈔》卷一○二，第 429 頁。

〔註38〕　曹融南、傅剛：《論曹丕曹植文學價值觀的一致性及其歷史背景》，《古代文學理論研究》第十一輯，上海古籍出版社 1986 年版。

〔註39〕　程章燦：《魏晉南北朝賦史》，第 49 頁。

序》,《鶡鶊賦》的題材和殘文能夠找到《鸚鵡賦》的印跡,《槐賦》有漢大賦曲終奏雅的意味,而《疾愈賦》的題材又在《七發》中有所端倪。因此無論是摯虞的文學理論還是文學創作,都與漢代有著千絲萬縷的關係,這與摯虞的文學史思想和《文章流別集》的提倡是適應的。

三、西晉文人對兩漢文章的模仿和評價

西晉文人善於模擬漢代的詩賦,並將此作為學習寫作的途徑,反映了漢代文章的典範作用。當然西晉文人的模仿絕不是亦步亦趨的,而是在模仿中有創新變革,表現了屬於自己時代的文章特徵。

(一)西晉文人創作實踐中的「擬古」與「擬樂府」

葛曉音說「西晉詩的題材來源大多是模擬漢魏詩,無非是歡息人命短促、節序如流」〔註 40〕,這主要是就代表西晉詩歌創作實績的五言詩而言的。漢代的古詩,一般指託名枚乘的《古詩十九首》和託名蘇武李陵的「蘇李詩」,我們根據文學發展的實際,已不相信這些詩歌產生於西漢初年,而大體認定是東漢末年的作品。但在魏晉南北朝時期,人們仍然相信它們屬於枚乘和蘇李的作品,其中《文選》和《玉臺新詠》的收錄是最具代表性的意見。魏晉南北朝時期的「古詩」範圍,包括了漢代作品、建安作品中和古樂詞〔註 41〕,《世說新語‧文學》載王恭與弟爽的對話:

> 王孝伯在京行散,至其弟王睹戶前,問:「古詩中何句為最?」
> 睹思未答。孝伯詠「『所遇無故物,焉得不速老!』此句為佳。」
> 〔註 42〕

「所遇無故物,焉得不速老」見《古詩十九首》,東晉人對古詩很可能是有特指的。我們前面已經討論過,在晉人看來,建安也屬漢代,因此說晉人普遍以「古詩」來代表漢代的作品。

晉人的擬古詩,以傅玄、張華和陸機等最具代表性。傅玄現存詩百篇左右,「絕大部分模擬漢魏樂府,其中以描寫婦女命運的作品為最多」〔註 43〕,模擬樂府詩數量較多,形式上與漢樂府最為類似,「從題目、題材到結構做法,

---

〔註 40〕 葛曉音:《八代詩史》(修訂本),北京:中華書局 2007 年版,第 87 頁。
〔註 41〕 參見傅剛:《昭明文選研究》,第 265 頁。
〔註 42〕 余嘉錫:《世說新語箋疏》,第 327 頁。
〔註 43〕 葛曉音:《八代詩史》(修訂本),第 89 頁。

都顯是原詩的翻版」〔註44〕，如《豔歌行》，係模擬《陌上桑》，儘管毫無新意，但在字詞的精工和觀念的正統上，顯示出作者的基本風格〔註45〕。其它如《秦女休行》係模擬左延年的舊作，《昔思君》的六組比喻或取自《上邪》，《西長安行》模擬漢樂府《有所思》，如是種種，不一而足。

　　張華現存的詩歌，大多是模擬前人之作，如寫少年游俠題材的《輕薄篇》、《游俠篇》、《遊獵篇》，葛曉音指出係直接模仿曹植的《名都篇》、《白馬篇》，「但在表現上捨棄了曹詩生動的場面描寫，而代之以大賦平均羅列式的鋪陳，詞意繁複、詞采縟麗、對偶堆砌而少變化，加上說教意味太濃，便覺得過於呆板」〔註46〕。儘管曹植的這些作品之繫年還有不同意見，但察其內容，如《名都篇》描寫京洛少年的卓群武藝和宴樂生活，《白馬篇》描寫渴望立功邊陲的幽并游俠，都充滿了朝氣蓬勃的雄心壯志，應該是作於建安年間為公子時，黃初之後，屢受猜忌，輾轉封王，很難有如此輕快的心境了。

　　陸機的模擬最為廣泛，表現最為豐富，葛曉音稱之為「集大成的代表」，尤以其中十四首的擬古詩最為著名，它們以《古詩十九首》為對象，但有意求異，創造巧意新詞，採用賦法、對偶和析文的手法，形成了繁縟贍密的特色，因此陸機的擬詩的貢獻是「在主觀意識、文詞字句和描寫方法上完全的文人化手段，宣佈近體詩已擺脫古詩的溫床，步入了自己成長歷程」〔註47〕。

　　在題材上，沿襲漢人作品有所變化的，左思的《詠史》八首頗有代表性。班固的《詠史》客觀敘述史實，行文質木無文，但開啓了詩歌的新題材，是左思模擬的對象。胡應麟《詩藪》說「《詠史》之名，起自孟堅，但指一事。魏杜摯《贈毋丘儉》，迭用八古人名，堆垛寡變。太沖體實因班，體亦本杜，而造語奇偉，創格新特，錯綜震蕩，遂為千古絕唱」。同時，左思與劉琨也是西晉中「以慷慨雄邁的風力繼承建安精神的詩人」〔註48〕，鍾嶸說左思「源出於公幹」，體現了劉楨「貞骨凌霜，高風跨俗」的特點，因此傅剛教授稱左思是「建安風力的直接繼承者」〔註49〕。左思屬於寒門文人，文采卓絕，卻

〔註44〕　傅剛：《魏晉南北朝詩歌史論》，第106頁。
〔註45〕　詳細分析參見傅剛：《魏晉南北朝詩歌史論》，第106頁。
〔註46〕　參見葛曉音：《八代詩史》（修訂本），第91頁。
〔註47〕　傅剛：《魏晉南北朝詩歌史論》，第138頁。
〔註48〕　參見葛曉音：《八代詩史》（修訂本），第97頁。
〔註49〕　傅剛：《魏晉南北朝詩歌史論》，第134頁。

難以得志，內心鬱積著強烈的憤懣，其《詠史》詩充滿了批判意識，也表達了自己曠逸的胸襟和高潔出世的人格。

晉代樂府中的漢樂，《樂府詩集‧相和歌辭‧西門行》晉樂所奏的第四解「人生不滿百，常懷千歲憂。晝短苦夜長，何不秉燭遊」、第五解「自非僊人王子喬，計會壽命難與期」、第六解「人壽非金石，年命安可期。貪財愛惜費，但爲後世嗤」等等，都直接或間接地出自《古詩十九首》，因此說漢代古詩構成了晉代文人詩歌和樂府詩歌的淵藪。

而晉人的碑銘，也以漢代爲自己的學習對象，漢代碑銘的寫作，以蔡邕的成就最爲突出，《文心雕龍‧誄碑篇》說「自後漢以來，碑碣雲起，才鋒所斷，莫高蔡邕。觀楊賜之碑，骨鯁訓典；陳郭二文，詞無擇言；周胡眾碑，莫非清允」〔註50〕。晉人的碑銘寫作，多以漢代爲模擬對象。劉師培說：「晉人碑銘之文，如傅玄《江夏任君墓銘》、孫楚《牽招碑》、潘岳《楊使君碑》、潘尼《楊蕭侯碑》、夏侯湛《平子碑》，均以漢作爲楷模，然氣清辭暢，則晉賢之特色，非惟孫緒、王導、郄鑒、庾亮、庾冰、褚褒諸碑已也。」〔註51〕與詩歌一樣，晉人在碑文中融入了自己的特色。

（二）西晉文人理論闡述中的模擬意識

西晉文人的模擬實踐，可以通過現存作品的分析來獲得可靠的印證。但作品經過千年的汰選，殘存至今的大多是優秀之作，而且數量有限，不免引發這樣的懷疑：僅靠這些作品眞能反映當時人的普遍觀念嗎？因此討論西晉文人有沒有針對模擬的理論闡述就顯得很有必要了。

西晉人對漢代的代表作品會進行有意識地模擬。傅玄《擬四愁詩序》說：「昔張平子作《四愁詩》，體小而俗，七言類也。聊擬而作之，名曰《擬四愁詩》。」〔註52〕這是傅玄擬作張衡《四愁詩》的說明，同時的張載亦有《擬四愁詩》。皇甫謐《三都賦序》說：「其中高者至如相如《上林》、揚雄《甘泉》、班固《兩都》、張衡《二京》、馬融《廣成》、王生《靈光》……」〔註53〕司馬相如、揚雄、班固、張衡等人的賦作，是皇甫謐所認同的漢代賦作中的最好作品，這也代表了魏晉人的普遍看法，故構成了晉人模擬的主要對象，故左

〔註50〕范文瀾注：《文心雕龍注》，第214頁。
〔註51〕劉師培著，劉躍進講評：《中國中古文學史講義》，第77頁。
〔註52〕《玉臺新詠》卷九，北京：人民文學出版社2010年版，第117頁。
〔註53〕李善注：《文選》卷四五，第642頁。

思《三都賦序》說：「思摹《二京》而賦《三都》。」〔註54〕又劉逵《吳都賦蜀都賦注序》說：「觀中古已來爲賦者多矣。相如《子虛》擅名於前；班固《兩都》理勝其辭；張衡《二京》，文過其義。至若此賦，擬議數家，傅辭會義，抑多精緻。」〔註55〕那麼左思的《三都賦》是有意識的模擬張衡《二京賦》創作的。左思《詠史》其一「著論準《過秦》，作賦擬《子虛》」，其四「言論準宣尼，辭賦擬相如」，可見對漢代賈誼和司馬相如的作品推崇，反映了西晉人的普遍看法。

陸雲《與兄平原書》說：「一日視伯喈《祖德頌》，亦以述作宜襃揚祖考爲先。聊復作此頌，今送之，願兄爲損益之。」〔註56〕又說：「不知可作蔡氏《祖德頌》比不？」〔註57〕這是陸雲模擬蔡邕《祖德頌》的現身說法，應該是通過模擬來學習的，因此請求陸機幫忙損益。也有通過模擬與前人一比高下的，如「雲頃又爲輔吳、奮威作頌，欲愈前頌，然意並不以快」〔註58〕。陸雲作頌的目的，是試圖超越前人的頌作。而同時人的創作，也有彼此模擬以示高下的，如：「君苗文，天才中亦少爾。然自復能作文。雲唯見其《登臺賦》及詩頌。作《愁霖賦》極佳，頗仿雲。雲所如多恐，故當在二人後，然未究見其文。」〔註59〕陸雲說崔君苗的《愁霖賦》是模仿自己的，並且自稱文在兩人之後，則當時模仿至少有兩人，而陸雲不以爲意，說明當時人從事類似事情是很普遍的。再如：「兄常欲其作詩文，獨未作此曹語，若消息小往，願兄可試作之。兄復不作者，恐此文獨單行千載間。……王襃作《九懷》亦極佳，恐猶自繼。」〔註60〕陸雲希望陸機進行創作，而不使此文獨自擅美。又說：「雲謂兄作《二京》，必傳無疑。久勸兄爲耳。又思《三都》，世人已作，是語觸類長之，能事可見。《幽通》《賓戲》之徒自難作，《賓戲》《客難》可爲耳。答之甚未易，東方氏所不得全其高名，頗有答極。」〔註61〕陸雲曾勸陸機把《二京賦》、《三都賦》、《九歌》、《惜

〔註54〕李善注：《文選》卷四《三都賦序》，第 74 頁。
〔註55〕《晉書‧左思傳》卷九二，第 2376 頁。
〔註56〕劉運好：《陸士龍文集校注》卷八，第 1131～1132 頁。
〔註57〕劉運好：《陸士龍文集校注》卷八，第 1143 頁。
〔註58〕劉運好：《陸士龍文集校注》卷八，第 1066 頁。
〔註59〕劉運好：《陸士龍文集校注》卷八，第 1136 頁。
〔註60〕劉運好：《陸士龍文集校注》卷八，第 1063 頁。
〔註61〕劉運好：《陸士龍文集校注》卷八，第 1082～1083 頁。

誦》、《答賓戲》等各種賦體都仿作一遍，以使「能事可見」，讓古人「不得全其高名」，這也使西晉的模擬具有了一種與古人爭高下的意味。事實上，我們前面分析的傅玄、張華和陸機的擬古詩，已經措意與漢代古詩求異，融入了文人化的創作手段，已經不是單純的模擬了，而成了新變的因素，成爲文學創新和變革的淵府。

　　模擬中注重新變，本來是無可厚非的事情，畢竟時異事移，表達方式也要發生變化。若無視文體的形式和風格標準，任意的借題發揮，就成爲變亂文體的肇始，使文體的規定性特徵遭遇破壞，成了一具任意描繪的陶胎，這就要引起當時文論家的警惕了。西晉的模擬之風不盛，摯虞也有模擬的作品，但主要偏向於文體形式方面〔註 62〕，與西晉人普遍的題材內容模擬迥異，因此撰成《文章流別集》和《文章流別論》進行有意識的討論，並指點出一條新路，不能說沒有針砭時弊的努力。

四、西晉文人漢代情結的形成

　　西晉文人對漢代文學給予了很高的評價，不僅在創作中對漢代詩賦有著出色的模仿，而且在理論中多有以漢代爲標準的闡述。因爲漢人在賦、詩、頌、碑等文體上創造了輝煌的成就，誕生了司馬相如、揚雄、班固、張衡等著名的賦家賦作，在碑文和頌作上，漢末的蔡邕堪作巨擘，而《古詩十九首》代表了漢代五言詩的重要成就。因此說，漢代作家在各個文體上都創作了典範性的作品，成爲後世追摹的對象。晉人選擇以漢代作爲自己的學習標準，是由文學上的客觀情況決定的。

　　泰始元年，西平蜀漢，太康元年，南滅孫吳，西晉結束了自漢末以來近百年的戰亂割據局面，帶來了王朝空前的大一統。干寶《晉紀總論》說「太康之中，天下書同文、車同軌」，閻步克指出，太康年間的人口比魏末三國總數增加了將近一倍〔註 63〕。這種場景，給西晉人所帶來了精神振奮和心理滿足，是不言而喻的，他們會自然而然地與前此的統一王朝兩漢看齊，並作爲模仿和學習的對象。司馬氏本係東漢世族，不僅在學統上仍然尊尚兩漢經學，而在生活上也維持著世族的生活方式，對曹魏形成的通脫、簡易、儉樸的風

〔註62〕參見第二章第三節。
〔註63〕閻步克：《西晉清議呼籲之簡析及推論》，《中國文化》，1996 年第 2 期。

氣不以爲然，因此晉初的統治者多追逐奢靡的生活，王濟以人乳喂豬，以致武帝不滿，而石崇與王愷鬥富，互作步障數十里，以椒和赤石脂塗壁。儘管司馬炎多次下詔敦勉節儉，一方面社會風氣積重難返，另一方面自己也喪失了早期的勵精圖治，以至掖庭近萬，羊車恣行。換一種角度來看，具有這種財力進行如此揮霍，也只有大一統的王朝能夠提供支持，並且有承平的環境提供的財富積纍來滿足，因此這種炫富、鬥富的行徑，本質上反映了西晉王朝特產的豐富和經濟的滿足。

空前一統的形勢、政治的安定和物質的滿足，體現在西晉文人的詩歌當中，即是對繁縟的追逐。這種鋪陳手法和措詞方式，應該是因襲自兩漢大賦。陸機提出「巧爲形似之言」，「期窮形而盡相」，這種追求全面細緻刻畫的理論觀點和寫作方法，與漢大賦的表現方法頗爲相像。傅玄、張華、陸機等詩人模擬漢末的古詩，卻沒有古詩的本來況味，而體現出另外的一種面貌，究其原因，是時代變遷導致時人觀感的差異。東漢末年的室家亂離和仕宦無門所孕育的《古詩十九首》，自然不能得到西晉詩人的心靈回應，畢竟這屬於完全不同的兩個時代。晉初詩人的擬古詩，普遍沒有繼承漢末古詩的精神實質，他們欣賞五言詩的新體制所提供的創作空間，以漢賦的做法重新塑造漢末古詩，在不斷的破壞之中樹立新的寫作規範，總體呈現出精工富麗繁縟的特點，推動了五言古詩的雅化，爲近代詩的發展開始了初步的積纍，使近代詩進入了歷史的過程。

而左思創作《三都賦》，作爲京都賦的殿軍，發生在晉初絕不是偶然的，除天下一統，各地形勢容易訪諮的優越條件外，也有爲大一統的時代慶祝表彰的意味，故而受到了當時人們的歡迎，洛陽人競相搶購，導致一紙千金。究其根源，應該是左思《三都賦》的寫作，帶有勝利者的總結意味，觸動了中朝之人的內心世界，激起了彼此的共鳴之感。

第二節　摯虞與西晉的文人集團

西晉的集會比較普遍，歡宴之餘詩歌酬唱也較多見，摯虞儘管並不活躍，但也明確參與了「二十四友」，且與潘岳、杜育有詩歌往來。而摯虞的文學活動主要體現在擔任尚書郎期間的同僚酬唱和參預愍懷太子釋奠禮的詩文唱和。「八王之亂」破壞了西晉的承平環境，昔日的文人集團發生了變化，一部

分以涉獵政治、孜孜於事功，一部分繼續在內府研究學問，摯虞屬於後者。而文人集團活動的豐富多樣，與建安時期的鄴下文會頗有相似之處，刺激了《文章流別集》的編纂。

一、摯虞與西晉的文學集會

西晉的一些集會，儘管出於遊覽或政治的目的，但也存在著文學唱和，構成了實質上的文學集會，即「一定意義上的文學團體活動」〔註64〕，傅剛教授歸納為「以帝王為中心的文人集會」、「以石崇為中心的『金谷園詩會』」、「以賈謐為中心的『二十四友』」和「以張華為代表的創作與評論中心」等四類，茲以此為基礎，按時間順序作一詳盡的考察。

（一）華林園集會

華林園，位於洛陽，應建於東漢初年，《文選・東京賦》：「濯龍芳林，九谷八溪，芙蓉覆水，秋蘭被涯。」李善注：「芳林，苑名。」〔註65〕據裴松之《三國志・文帝紀》注稱「芳林園即今華林園，齊王芳即位，改為華林」〔註66〕，《初學記》說「芳林後避少帝諱，故曰華林園」〔註67〕，則是避曹芳諱改名；《宋書・五行志》稱「魏文帝黃初三年，又集洛陽芳林園池」〔註68〕，則華林園作為皇家園林的時間，不晚於魏文帝時期。華林園亦稱後園，潘尼《後園頌》說「明明天子，肅肅庶官。文士濟濟，武夫桓桓。講藝華林，肄射後園」〔註69〕，華林與後園應該是異名同稱。有關西晉華林園的集會，今按時間順序排列，鉤稽如下：

一是泰始四年（268）二月的華林園宴集賦詩。《文選》應貞《晉武帝華林園集詩一首》李善注引干寶《晉紀》說：「泰始四年二月，上幸芳林園與群臣宴，賦詩觀志，散騎常侍應貞詩最美。」〔註70〕那麼此次參加宴會的人當有不少，而稱「賦詩觀志」，則群臣都有創作，可謂一次詩歌的集會，而應貞詩歌最美，得以傳世不朽。應貞詩有九章，俱是四言，且和宗廟歌辭類似，

〔註64〕參考傅剛：《魏晉南北朝詩歌史論》，第99～105頁。
〔註65〕李善注：《文選》卷三，第55頁。
〔註66〕《三國志・魏志・文帝紀》卷二，第84頁。
〔註67〕《初學記》卷二四，第587頁。
〔註68〕《宋書・五行志三》卷三二，第942頁。
〔註69〕《初學記》卷二四，第588頁。
〔註70〕李善注：《文選》卷二〇，第286頁。

讚揚西晉開國的歷史功績，如晉朝統治者以爲舜後，故詩首章說「悠悠太上，民之厥初。皇極肇建，彝倫攸敷。五德更運，膺籙受符。陶唐既謝，天曆在虞」〔註71〕，最後總結到眼前的宴會，並稱「未武懼荒，過則有失，凡厥群后，無懈於位」〔註72〕，曲終奏雅。

　　二是太康二年（281）三月上巳祓禊作詩。三月三日是上巳節，正是一年一度的祓禊之日，古人臨水洗濯，祓除不詳。時值初春，萬物復蘇，人們心情往往舒暢，修禊之餘，遊春作詩，也是情理之中。晉武帝組織的這次大規模的華林園集會，據「序」稱是在平吳後，但不是太康元年〔註73〕，儘管太康元年初，伐吳之勢猶如破竹，到了三月，已經大勢已定，月底孫皓投降。但史書明載太康元年正月，王浚輾轉戰場，連克丹陽、西陵、荊門、夷道等，殺盛紀、留憲、陸景等將領，三月從武昌揮兵建業受降。若太康元年有華林園集會，應不能撥冗參加。因此程咸稱「平吳後」，最有可能是太康二年（281）。程咸詩「序」稱「平吳後三月三日從華林園作壇宣宮，張朱幕，有詔乃延群臣云云」〔註74〕，詩云：「皇帝升龍舟，侍幄十二人。天吳奏安流，水伯衛帝津。」〔註75〕可能隨侍的大臣有十二人。如今留下華林園集詩作的，除程咸外，荀勖四言詩稱「外納要荒」，應是作於斯時，又有一首五言詩，不能確定是否作於該年。王濟四言詩稱「蠢爾長蛇，薦食江氾。我皇神武，汎舟萬里。迅雷電邁，弗及掩耳」，應是作於此時，但逯欽立所輯王濟《從事華林詩》，就難以判斷是否作於此次集會。

　　三是太康六年（285）三月上巳華林園詩會。張華有《太康六年三月三日後園會詩》四章，因華林園在洛陽城的北面，故稱後園。這首詩是典型的祓禊集會，有宴飲「順時省物，言觀中園。讌及群辟，乃命乃延」，有洗濯「合樂華池，祓濯清川。汎彼龍舟，泝游洪源」，彼時荣肴豐富「品物備珍」，音樂迭奏「管絃繁會」。張華又說「咨予微臣，荷寵明時。忝恩於外，攸攸三期。犬馬惟慕，天實爲之。靈啓其願，遐願在茲。於以表情，爰著斯詩」，則參加的群臣，應該是要作詩來頌揚皇恩的。事實上，三月上巳祓禊節，是全民的

〔註71〕李善注：《文選》卷二○，第 286 頁。
〔註72〕李善注：《文選》卷二○，第 287 頁。
〔註73〕見羅建倫：《華林園宴飲詩賦考》，《吉林師範大學學報（人文社會科學版）》，2011 年第 3 期。
〔註74〕據逯欽立稱引自《玉燭寶典》，未見，引自《全晉詩》卷一，第 552 頁。
〔註75〕據逯欽立稱引自《玉燭寶典》，未見，引自《全晉詩》卷一，第 552 頁。

節日，民間也同樣賞春宴飲、奏樂唱和。成公綏《洛禊賦》說「考吉日，簡良辰。被除解禊，同會洛濱。妖童媛女，嬉遊河曲。或振纖手，或濯素足。臨清流，坐沙場。列罍樽，飛羽觴」〔註76〕，潘尼也有《三月三日洛水作詩》，洛水應該是洛陽民眾的被禊選擇。阮脩《上巳會詩》說：

> 三春之季，歲惟嘉時。靈雨既零，風以散之。英華扇耀，翔鳥群嬉。
> 澄澄綠水，澹澹其波。修岸逶迤，長川相過。聊且逍遙，其樂如何。
> 坐此脩筵，臨彼素流。嘉肴既設，舉爵獻酬。彈箏弄琴，新聲上浮。
> 水有七德，知者所娛。清瀨灢澖，菱葭芬敷。沈此芳鈞，引彼潛魚。
> 委餌芳美，君子戒諸。〔註77〕

這應該不是侍奉武帝的詩，屬於民間的集會。當然，任何時代的節日都屬於富足的階層，底層的老百姓不具備如此優渥的條件。

　　晉武年間華林宴集賦詩應該不止這三次，如潘尼有《上巳日帝會天淵池》詩，「天淵池」在華林園內，潘尼自292年後一直在京任職，都有機會參加集會，而察其詩意，亦無法判斷具體的年份，因此在沒有準確材料的情況下，我們只描述這三次活動，但已經能夠說明當時遊宴賦詩的集會確實比較普遍了。

　　至於摯虞有沒有參加過晉武帝的三月被禊之會，《藝文類聚》卷四引《續齊諧記》：

> 晉武帝問尚書郎摯虞曰：「三日曲水，其義何指？」答曰：「漢章帝時，平原徐肇以三月初生三女，至三日而俱亡，一村以為怪，乃相攜之水濱盥洗，因水以泛觴，曲水之義，起於此也。」帝曰：「若如所談，便非好事。」尚書郎束晳曰：仲治小生，不足以知之。臣請說其始。昔周公城洛邑，因流水以泛酒，故逸詩云：「羽觴隨波。」又秦昭王三日置酒河曲，見有金人出捧水心劍曰：「令君制有西夏。」及秦霸諸侯，乃因此處立為曲水，二漢相緣，皆為盛集。」帝曰：「善。」賜金五十斤，左遷仲治為陽城令。〔註78〕

《續齊諧記》出於南朝梁吳均（469～520）之手，屬於稗官野史，本不足信。束晳比摯虞小二十歲左右，屬於晚輩，不得嗤摯虞為小生。但唐修《晉書》

〔註76〕　《藝文類聚》卷四，第69頁。
〔註77〕　《藝文類聚》、《初學記》有引，但逯欽立《全晉詩》綜合而成，便於利用，見卷七，第729～730頁。
〔註78〕　《藝文類聚》卷四，第63～64頁。

喜採野史，《束皙傳》將其採入正史，也未始不能說明問題，儘管事實未必具
在，但晉武帝常在三月三日攜群臣被禊，卻是歷歷可證的事實，摯虞供職尚
書郎也是事實，至於束皙由著作郎遷尚書郎，應是《晉書》襲《續齊諧記》
的說法。這則材料成為後代上巳禊飲的習慣典故，如宋之問詩云「摯虞對而
不經，束皙言而有禮」、沈佺期詩云「束皙言談妙」。總之，摯虞隨晉武帝被
禊，於理未為不通，至於是否有賦詩，限於傳世文獻，就很難說了。

（二）皇太子釋奠禮詩文唱和

釋奠之禮，本是學官設酒食以祭拜先聖先師的，漢世禮制無聞，魏代皇
帝講經結束，一般由太常代為釋奠，到了晉代，太子講經並躬親行禮，這是
對漢魏制度的突破，顯示了朝廷重視先師和學問的立場，因此引起了士人們
的廣泛關注。

《宋書‧禮志》說：「魏齊王正始中，齊王每講經遍，輒使太常釋奠先聖
先師於辟雍，弗躬親。晉惠帝、明帝之為太子，及愍懷太子講經竟，並親釋
奠於太學，太子進爵於先師，中庶子進爵於顏淵。」〔註79〕《晉書》詳細記
載了這四次釋奠禮，《禮志上》載：「《禮》：始立學必先釋奠於先聖先師，及
行事必用幣。……武帝泰始七年（271），皇太子講《孝經》通。咸寧三年（277），
講《詩》通。太康三年（282），講《禮記》通。惠帝元康三年（293），皇太
子講《論語》通。」〔註80〕《禮志下》載：「魏正始中，齊王每講經遍，輒使
太常釋奠先聖先師於辟雍，弗躬親。及惠帝明帝為太子，及愍懷太子講經竟，
並親釋奠於太學，太子進爵於先師，中庶子進爵於顏回。」〔註81〕惠帝以泰
始三年立為太子，共進行了三次釋奠禮，即泰始、咸寧和太康；愍懷太子被
廢是在元康九年，元康三年曾行過一次釋奠禮。

俞士玲以為「《釋奠頌》最可能為泰始七年皇太子講《孝經》畢釋奠之作」
〔註82〕，依據是「《晉書》《世祖武帝紀》及摯虞本傳，虞泰始四年，舉賢良
方正，下策，為郎中，約泰始六年，為太子舍人」〔註83〕。但據上文考證，
武帝當堂策問是泰始七年十月的事情了，摯虞轉太子舍人又在其後，不可能

〔註79〕《宋書‧禮志》卷一四，第367頁。
〔註80〕《晉書‧禮志》卷一九，第599頁。
〔註81〕《晉書‧禮志》卷二一，第670頁。
〔註82〕俞士玲：《西晉文學考論》，第179頁。
〔註83〕俞士玲：《西晉文學考論》，第179頁。

參加皇太子講《孝經》後的釋奠禮。而且太子釋奠禮，屬於大事，不僅太子
屬官隨駕，而且朝中官員也要參加，甚至普通百姓都要前來觀禮。而泰始七
年，傅咸尚閒居讀書，潘岳或是司空掾，彼此未必相識，聚集在一起詩文唱
和的可能性不大。

因此，筆者以爲元康三年（293）愍懷太子司馬遹講《論語》通時的釋
奠禮，引起了士人們的詩文唱和。先來看看愍懷太子釋奠禮的盛況，《愍懷
太子傳》說元康元年太子受詔出就東宮，直到元康三年的春天，才開始舉
行首次釋奠禮。當天出席的人很多，官員們應命悉數參加，潘尼《釋奠頌
小序》描寫道「天子乃命內外群司，百辟卿士，蕃王三事，至于學徒國子，
咸來觀禮，我后皆延而與之燕」〔註84〕，而普通百姓亦能一睹盛況，「人無
愚智，路無遠邇，離鄉越國，扶老攜幼，不期而俱萃」〔註85〕。如此規模
盛大的釋奠禮，在士人們心靈引發的感動自然會十分強烈。而元康之際，
正是西晉文壇最活躍的時候，士人們進行詩文唱和，恰是時代風氣在重大
禮儀上的體現。

潘尼作有《釋奠詩》和《釋奠頌》，《晉書》本傳說他「元康初，拜太
子舍人，上《釋奠頌》」〔註86〕。其《釋奠頌》小序，說「元康元年冬十二
月，上以皇太子富於春秋，而人道之始莫先於孝悌，初命講《孝經》于崇
正殿……三年春閏月，將有事於上庠，釋奠于先師」〔註87〕，到了元康三
年太子始去太學講經並行釋奠禮。潘尼作爲太子的屬官預會，作詩與頌各
一篇。

傅咸的《皇太子釋奠頌》，陸侃如《中古文學系年》判定作於該年〔註88〕，
沒有提供依據，筆者也尋找不到確切的證明材料。但元康三年，他在京城與
摯虞續績《新禮》，並且挺身彈劾王戎，惠帝命朝中大臣參加愍懷太子的釋奠
禮，他也不能例外。因此傅咸的《皇太子釋奠頌》應是作於元康三年，而摯
虞元康三年亦與之共事，無疑也要參加此次釋奠禮，因此其《釋奠頌》當是
作於該年。而摯虞元康三年亦與傅咸共事，參加此次釋奠禮是毫無疑問的，
他的《釋奠頌》應該是作於該年，文曰：「彼泉流，不盈不運。講業既終，禮

〔註84〕　《晉書・潘尼傳》卷五五，第1511頁。
〔註85〕　《晉書・潘尼傳》卷五五，第1511頁。
〔註86〕　《晉書・潘尼傳》卷五五，第1510頁。
〔註87〕　《晉書・潘尼傳》卷五五，第1510頁。
〔註88〕　陸侃如：《中古文學繫年》，第750頁。

師釋奠。升觴折俎，上下惟宴。邕邕其來，肅肅其見。」〔註 89〕察其內容，只是描述了一個片斷，應是殘句。

傅咸、摯虞和潘尼都選擇用「頌」體來寫作，是這種文體符合當時的情境。摯虞《文章流別論》說：「頌，詩之美者也。古者聖帝明王，功成治定而頌聲興。於是奏於宗廟，告於鬼神。故頌之所美者，聖王之德也。」〔註 90〕而他們在詩文中大抵稱讚皇太子對於古禮的尊重，行禮時的威儀和皇太子的風範，「頌」體的功能正好滿足了這種要求。

（三）金谷園集會

金谷園，是石崇的別業。石崇爲何選擇金谷園爲別業，並在此作別，似未有人論及，筆者試作發覆。

穀水和洛水一脈相連，《國語》說靈王二十二年「穀洛二水鬥，欲毀王宮」，《後漢書・王梁傳》載王梁爲河南尹，「穿渠，引穀水注洛陽城下，東寫鞏川」，《洛陽伽藍記》載「中朝時以穀水湍急，注於城下，多壞名家，立石橋以限之，長則分流入洛，故名曰長分橋」。《水經・穀水》云穀水「東過河南縣北，東南入於洛」〔註 91〕。酈道元注說：「穀水又東，左會金穀水，水出太白原，東南流歷金谷，謂之金穀水。東南流逕晉衛尉卿石崇之故居。石季倫《金谷詩集敘》曰：『余以元康七年，從太僕出爲征虜將軍，有別廬在河南界金谷澗中，有清泉茂樹，眾果、竹、柏、藥草備具。』金穀水又東南流入於穀。」〔註 92〕據此，金穀水與穀水相通，金穀水東南匯入穀水，穀水又分流入洛水。

注又說：「穀水又東逕金墉城北，魏明帝於洛陽城西北角築之，謂之金墉城……穀水逕洛陽小城北……又東歷大夏門下，故夏門也。陸機《與弟書》云：『門有三層，高百尺，魏明帝造。門內東側，際城有魏明帝所起景陽山，餘基尚存。』孫盛《魏春秋》曰：『景初元年，明帝愈崇宮殿，雕飾觀閣……起景陽山於芳林園，樹松竹草木，捕禽獸以充其中……』穀水又東，枝分南入華林園……其水東注天淵池……池水又東流入洛陽縣之南池。」〔註 93〕據酈道元的意見，穀水流經金墉城北，其中一枝向東向南注

〔註 89〕《初學記》卷一四，第 226 頁。
〔註 90〕《藝文類聚》卷五六，第 1018 頁。
〔註 91〕陳橋驛：《水經注校證》，北京：中華書局 2007 年版，第 391 頁。
〔註 92〕陳橋驛：《水經注校證》，第 393 頁。
〔註 93〕陳橋驛：《水經注校證》，第 393～394 頁。

入洛水，一枝從大夏門進入芳林園內，先經景陽山，再入天淵池，東流進南池。范祥雍《洛陽伽藍記校注》附有《洛陽伽藍記圖》，大略能直觀地反映這段地理，其圖爲：

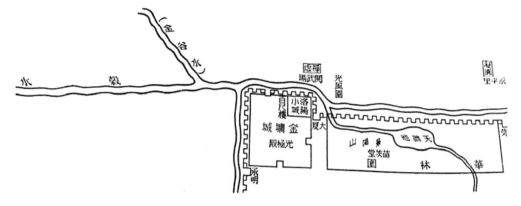

如此說來，穀水是連結金谷園和華林園的水系，而且最終向東南注入洛水。而洛水往東彙入黃河，經成皋和滎陽，沿濟水到定陶，再循濟、淄到達齊魯地區；或在定陶進入菏水，經由泗水入淮，再沿邗溝抵長江，渡江進入東南地區。這後一條水道，或許是石崇出鎮下邳的路線，在金谷園飲宴別離，隨即上船東行，自然是非常方便的。

石崇《金谷詩序》又說「時征西大將軍祭酒王詡當還長安，余與眾賢共送往澗中，晝夜遊宴，屢遷其坐」。爲何王詡去長安而在金谷澗送行呢？《水經》說「穀水出弘農黽池縣南墦冢林穀陽谷，東北過穀城縣北，又東南河南縣北，東南入於洛」〔註94〕，事實上此水也途經函谷關，是長安到洛陽必經的關口，因此筆者猜測而征西大將軍王祭酒王詡要西往長安，可從金穀水進入穀水西行，經函谷關到長安。

可以作爲旁證的是，同時代的張載《敘行賦》說：

歲大荒之孟夏，余將往乎蜀都。脂輕車而秣馬，循路軌以西徂。朝發軔於京宇兮，夕予宿於穀洛。踐有周之舊墟，槐丘荒以寥廓。讚王孫於北門，問九鼎於東郭。寔公旦之所卜，曷斯土之濆薄。入函谷而長驅，歷新安之鹵阜。行逶迤以登降，涉二崤之重阻。經嶔岑之險巇，想姬文之避雨。出潼關以回逝，仰華嶽之崔嵬。〔註95〕

〔註94〕陳橋驛：《水經注校證》，第388～391頁。
〔註95〕《藝文類聚》卷二七，第493頁。

張載西行赴蜀，早上尚在洛陽，傍晚已宿穀洛，這穀洛或是穀水和洛水交界的地方，然後西行至函谷關。

金谷園詩會應當不止一次，但以元康六年「假節監徐州諸軍事，鎮下邳」最為著名。本傳說「送者傾都，帳飲於此」，石崇《金谷詩序》說「凡三十人，吳王師、議郎、關中侯、始平武功蘇紹字世嗣，年五十為首」〔註96〕，可見參與者眾多，是一個規模較大的集會。又說「遂各賦詩，以敘中懷。或不能者，罰酒三斗。感生命之不永，懼凋落之無期。故具列時人官號、姓名、年紀，又寫詩著後」〔註97〕，那麼並不是所有人都有賦詩的才能，不能詩者以三斗酒處罰，而這些詩歌彙聚在一起，按照年紀大小順序排列，儼然就是一部《金谷集》了，當時是否這樣稱呼，已難以獲知，但至遲在劉宋時已有《金谷集》，裴松之注《三國志》稱「（蘇）紹有詩在《金谷集》」。

參加此次遊宴的作品，今天大抵不存了，除潘岳的《金谷集作詩》堪稱完璧外，現在還能夠鉤稽的還有四言的潘岳《金谷詩會》，杜育《金谷詩》。據逯欽立《全晉詩》，其它與石崇贈答者有曹嘉、歐陽建、曹攄、棗腆、嵇紹等人，但難以確定是與作於此次詩會。集會作詩，觸目而作，本無須贈答，但臨別贈詩，在西晉初年也很普遍，若說作於同時，亦不無可能。張金耀《金谷遊宴人物考》〔註98〕經過仔細的考察，得出結論稱「金谷遊宴之日，王詡、石崇、蘇紹、潘岳確定在場，而其它人在場的可能性依次是：杜育、曹攄極可能，劉琨、歐陽建、棗腆有可能，嵇紹不太可能，而曹嘉絕不可能。」

而其中與摯虞有文學交往者，根據目前的材料，只有潘岳、杜育二人。這兩人出現在金谷集會上，又同預「二十四友」，那麼摯虞時任尚書郎，有沒有參加金谷園集會，限於材料，殊難索知了。

（四）摯虞與「二十四友」

摯虞係「二十四友」中的一員，這在《晉書‧賈謐傳》中有明確記載：「謐好學，有才思。既為充嗣，繼佐命之後，又賈后專恣，謐權過人主，至乃鏁繫黃門侍郎，其為威福如此。負其驕寵，奢侈逾度，室宇崇僭，器服珍麗，

〔註96〕嚴可均：《全晉文》卷三三，第 1651 頁。
〔註97〕嚴可均：《全晉文》卷三三，第 1651 頁。
〔註98〕見《復旦學報》（社會科學版），2001 年第 2 期。

歌僮舞女，選極一時。開閣延賓。海內輻湊，貴游豪戚及浮競之徒，莫不盡禮事之。或著文章稱美謐，以方賈誼。渤海石崇歐陽建、榮陽潘岳、吳國陸機陸雲、蘭陵繆徵、京兆杜斌摯虞、琅邪諸葛詮、弘農王粹、襄城杜育、南陽鄒捷、齊國左思、清河崔基、沛國劉環、汝南和郁周恢、安平牽秀、潁川陳眕、太原郭彰、高陽許猛、彭城劉訥、中山劉輿劉琨皆傅會於謐，號曰二十四友，其餘不得預焉。」〔註99〕

　　關於「二十四友」的形成和性質，張國星〔註100〕說「『二十四友』的形成不應早於元康七年末」，其性質是「賈謐爲纂修晉史而羅致的文學之士」。沈玉成〔註101〕的看法與之迥異，認爲「二十四友」的性質是「其中雖多爲文人，實際上是一個政治性集團」，並且這個集團的形成「是一個逐漸集合的過程」，而形成時間「應當在元康五、六年間。」要之，元康四年後，摯虞在朝廷任尙書郎，直到永寧元年始見任少府的記載，此間加入了賈謐的「二十四友」。

　　摯虞在「二十四友」中既不像石崇、潘岳那樣極盡諂媚之能事，又不似陸機、陸雲那般趁機反戈，史書中沒有行跡的描述，大抵是默默無聞的預流者，畢竟「二十四友」囊括了元康年間最優秀的文人和學者，能與他們交遊應該是當時文人學士的榮譽。

　　摯虞與「二十四友」諸人的交往，能夠得到史料佐證者僅有潘岳和杜育。摯虞與潘岳的交往，討論古尺的施行是太康九年的事情，而《新婚箴》的寫作，應在元康九年，此時兩人同預「二十四友」，故彼此之間存在著文學交往。至於摯虞與杜育的交往，僅見兩首贈答詩，即杜育的《贈摯仲治詩》和摯虞的《答杜育詩》。

　　杜育《贈摯仲治詩》曰：

　　　之子于歸，言秣其駒。矧乃斯人，乃邁乃徂。

　　　雖非顯甫，餞彼百壺。雖非張仲，將膾河魚。

　　　人亦有言，貴在同音。雖曰翻飛，曾未異林。

　　　顧戀同枝，增其慨心。望爾不遐，無金玉音。〔註102〕

〔註99〕《晉書・賈謐傳》卷四〇，第1173頁。
〔註100〕張國星：《關於〈晉書・賈謐傳〉中的「二十四友」》，《文史》第二十七輯。
〔註101〕沈玉成：《「竹林七賢」與「二十四友」》，原發於《遼寧大學學報》1990年第6期，第137頁；又收入《沈玉成文存》，第245頁。
〔註102〕逯欽立：《全晉詩》卷八，第727頁。

摯虞《答杜育詩》曰：

> 越有杜生，旣文且哲。龍躍潁豫，有聲彰澈。
> 賴茲三益，如瓊如切。好以義結，友以文會。
> 豈伊在高，分定傾蓋。其人如玉，美彼生芻。
> 鐘鼓匪樂，安用百壺。老夫灌灌，離群索居。
> 懷戀結好，心焉恨如。〔註103〕

鄧國光據「龍躍潁豫」斷定「乃詩作於杜育任汝南太守之際也」〔註104〕。俞士玲以爲是摯虞由尙書郎轉陽城令，杜育設宴送行時所作。兩位俱根據詩意斷爲離別之作，這是不錯的，但到底哪一次離別，兩人的說法完全不同。鄧國光已指出「老夫灌灌」是「運《詩經·大雅·板》之成辭」，但俞士玲仍然要將「老夫」坐實，發現與摯虞年齡不合，遂強辭遷就己說，曰：「摯虞爲聞喜令在泰始末、咸寧初，摯虞三十歲左右，不當自稱『老夫』，由尙書郎出爲陽城令，虞年已四十餘，又傳被出乃答詔不善或定品不當，與二詩情緒相合，故繫二詩於太康七、八年。」〔註105〕

　　對於這兩首贈答詩，我傾向於是普通的離別之作，時間可能在同預「二十四友」的時候。「龍躍潁豫」，是摯虞對杜育出身的誇讚，因爲《世說新語·品藻》劉孝標注引《晉諸公贊》說杜育是襄城鄧陵（余嘉錫箋注引程炎震說糾爲「定陵」）人。查《晉書·地理志》，襄城郡原是潁川郡，晉武帝泰始二年時始分出，仍屬於豫州，則潁豫分明是杜育的故鄉，鄧國光所斷似有可商。「好以義結，友以文會」，前句不好落實，但後句所謂的「文會」，應該是指參加賈謐的「二十四友」。杜育之「顧戀同枝」句，俞士玲說「杜育是時或亦任職尙書省」，亦可理解爲同預「二十四友」。而「雖曰翻飛，曾未異林」、「望爾不暇，無金玉音」兩句，應該說杜育確實離開洛陽，但距離不是很遠，只是爲兩人不能一起寫詩會文而感到遺憾。

　　杜育的生平，《世說新語·品藻》說「劉令言始入洛，見諸名士而歎曰：『……杜方叔拙於用才』」〔註106〕，劉孝標注引《晉諸公贊》記載曰：「杜育，字方叔，襄城鄧陵人，杜襲孫也。育幼便岐嶷，號神童。及長，美風姿，有

〔註103〕《藝文類聚》卷三一，第552頁。
〔註104〕鄧國光：《摯虞研究》，第132頁。
〔註105〕俞士玲：《西晉文學考論》，第181頁。
〔註106〕余嘉錫：《世說新語箋注》，第602頁。

才藻，時人號曰『杜聖』。累遷國子祭酒。洛陽將沒，爲賊所殺。」〔註107〕
據此可悉杜育在當時係名士，檢其作品，除《贈摯仲治詩外》，還有《金谷詩》、
《蒸賦》、《菽賦》等等，而學術著作有《易義》。他最後官至國子祭酒，因此
《隋志》記載爲「晉國子祭酒《杜育集》二卷」〔註108〕，在洛陽即將淪陷之
時死於戰亂，應卒於永嘉五年（311）。

　　但史書中還記載了另外一個積極參與八王之亂的杜育，《晉書·傳祗傳》
記載他爲常侍，黨附司馬倫，倫敗後，爲司馬冏收付廷尉〔註109〕，此事在永
寧元年（301）四月，而司馬冏死於太安元年（302）十二月，杜育或在此時
獲釋轉遷，又《晉書·劉琨傳》記載他曾於永興元年（304），以汝南太守身
份與劉琨率兵到許昌解救遭劉喬攻擊的范陽王司馬虓。

　　逯欽立將以上兩個杜育的事蹟糅合在一起，說：「永興中，拜汝南太守。
永嘉中，進右將軍。後爲國子祭酒。永嘉五年，洛陽將沒，死於難。」〔註110〕
該小傳有待推敲，杜育於永興元年已是汝南太守，時當用武之際，由右將軍
轉爲國子祭酒的可能性不大。如果這杜育與「二十四友」中的襄城杜育同是
一人，那麼《晉諸公贊》隻字未提，似乎不合常理，畢竟《晉諸公贊》的作
者係傅暢，西晉末曾任秘書丞，不容不知；而前者官至常侍、汝南太守，參
與了八王之亂，而後者官至國子祭酒，死於洛陽的戰亂，行跡判然有別。因
此筆者認爲當時有兩個同名的杜育。《太平御覽》引崔鴻《前趙錄》曰：「杜
育，字子光，濮陽人。少爲賊，其母每怒育曰：『天下將亂，且以習膽。如意，
望封侯。不如意，佃不使他斫人頭。』曾爲賊圍，衣甲三重，持戟蓬轉而出。」
〔註111〕此濮陽杜育與前者應係同一人。

　　「二十四友」形成是在元康五六年間，解體是在永康元年（300年）賈謐
被殺，則此詩的寫作時間只能大致界定在295～300年間，確切年份已不能考
明。

二、摯虞與西晉文人的贈答

　　西晉的贈答風氣特別濃鬱，查逯欽立《全晉詩》，題名贈答者頗多：有些

〔註107〕余嘉錫：《世說新語箋注》，第602頁。
〔註108〕《隋書·經籍志》卷三五，第1063頁。
〔註109〕《晉書·傳祗傳》卷四七，第1332頁。
〔註110〕逯欽立：《全晉詩》卷八，第727頁。
〔註111〕《太平御覽》卷三五二，第1620頁。

詩歌，贈答雙方俱存，如石崇《贈棗腆詩》與棗腆《答石崇詩》，陸雲《贈鄭曼季詩》與鄭豐《答陸士龍詩》；有些僅存贈詩，如張華《贈摯虞》、張載《贈司隸傅咸詩》；有些僅存答詩，如嵇紹《答石季倫》等。如是種種，頗能反映出西晉年間的詩歌酬酢風氣。這些詩歌基本以四言詩爲主，很能反映出四言詩在當時的地位。

摯虞的文學交往，現在能夠發掘的有五次：一次是張華的五言贈詩，已見前論；一次是在尚書臺任郎官，與同僚傅咸、褚武良、伏武仲和李叔龍的四言詩歌贈答；一次是參加元康三年的釋奠禮，與潘尼、傅咸等作四言詩、頌；一次是潘岳新婚之時，摯虞以箴贈答；一是與「二十四友」的杜育四言詩歌贈答。張華是當時文宗，潘尼、潘岳名列「三張二陸兩潘一左」，但潘尼作《釋奠詩、頌》，同屬應景，未必與摯虞發生交往，其它諸人都不算是西晉的著名作家，這說明摯虞在當時並不是以能文爲名。他的文學交往可考者如下。

（一）摯虞與尚書省同僚贈答

摯虞與傅咸、褚武良、伏武仲、李叔龍等同在尚書省任職，傅咸時任尚書右丞，其它或是臺郎，總之屬於尚書省同僚，彼此之間互有贈答。傅咸有《與尚書同僚詩》，可見當時尚書省同僚之間的詩歌贈答還是比較常見的。

摯虞在太康年間任尚書郎，到永寧元年（301）轉少府前，這十多年的時間內，史書上沒有記載摯虞官職的變遷，因此我們默認他一直擔任尚書郎。根據《文館詞林》所收的三首贈答詩，我們發現摯虞與尚書省同僚之間存在著詩歌唱和，而摯虞所惜別的褚武良和李叔龍諸人，也與傅咸同樣存在著詩歌贈答。因此，尚書臺同僚們的唱和絕不是孤立的存在，而是潛藏著一個文人群體，集體參與、彼此唱和，蔚然形成了一股文學風氣。

傅咸現存的一首詩，可以用來描述這種風氣，題名是《與尚書同僚詩》，詩曰：

> 非望之寵，謬加於己。猥授非據，奄司萬里。煌煌朱軒，服驥驂駟。
> 曄曄初星，肅肅臣僕。暉光顯赫，眾目所屬。斯之弗稱，匪榮伊辱。
> 質弱尚父，受任鷹揚。德非樊仲，王命是將。百城或違，無能有匡。
> 一州之矜，將弛賓綱。得意忘言，言在意後。夫惟神交，可以長久。
> 我心之孚，有盈於缶。與子偕老，豈曰執手。出司萬里，牧彼朔濱。
> 服冕乘軒，六轡既均。威風先邁，百城肅震。〔註112〕

〔註112〕此詩見逯欽立輯：《先秦漢魏晉南北朝詩》，第 605 頁。

此詩作於太康六年，傅咸外任冀州刺史之際。標題中沒有具體的贈答對象，而是將尚書臺群體作爲回應對象，再看詩歌內容，原來是傅咸受官外任冀州刺史、心裏頗覺惶恐，所謂「非望之寵，謬加於己」，應該有尚書郎們的同力譽揚舉薦，如果當時沒有詩歌唱和的風氣，傅咸以寫詩的形式來表達感受，這是很難想像的。

　　關於晉初的尚書臺情況，有尚書令、尚書僕射、列曹尚書、尚書左右丞和尚書郎。《晉書・職官志》記載「尚書」說：「及晉置吏部、三公、客曹、駕部、屯田、度支六曹，而無五兵。咸寧二年，省駕部尚書。四年，省一僕射，又置駕部尚書。太康中，有吏部、殿中及五兵、田曹、度支、左民爲六曹尚書，又無駕部、三公、客曹。」〔註113〕記載「尚書左右丞」說：「晉左丞主臺內禁令，宗廟祠祀，朝儀禮制，選用署吏，急假；右丞掌臺內庫藏廬舍，凡諸器用之物，及廩振人租布，刑獄兵器，督錄遠道文書章表奏事。」〔註114〕記載「尚書郎」說：「及晉受命，武帝罷農部、定課，置直事、殿中、祠部、儀曹、吏部、三公、比部、金部、倉部、度支、都官、二千石、左民、右民、虞曹、屯田、起部、水部、左右主客、駕部、車部、庫部、左右中兵、左右外兵、別兵、都兵、騎兵、左右士、北主客、南主客、爲三十四曹郎。後又置運曹，凡三十五曹，置郎二十三人，更相統攝。」〔註115〕《晉太康起居注》載武帝以王沖爲治書侍御史詔稱：「（王）基子尚書郎沖，雖復清途，猶未免楚撻，其以沖爲治書侍御史。」〔註116〕《通典・職官四》說：「晉尚書郎選極清美，號爲大臣之副。」〔註117〕根據這些史料，我們可以瞭解到晉初尚書有六人、左右僕有兩人，而尚書郎的規模達二十三人，且是大臣的輔弼，是個清美的崗位。從史書中記載的幾例情況來看，尚書臺官員一般都能外調成爲地方的政治或軍事主宰，或升任重要的京官。一般來說，尚書和尚書左右丞轉任的官職要高，如褚䂮轉爲安東將軍、都督揚州諸軍事，傅咸轉爲刺史，而尚書郎轉任職位略低，一般是郡太守或縣令，如李叔龍轉爲太守。潘尼《贈二李郎詩序》稱：

〔註113〕《晉書・職官志》卷二四，第731頁。
〔註114〕《晉書・職官志》卷二四，第731頁。
〔註115〕《晉書・職官志》卷二四，第732頁。
〔註116〕《北堂書鈔》卷六二，第253頁。
〔註117〕《通典・職官四》卷二二，第605頁。

> 元康六年，尚書吏部郎汝南李光彥遷汲郡太守，都亭侯江夏李
> 茂曾遷平陽太守。此二子皆弱冠知名，歷職顯要，旬月之間，繼踵
> 名郡。離儉劇之勤，就放曠之逸，枕鳴琴以俟遠致。離別之際，各
> 斐然賦詩。〔註118〕

由此可知，尚書郎轉任地方官員之際，彼此要賦詩作別。又尚書郎轉遷地方
太守，在當時是司空見慣的事情。

《晉起居注》載太康八年〔註119〕，武帝詔曰：「今之士大夫，多不樂出宰
牧，而好內官，今皆先經外郡，治民著績，然後入爲常伯中書郎。」〔註120〕
如此說來，西晉的官員，偏好留京爲官，而不願意主宰地方，那麼傅咸任冀
州刺史卻稱「出司萬里，牧彼朔濱」，應該與當時士大夫的普遍心態有關。儘
管如此，他們選擇了接受這個任命，並有意氣風發之意，傅咸的詩歌中已經
顯示出成功監察一方的憧憬。

尚書臺官員們的唱和，我們現在所能見到的，只有摯虞、傅咸、褚武良和
李叔龍等人的贈答詩。其它人的生平難以考知，但傅咸在尚書臺任職應該在太
康六年之前，因爲太康六年，他已經出爲冀州刺史，而在此之前擔任過尚書右
丞〔註121〕。而摯虞太康元年除聞喜令，旋丁母憂，期滿釋褐爲尚書郎，具體
時間不詳，應該不會晚於太康六年。我們先來看摯虞和傅咸贈給褚武良的詩：

摯虞《贈褚武良以尚書出爲安東》曰：

> 蕩蕩大晉，奄有八荒。畿服既寧，守在四疆。
> 桓桓褚侯，鎮彼遐方。變文脩武，武步龍驤。其一
> 武有七德，眾鮮克舉。帝用是難，訓咨既普。
> 雖有周親，唯能是與。大周之吉，歸美於褚。其二
> 褚侯之邁，人望實大。企彼江淮，眇焉如帶。
> 智名不彰，勇功斯廢。靡德而稱，靡仁而賴。其三
> 濟濟百辟，穆穆皇朝。雖則異事，誰非同僚。
> 出者眷之，處者戀之。情發於中，用著斯詩。〔註122〕

〔註118〕《太平御覽》卷二五九，第 1217 頁。
〔註119〕《太平御覽》卷二五九，第 1215 頁。
〔註120〕《藝文類聚》卷四八，第 874～875 頁。
〔註121〕俞士玲考定傅玄任尚書右丞爲太康三年，見《西晉文學研究》，第 202 頁。
〔註122〕《文館詞林》卷一五六，《古逸叢書》本。

傅咸《贈褚武良詩》曰：

> 爰暨於褚，惟晉之禎。肇振鳳翼，羽儀上京。
>
> 聿作喉舌，納言紫庭。光贊帝道，敷皇之明。
>
> 方任之重，實在江揚。乃授旄鉞，宣曜威靈。
>
> 悠悠遐邁，東夏於征。〔註123〕

此褚□即褚武良，本傳載其行跡曰：「有局量，以幹用稱。嘗為縣吏，事有不合，令欲鞭之，□曰：『物各有所施，樸樕之材不合以為藩落也，願明府垂察。』乃捨之。家貧，辭吏。年垂五十，鎮南將軍羊祜與□有舊，言於武帝，始被升用，官至安東將軍。」〔註124〕《晉書‧武帝紀》說：「（太康）六年春正月甲申朔，以比歲不登，免租貸宿負。戊辰，以征南大將軍王渾為尚書左僕射，尚書褚□都督揚州諸軍事，楊濟都督荊州諸軍事。〔註125〕」羊祜咸寧二年（276）冬十月由平南將軍轉為征南大將軍，四年（278）十一月卒於位，期間羊祜向武帝推薦，而□年齡將近半百，則生於227年左右，長摯虞幾二十歲，應屬父輩。《晉書‧王渾傳》說：「（王渾）遷安東將軍、都督揚州諸軍事，鎮壽春。……轉征東大將軍，復鎮壽陽。……徵拜尚書左僕射，加散騎常侍。」〔註126〕到了太康六年（285），王渾已是征東大將軍〔註127〕，褚□在此時接任，從尚書轉為安東將軍、都督揚州諸軍事，則年齡已在六十歲左右。很顯然，他既為摯虞、傅咸之父輩，又居同僚之誼，因此摯虞、傅咸的臨別贈答自然是客套有餘，感情不足了。

　　傅咸說褚武良「聿作喉舌，納言紫庭」，指的是在尚書時任言官；「方任之重，實在江揚」，則指的都督揚州諸軍事；「乃授旄鉞，宣曜威靈」，「旄鉞」出自《尚書‧牧誓》「王左杖黃鉞，右秉白旄以麾」，代指軍權，而褚武良時任安東將軍。

　　而摯虞詩歌所指也頗為類似，其一的「畿服既寧，守在四疆。桓桓褚侯，鎮彼遐方」，是說褚武良擁兵鎮守邊疆，而「變文脅武，武步龍驤」，是指由文官尚書郎轉為武官將軍。其二說武將難求，經過尋訪，唯武良符合條件。

〔註123〕《藝文類聚》卷三一，第548～549頁。
〔註124〕《晉書‧褚哀傳》卷九二，第2415頁。
〔註125〕《晉書‧武帝紀》卷三，第76頁。
〔註126〕《晉書‧王渾傳》卷四二，第1202頁。
〔註127〕按，《武帝紀》作征南，與本傳異，茲從本傳。

其三是相信褚武良能夠改變江淮的無武功和仁德的局面。最後說雖然彼此執掌將要不同，仍然是皇室同僚，懷念之情油然而起，故而發爲吟詠。

摯虞、傅咸和褚武良同在尙書省任職，故而同僚遷官之際，不能不有所懷戀，然而褚武良畢竟是擔任一方軍事要員，在仕途上更進一步，因此詩中充滿讚揚和期望的情緒。

我們再來看摯虞和傅咸贈給李叔龍的詩。摯虞《贈李叔龍以尙書郎遷建平太守》曰：

> 我有良朋，時惟李生。拊翼岐蜀，翻飛上京。
>
> 明試以功，聿駿有聲。三載考績，剖符建平。其一
>
> 惟彼建平，居江之瀨。明明在上，率下和會。
>
> 誰謂水深，曾不浮芥。誰謂曠遠，王道無外。其二
>
> 亦既受命，作式南蕃。樞機之發，化流夷蠻。
>
> 多見闕殆，以愼爾愆。無自立辟，而踰短垣。其三
>
> 龍愛同泉，鳳戀共林。之子云往，我勞彌深。
>
> 既有行李，以通其音。南龜象齒，實將云心。〔註128〕

傅咸《贈建平太守李叔龍詩》：

> 弘道興化，實在良守。悠悠建平，皇澤未流。
>
> 朝選於眾，乃子之授。南荊注望，心乎克副。〔註129〕

建平郡屬於荊州，因此傅咸稱「南荊」。又說「皇澤未流」，《晉書・地理志》說「吳、晉各有建平郡，太康元年合」，則顯然指吳國的建平郡。此地直到太康滅吳後始歸晉域，以前不在晉朝的統治範圍內，傅咸之「皇澤未流」、摯虞之「化流夷蠻」，預示著李叔龍擔負著教化建平的職責。據摯虞詩之其一可知李叔龍是蜀人，俞士玲更引《華陽國志》證其爲梓潼人。李叔龍與摯虞同任尙書郎，如今李叔龍要轉建平太守，成爲地方的父母官，當然是陞遷的好事，鄧國光認爲「（摯虞）於叔龍偃蹇寄深切同情」〔註130〕，殊爲不確。傅咸明言「朝選於眾，乃子之授」，摯虞又說「明試以功，聿駿有聲。三載考績，剖符建平」，李叔龍是在朝廷從眾人中甄選出來，最後授予該職，應該說是從競爭

〔註128〕《文館詞林》卷一五六，《古逸叢書》本。

〔註129〕《藝文類聚》卷三一，第 549 頁。逯欽立收入《先秦漢魏晉南北朝詩》，第 607 頁。

〔註130〕鄧國光：《摯虞研究》，第 132 頁。

中脫穎而出，邢義田也指出郎官外調是陞遷，鄧國光認為李叔龍仕途偃蹇是沒有道理的。摯虞的詩旨是對李叔龍遷官的勉勵和告誡，其一是說李叔龍以優異的考績轉任建平太守，其二是說建平雖曠遠，總是王土，不要以地遠為念，其三是要注意自己的言行，努力成為表率，且敦勉當地的風俗，其四表達了自己的懷戀之情。

　　同是贈給遷官的同僚，還有《答伏武仲》一篇，曰：

　　　　崇山棲鳳，廣泉含螭。洋洋大府，儁德攸宜。

　　　　用集群英，參翼弘規。皇暉增曜，明兩作離。其一

　　　　爰有伏生，東夏之秀。盛德如新。畜智如舊。

　　　　儲材積藝，待時而茂。九德殊途，道將焉就。其二

　　　　邂逅之遇，良願是適。同閈比屋，笑語辛獲。

　　　　望宋謂近，曾不咫尺。一葦則杭，矧茲隔壁。其三

　　　　既近其室，不遠其心。齊此篤愛，惠予好音。

　　　　金聲玉振，文豔旨深。孰不歌詠，被之瑟琴。〔註131〕

傅咸《贈崔伏二郎詩》曰：

　　　　英妙之選，二生之授。顯顯兩城，歡德之茂。

　　　　君子所居，九夷非陋。無狹百里，而不垂覆。

　　　　人之好我，贈我清詩。示我周行，心與道期。

　　　　誠發自中，義形於辭。古人辭讓，豈不爾思。〔註132〕

傅咸所謂的崔伏二郎，今已不可考，細味詩意，亦是二人由尚書郎遷任地方官，從「九夷非陋。無狹百里」來看，他們任職的地方應該不太好。又說「人之好我，贈我清詩」，那麼崔伏二郎給傅咸贈詩在先。這樣看來，當時尚書郎之間的贈答酬唱應該是比較普遍的。

　　俞士玲猜測「摯虞詩之伏武仲與傅咸之伏郎很可能為一人」〔註133〕，確實，同一時候的尚書郎有兩位姓伏的可能性不大。然而察摯虞的詩意，似乎伏武仲遷官至「洋洋大府」，又云「既近其室」，似乎離洛陽比較近。這與傅咸的「九夷非陋。無狹百里」還是迥然不同的。

〔註131〕《文館詞林》卷一五六，《古逸叢書》本。
〔註132〕《藝文類聚》卷三一，第 549 頁。逯欽立收入《先秦漢魏晉南北朝詩》，第606 頁。
〔註133〕俞士玲：《西晉文學考論》，第 176 頁。

（二）摯虞與潘岳的文學贈答

根據現存的史料來看，摯虞儘管撰有文學總集和文學理論著作，但他與西晉文壇作家的交往並不多見，尤其是「三張二陸兩張一左」這些代表晉初文學水準的作家，僅見他與張華、潘岳兩位有所交往。張華有《贈摯仲治詩》一首，曰「君子有逸志，棲遲於一丘。仰蔭高林茂，俯臨淥水流。恬淡養玄虛，沈精研聖猷」〔註134〕，品味詩旨，似在描述一個歸隱山林、浸淫玄學的君子形象，張華贈詩的初衷，現在已經很難判斷了。潘岳也是西晉文壇的重要作家，與摯虞共同參與了賈謐「二十四友」，並且一起討論禮樂制度，應該說關係是比較密切的。

摯虞《新婚箴》曰：

今在哲文，遭家不造。結髮之麗，不同偕老。

既納新配，內芬外藻。厚味臘毒，大命將夭。

色不可耽，命不可輕。君子是憚，敢告後生。〔註135〕

潘岳作《答摯虞新婚箴》，曰：

先王制禮，隨時為正。俯從企及，豈乖物性？女無二歸，男有再聘。女實存色，男實存德。德在居正，色在不惑。新舊兼弘，義申理得。然性情之際，誠難處心。君子過慮，爰獻明箴。防微測隱，文麗旨深。敬納嘉誨，敢酬德音。〔註136〕

根據潘岳的酬答文體和內容可知摯虞的《新婚箴》是贈予潘岳的，其中既有慶喜之意，又暗蘊著箴戒。鄧國光以為「箴以御過，贈婚以箴，前所未聞。則摯虞於岳之納妾，隱存攻責之意。以死憚之，盡殺風景」〔註137〕。鄧氏崇敬摯虞的品行，而鄙薄潘岳之諂事賈謐，因此忖度摯虞對潘岳必有不滿。王曉東細繹摯虞的行文語氣，以為「實是年輕人間的戲謔調侃，而非中年人間的真情告誡」〔註138〕。筆者以為應該是新婚之時，給以警戒，亦屬友人體恤之情，因此潘岳回信以示謝忱。《文心雕龍·銘箴篇》說：「箴者，所以攻疾

〔註134〕《藝文類聚》卷三一，第 547 頁。見逯欽立輯：《先秦漢魏晉南北朝詩》，第 621 頁。

〔註135〕《藝文類聚》卷四○，第 724 頁。

〔註136〕王增文：《潘黃門集校注》，中州古籍出版社 2002 年版，第 160 頁。

〔註137〕鄧國光：《摯虞研究》，第 16 頁。

〔註138〕王曉東：《潘岳的婚姻及其相關作品獻疑》，收入《中國文選學》，學苑出版社 2007 年版，第 330～337 頁；此處見氏著《潘岳研究》，上海古籍出版社 2011 年版，第 39 頁。

防患，喻鍼石也。」〔註139〕摯虞所取，應是「防患」之意。如果他對潘岳有所訾議，大可在論學議政場合進行攻責，又何必在新婚之日頗費微詞，掃人興致，而潘岳又豈能愚蠢到無所覺察而誠懇敬受呢？若是戲謔之言，潘岳也不必如此一本正經地引經據典、自我申解。

陸侃如考定潘岳《答摯虞新婚箴》作於泰始八年潘岳娶楊肇女之時。《答摯虞新婚箴》有「敬納嘉誨，敢酬德音」句，似作於潘岳新婚時，而潘岳《悼亡賦》寫成於長安東歸時，賦稱「伊良嬪之初降，幾二紀以迄茲」〔註140〕，則婚姻持續了二十四年，以此反推，娶楊肇女似在泰始八年前後〔註141〕。陸氏未能細審文意，作出的判斷是錯誤的。興膳宏說「新娶了漂亮的妻子」〔註142〕，鄧國光稱此新婚應指納妾，王曉東提出續娶小楊氏，具體說法容有差異，但再婚的意見是正確的。摯虞說「遭家不造，結髮之麗，不同偕老」，「造」是吉祥，家裏遇到不幸，結髮之妻不能偕老，明指喪偶，而潘岳答道「男有再聘」，則顯係續弦之意。

潘岳《懷舊賦序》說在十二歲與楊肇女訂婚，興膳宏、傅璇琮以為在咸寧元年（275）完婚〔註143〕，此時潘岳已二十九歲，則訂婚之後十七年才完婚，似不合常理。王曉東考察了魏晉人的婚齡，認為潘岳不晚於景元四年（263）與楊肇女結婚，是為元配大楊氏；又據摯虞《新婚箴》「結髮之麗，不同偕老」句獲悉潘岳再婚，因此推測泰始九年（273）左右，大楊氏卒；次年服闋續娶楊肇小女兒，即小楊氏，元康八年（298）冬，小楊氏復卒。〔註144〕

潘岳晚至二十九歲完婚的原因難以詳悉〔註145〕，這是興氏和傅氏考訂的未解之謎。而王曉東的推測，新則新矣，但層層推論，沒有確鑿的依據；又為配合《悼亡賦》「伊良嬪之初降，幾二紀以迄茲」句，提出楊肇相隔十年，二次嫁女，實在難以索解。因此筆者仍以元康八年（298）六七月間卒於洛陽德宮裏的是潘岳髮妻楊肇之女。潘岳在《答摯虞新婚箴》中開首稱

〔註139〕范文瀾：《文心雕龍注》，第194頁。
〔註140〕王增文：《潘黃門集校注》，第98頁。
〔註141〕陸侃如：《中古文學系年》，第653頁。
〔註142〕興膳宏：《潘岳年譜稿》，第31頁。
〔註143〕興膳宏：《潘岳年譜稿》由楊氏歿年上推兩紀，暫繫於本年，傅璇琮：《潘岳繫年考證》說「其結婚於何時，無史料可徵，大要當在本年以前」。
〔註144〕王曉東：《潘岳研究》，第34～39頁。
〔註145〕顏延之「年三十，猶未婚」，杜甫是三十歲才與十九歲的楊氏結婚，則不可據當時習俗遽以斷定。

「先王制禮」，說明他是服膺禮制的，而禮制規定，妻卒，夫需服齊衰杖期一年，因此潘岳續弦當在元康九年（299）六七月之後。摯虞是禮學家，沒有提及潘岳有違禮之舉，則結婚時已服闋期滿，又將新婚之事與喪妻共提，應該是潘岳服闋不久即已成婚。因此，摯虞和潘岳的新婚贈答應是在元康九年（299）六七月稍後。該年潘岳任黃門侍郎，而摯虞也在朝為官，或仍是尚書郎，史書載其永寧元年（301）已遷少府，此前未聞遷官。元康年間摯虞與潘岳同列「二十四友」，一直在朝廷活動，潘岳的新婚之禮，他去參加是自然不過的。

三、「八王之亂」導致文人的分化及摯虞的人生取向

「八王之亂」自永康元年（300）持續到永興二年（305），這殘酷的六年，不僅毀壞了洛陽自曹丕建都以來八十多年的積纍成果，而且改變了西晉王朝乃至漢民族的命運。西晉的不少文人學士在這場變亂中直接喪生，或者因變亂造成的殘破局面間接殞命。「八王之亂」給西晉文人提供了新的選擇機會，顯示出國家變亂前的不同人生取向。而摯虞在這場動亂中也受牽連，隨惠帝輾轉西遷，但仍然究心於學術，最終飢餓而死，雖不能謂其善終，但也並非遭遇橫禍。

（一）「八王之亂」之際文人的命運

鍾嶸稱許文章中興的「三張二陸兩潘一左」，其實主要活動在元康年間，由於創作內容、風格和主要作家的相似，太康文學也成了西晉文學的總稱。自泰始初到元康末的三十五年間，中原承平，俊才輻輳，隨著平吳的勝利，江南人才也集聚中原，東漢以降，彬彬之盛，莫盛於茲。而文學集會和詩歌贈答也常常發生，逐步推動了文學的繁榮。可惜好景不長，永康元年（300）趙王司馬倫首先發難，使西晉陷入了動蕩和殺戮之中。既往在尚書省、秘書省和著作省任職的文人們，除了討論禮儀、管理典藏、編纂史書外，主要以雅集賦詩度過光陰，而這社會動亂之際，提供了其它的選擇可能，文人學者們的人生取向開始發生了分化。

張華是一代文宗，以其為代表形成了一個創作和評論中心，傅剛教授據《晉書》和《世說新語》的記載，統計出受到張華獎掖的有陸機、陸雲、褚陶、左思、范喬、魯勝、霍原、陶侃、張軌、束皙、陳壽、成公綏、牽秀、索靖等十四人，此外來往頻繁的還有劉頌、閭纘等。元康三年的皇太子釋奠

詩文唱和，傅咸、潘岳和摯虞的文章尚能得見。元康六年，石崇主持的金谷園集會，已見前述。元康後期，大概在五六年到永康元年間，在賈謐身邊陸續形成的「二十四友」，基本包括了當時活躍的主要文人。但「二十四友」構成複雜，未必全爲文人，茲以《隋志》著錄別集的文人作爲討論的重點，共有十一人，分別是石崇、潘岳、歐陽建、杜育、摯虞、左思、陸機、陸雲、繆徵、牽秀、劉琨等。

根據上述提及的文學活動，大致能夠清楚元康年間的文人情況，再根據他們在「八王之亂」中的不同經歷和命運，我們可以看出文人在重大變故時的立場及人生選擇的分化。我們擬選取行跡比較清晰的文人略分爲兩類：

1. 涉獵政治、孜孜事功者

這一類的代表人物有張華、石崇、歐陽建、潘岳、陸機、陸雲、劉琨等，劉輿、王粹、牽秀等也能歸入此類。

張華是元康年間的重臣，位至司空，是當時的著名政治家。趙王倫素有野心，「深交賈郭，諂事中宮，大爲賈后所親信」，想入朝執政，遭到張華、裴頠等人的反對，又欲求爲尚書令，復遭張華的拒絕，因此爲司馬倫所不容，早早遇害。

石崇、潘岳是積極干預政事的，與當朝高官往往有所聯繫，潘岳本傳說他們諂事當權者賈謐。石崇因劫略過往富商而致富，曾與外戚王愷鬥富，但在政治上地位有限，故依附烜赫的賈謐。而潘岳諂事賈謐，望塵而拜，見譏後世，又參與了賈后廢太子的密謀，與政治關係密切。潘岳因早年多次撻辱孫秀，孫秀後爲司馬倫嬖人，自然不忘舊惡。石崇也因孫秀欲奪愛妾綠珠，拒絕給予而遭到忌恨。孫秀勸司馬倫誅除石崇及其甥歐陽建，兩人知道後聯合潘岳勸淮南王司馬允和齊王司馬冏起兵攻殺倫、秀，機事泄露，永康元年八月，孫秀同日「矯詔收崇及潘岳、歐陽建等」。

歐陽建是石崇的外甥，著有《言盡意論》。曾任馮翊太守，征西大將軍司馬倫都督雍梁時，曾「誅羌大酋數十人，胡遂反」，歐陽建表其罪惡，朝廷徵倫爲車騎將軍，以梁王司馬肜替代其位。歐陽建與司馬倫的怨恨應是源於此事。因此，一旦司馬倫得勢，歐陽建自然首當其衝。

劉琨，生於 271 年，據本傳載，年二十六參與了石崇的金谷集會，「冠絕時輩」，「文詠頗爲當時所許」，屬於才華豐贍的詩人。他從「八王之亂」中受益匪淺，因與司馬倫有姻親關係，得以擔當重任，又在齊王冏和范陽王虓中

輾轉任職，最終封侯。後來因與五胡作戰卓有勝績而名揚後世。劉琨之兄劉輿，與其弟的行跡頗有類似，但行爲卑鄙，構罪他人，極爲殘忍。

陸機是吳人出身，太康末年帶著亡國者的恥辱來到洛陽。吳人要在中原站穩腳跟，只有選擇依附有勢力的達官顯宦，才有可能通過建功立業來實現自己的價值，這是陸機拜詣張華、王濟，始宦楊駿、從遊賈謐、再投司馬倫、又附司馬穎，出入清濁、數易出處的深層原因。陸機家族在孫吳長期典兵，祖父陸遜位至大都督，父親陸抗曾是大司馬，去世後眾兄弟「分領抗兵」，世代爲重要將領，吳國潰亡，陸機家族難辭其咎，因此他很想通過自己的努力來挽回家族的聲譽。但在賈謐幕中，陸機是被當作文人看待，這與他志匡世難的理想不合，因此陸機對賈謐非但沒有主賓恩情，而且適時倒戈，漁獵厚爵，史載司馬倫誅賈謐後，陸機「豫誅賈謐功，賜爵關中侯」。陸機轉投司馬倫後，屢獲陞遷，從相國參軍，賜爵關中侯，遷中書郎，從此捲入了晉室的紛爭，爲司馬倫篡位獻計劃策而不計封建皇權道德，這表明他對晉室的是是非非不甚關心，只想依傍權勢以圖實現自身的抱負。司馬倫垮臺後，司馬冏因陸機曾在倫麾下擔任中書郎，懷疑九錫文和禪詔出於其手，而將其交付廷尉審理，幸得司馬穎等救理方免於不死。陸機從此依附手握重權的司馬穎，並且得到器重，受命執掌兵權。然而陸機畢竟是出色的文學家，卻算不得是將才，同事江統等人評價他爲「計慮淺近，不能董攝群帥，致果殺敵」，運籌帷幄既不能深謀遠慮，馳騁彊場又不能統領將帥，最終在與司馬乂會師鹿苑時遭遇慘敗，史稱「死者如積，水爲之不流」。後來孟超又對眾宣稱陸機將反，孟玖又能在司馬穎告狀說陸機有異志，並且聯合了一幫中朝將帥來證成陸機之罪。司馬穎聽信了他們的讒言而不肯派人檢校陸機的「反逆之征」，最終以「圖爲反逆，應加族誅」的罪名殺害了陸機、陸雲兄弟。

陸雲也在「八王之亂」中統軍，成都王司馬穎先表爲清河內史，繼以爲前鋒都督，討伐齊王冏，張昌亂時，司馬穎拜爲持節大都督、前鋒將軍進行征戰。後來孟玖欲用其父爲邯鄲令，盧志阿從其意，陸雲堅執不可，孟玖因此含忿，最終與陸機一同被收遇害。

王粹、牽秀也參加了「八王之亂」。陸機受司馬穎令擔任後將軍、河北大都督，本傳說他「以三世爲將，道家所忌，又羈旅入宦，頓居群士之右，而王粹、牽秀等皆有怨心」，「（陸）機鄉人孫惠亦勸機讓都督於（王）粹」，因此陸機堅決請求辭去都督，但沒有獲得司馬穎的批准，最終導致了悲劇的命

運。陸機領兵時，牽秀兵敗河橋，委責任於陸機，孟超、孟玖誣告陸機，牽秀也助紂爲虐，其人品實不足道。

這一派介入政治鬥爭，孜孜於事功者，人品頗受後人嗤議。張華與賈氏素來不合，賈充之黨中荀勖、馮紞屢欲加害，而賈后專政，賈謐擅權，張華也爲賈氏周旋謀劃。王鳴盛《十七史商榷》說：

> 潘岳、石崇附賈謐，望塵而拜，不等言矣。而劉琨、陸機亦皆附謐，在二十四友之數。趙王倫之篡，樂廣素號玄虛，仍奉璽綬勸進，而琨則爲倫所信用，晉少貞臣如此。〔註146〕

在那個諂媚得勢，夤緣而進的社會裏，任何試圖在政治上有所作爲的正直之士，都不得不忍辱負重，張華、陸機、陸雲的情況，應作如是觀，因此千載之下，人不以爲過。潘岳、石崇等，究其本質，屬於無行的文人，曾因驕侈與人構隙，攀附賈謐不過是邀獲榮寵、以求自保而已，並未曾實施過罪惡的舉動。而那些敢於不顧顏面、佞主阿附的小人，時局動蕩之際，最容易嶄露頭角，劉輿、牽秀等人道德敗壞，至今爲人所不齒。因此說，這些孜孜事功的文士，也不是渾然的一體，仍然是有所分化的。

2. 供職內府，繼續治學者

另一類是杜育、繆徵、潘尼、摯虞等繼續供職內府，致力於自己所擅長的學問，但隨著局勢的動蕩，終究免不了死亡的命運。

杜育的情況，已見前述，他未參與到「八王之亂」中，以文臣的身份在內府供職，最後在洛陽將沒時淪死敵手。

潘尼，屬於學者出身。大約於太康四年（283）舉秀才爲博士，後爲高陸令，太康十年（289）曾爲淮南王司馬允鎮軍參軍。元康初，入宮爲太子舍人，短暫出爲宛令，元康六年任尚書郎。永康元年（300）轉爲著作郎，永安元年（301）三月短暫爲齊王冏參軍，掌管書記，四月返京晉爵安昌公，六月轉爲黃門侍郎，十二月又任散騎常侍，時局動蕩，一年三遷。後隨惠帝輾轉播遷，永興元年（303）後，爲侍中、秘書監、在長安爲中書令，回洛後任太常卿。永嘉五年（311），攜家屬還鄉之際，遇賊不得前，病死於塢壁。儘管潘尼做過齊王冏一個月的文官，但基本還是在內府伴隨惠帝度過，與摯虞的行跡相類，擔任的官職也差不多，因此沒有在「八王之亂」中引來直接的殺身之禍。

〔註146〕王鳴盛：《十七史商榷》卷四九，上海：上海書店出版社2005年版，第366頁。

　　繆徵也是文官出身，《隋志》著有本集二卷，《七錄》有錄一卷，隋時已亡。武帝時為中書著作郎，屬於賈充一黨，自然與賈謐親善，名列「二十四友」。《晉書・張軌傳》載永寧初「秘書監繆世徵、少府摯虞夜觀星象」云云，則永寧年間（301～302）任秘書監，任職之際奏華嶠子華暢為佐著作郎，「克成十典，並草魏晉紀傳」。繆徵於「八王之亂」之際在秘府任職，應是沒有參加戰亂的。

　　另外值得一提的是左思，曾於咸寧初任秘書郎，參與整理圖書，元康初為隴西王泰祭酒，六年為張華司空祭酒，永康元年，其妹左棻去世，退居宜春里，專意典籍，後來齊王冏命為記室督，辭疾不就，最終病死於冀州。左思在趙王倫專政之際，已經不再任職，專注於文翰之事，即使齊王冏邀請出仕，也拒絕不就，並沒有死於「八王之亂」，永嘉初年以病終年。

（二）摯虞的立身與人生取向

　　晉初朝廷已存在兩派勢力，呂思勉已指出「充既為帝所遇，欲專名勢；而庾純、張華、溫顒、向秀、和嶠之徒，皆與愷善；楊珧、王恂、華廙等，充所親敬；於是朋黨紛然」。羅宗強亦說西晉始建之際，朝內已形成了兩派勢力，一派是協助司馬氏奪權的貴族如何曾、王沈、裴秀、羊琇、傅玄、賈充、荀顗、王濟、楊珧、王恂、華廙等人，而王沈、賈充尤為重要，因預弒高貴鄉公有功，為司馬氏禪代掃除最後一個障礙；另一派是名士清流如張華、裴頠、庾純、溫顒、向秀、和嶠、任愷諸人，立身清正，因自己的聲望為世所重。這兩派勢力互不容忍，凡有機會，總是趁機諷勸武帝貶謫對方，尤其在圍繞孝惠帝娶妃和惠帝接任太子兩件事上有鮮明地體現。

　　但晉初的朋黨之爭，摯虞並未躋身，大概有兩個原因：首先，黨爭雙方都是品職較高的貴族，或者是晉祚建立的功臣，或者是名重一時的名士，因此能夠干預婚配和廢立諸事，而摯虞泰始年間方出仕，職位尚卑，無容置喙；其次，摯虞父親摯模位至太僕卿，史未載其行跡，應是默默無聞的普通官吏，摯虞由京兆郡檄主簿，後又應賢良中正，當是清流出身。正是這樣的身份，因此他與張華有所贈答，卻與荀勖等沒有來往的記錄。或謂其預「二十四友」，賈謐是賈充養子，似有攀附權貴之嫌。「二十四友」是元康五六年間的事，參加朋黨之爭的那一代人已經相繼離世，朝廷朋黨亦歸於衰歇。而賈謐借助賈后勢力遂得獨擅大權，當時俊傑俱出其門，陸機、摯虞等人與其周旋，與晉初的朋黨之爭沒有關係。

綜觀摯虞的文學活動和文學交往，有一個明顯的特徵，即詩歌贈答俱是以四言體爲主，僅見張華贈了一首五言詩，但卻未見摯虞答贈。而傅咸、褚武良、伏武仲、李叔龍、潘尼、潘岳、杜育又各是怎樣的身份呢？

摯虞與傅咸、褚武良、伏武仲、李叔龍同在尙書省任職，屬於同僚之間的贈答，傅咸有《與尙書同僚詩》，可見當時的詩歌贈答還是比較常見的。摯虞與潘岳，在太康九年（288）有古今尺的討論，時潘岳爲尙書度支郎，摯虞或爲尙書祠部郎；元康八年（298），摯虞又贈箴與新婚的潘岳，時潘岳爲著作郎，屬於史官；總之，摯虞與潘岳基本上是以學者身份交往居多。而傅咸在元康三年（293），與摯虞等參與愍懷太子釋奠禮，俱有作品傳世，潘尼時爲太子舍人，也參加了這場釋奠禮，並創作有《釋奠詩、頌》，但不能據此說與摯虞有所來往，潘尼後任秘書監，轉爲主管典藏的史官，更在太安（302～304）之後；又摯虞與傅咸共同纘續《新禮》，直到元康四年（294），傅咸去世。

同預「二十四友」的杜育情況比較複雜，傅暢《晉諸公贊》稱「美風姿，有才藻」，撰有《金谷詩》，則參加了金谷園集會，又作《蓱賦》和《菽賦》，《隋志》著錄本集二卷，則著作不多，故《世說新語‧品藻》劉令言評曰「杜方叔拙於用才」〔註147〕，後遷官國子祭酒，據杜佑《通典》，「漢置博士，至東京，凡十四人，而聰明有威重者一人爲祭酒，謂之博士祭酒，蓋本曰僕射，中興轉爲祭酒」〔註148〕，又「晉武帝咸寧四年，初立國子學，置國子祭酒一人」〔註149〕，則是五經博士的領袖，杜育與儒學密切相關，儘管學術著作僅見《易義》。

那麼，摯虞所結交的文人，基本也是學者，這也反映了摯虞的學者本色。他長期在尙書臺任職，參與討論「新禮」，與同僚時有唱和。後遷少府，尋轉秘書監，掌管秘府典籍，勤於著述，充當了史學家的角色。張方劫惠帝幸長安，時摯虞供職內府，以文官任衛尉卿隨駕，返洛後轉光祿勳、又遷太常卿，天下大亂，四年三遷，難有實權，但仍然在朝廷輾轉任職，永嘉五年，洛陽淪陷後饑餒而死。因此說，摯虞自舉賢良後，短暫任聞喜令，後進入尙書省任職後，此後以文官的身份在朝廷供職，未曾外遷，也未與政，因此避免了在內訌中殞命，而陸機、陸雲、石崇、潘岳等俱在「八王之亂」中死於非命。

〔註147〕余嘉錫：《世說新語箋注》，第 602 頁。
〔註148〕《通典》卷二七，第 763 頁。
〔註149〕《通典》卷二七，第 763 頁。

摯虞與「八王之亂」的關係，只見永寧元年（301）摯虞作《致齊王冏箋》，目的是爲張華申理冤曲，而摯虞《冊隴西王泰爲太尉文》當寫於元康四年（294）的正月，與「八王之亂」並無關係。《晉書·張華傳》載倫、秀伏誅後，齊王冏輔政，摯虞致箋於冏曰：「間於張華沒後入中書省，得華先帝時答詔本草。先帝問華可以輔政持重付以後事者。華答：『明德至親，莫如先王，宜留以爲社稷之鎮。』其忠良之謀，款誠之言，信於幽冥，沒而後彰，與苟且隨時者不可同世而論也。議者有責華以愍懷太子之事不抗節廷爭。當此之時，諫者必得違命之死。先聖之教，死而無益者，不以責人，故晏嬰，齊之正卿，不死崔杼之難；季札，吳之宗臣，不爭逆順之理。理盡而無所施者，固聖教之所不責也。」又據《嵇紹傳》，張華被誅後，「議者追理其事，欲復其爵」，則當時有要求爲張華平反的輿論，摯虞即代表了支持爲張華平反的一派，而嵇紹則是反對平反的代表，他說「兆禍始亂，華實爲之。鄭討幽公之亂，斫子家之棺；魯戮隱罪，終篇貶翬。未忍重戮，事已弘矣。不宜復其爵位，理其無罪」。

四、文人集會與《文章流別集》的編纂

西晉時期，元康年間是文學最繁榮的階段。太康末年，大量吳士入洛，如二陸、張翰等，給中朝文學注入了新的血液，當時傑出的文學家悉數集聚洛陽。天下一統，時人的精神也很振奮，反映在文學上，頗有追摹兩漢的氣魄。而元康初年的承平環境，使得文人學士頗有閒暇，而當時朝廷的領袖人物如張華、賈謐等，也好誘進人物、敦勵才學，常常組織集會，吟詩作頌，形成了數個有影響力的創作圈子。按晉代官制，尚書省擁有三十五位尚書郎，大多是飽學能文之士，因此尚書省同僚常常詩歌贈答，凡有出鎮地方，或任縣令，或做太守，臨別之際往往有詩歌贈答。但這些詩歌是否彙集在一起，還是深可懷疑的。元康三年的皇太子釋奠詩文，應該要交由秘書省收管；而金谷園詩會，諸人詩歌也要提交給石崇，到底當時有沒有編集，如今殊難得知，但劉宋已有《金谷集》，說明當時的詩歌已經收集在一起。

陸雲《與兄平原書》稱「一日會公大欽，欣命坐者皆賦諸詩……弘遠去，當祖道，似當復作詩，構此作一篇……弘遠詩極佳，中靜作亦佳，張魏郡作急就詩，公甚笑」〔註150〕，那麼宴會賦詩和祖道贈詩在西晉年間是很普遍的，

〔註150〕劉運好整理：《陸士龍文集校注》，第 1125 頁。

陸雲又說「一日見正叔，與兄讀古五言詩，此生歎息，欲得之」〔註151〕，則文人之間的共同欣賞評價詩歌風氣也較爲常見。

元康時期的這種文學狀態一直持續到永康元年（300）趙王倫攻入洛陽，一旦國家陷入戰亂，文人學士們的分化趨於明顯，那些志在濟世或阿諛取容的人會率先分道揚鑣，各事新主，投入到血雨腥風的戰鬥中。而以學術自守的文人，儘管與戰爭頗有疏離，但客觀的形勢又迫使他們輾轉播遷，生命岌岌可危。

在經歷了「八王之亂」後，當時的許多重要作家，如張華、陸機、陸雲、潘岳等相繼被害，繁榮的太康文學也從此消歇。摯虞在太康六年左右參與了尚書同僚唱和，後在元康三年參加了皇太子釋奠詩文唱和，又名列賈謐「二十四友」，應該說親自見證了太康文學的繁榮局面，在這耳濡目染之後，摯虞作爲講究規範與等級的禮學家，有沒有自己獨特的思考呢？這種繁榮之後有沒有潛藏著什麼隱憂呢？

西晉自太康以來，傅玄善於模擬樂府，顯示出繁富的特徵；張華的詩歌，文體華豔，「兒女情多，風雲氣少」；潘岳哀悼詩文，「清綺淺淨」，善於言情，纏綿感人；張協長於描摹事物形貌，「巧構形似之言」；陸機以模擬樂府詩頗具聲名，但篇章結構繁縟贍密，字詞句顯得工巧綺練。西晉文人將漢代詩歌作爲學習的起點，並根據自己的才華進行了改編。我們用現在的文學史觀來看待，會說太康文學有了進步的特徵，但摯虞堅守的是儒家正統的文學觀，他的看法可能就有所不同了。尤其它親自參與了文學活動，當時文人學士對文學的認識和創作情況，更會對他有所觸動。

「八王之亂」導致了元康文學的消歇，而太安年間（302～304），洛陽尚未遭受永嘉五年那樣的毀壞，秘書省的藏書依然比較豐富，他出任秘書監，正好藉此機會對西晉的文學創作進行反思。

與當時的文人學士一樣，摯虞也以兩漢文學作爲自己的尊崇對象和討論的標準，《文章流別論》利用了《詩大序》對風、雅、頌、賦、比、興的定義，就清楚地體現了這種情況。又提出「發乎情、止乎禮義」，則「情」的表達是以禮義爲限。又說古詩之賦「以情義爲言，以事類爲佐」指出今詩之賦以「以事形爲本，以義正爲助」，應該是對太康文學的繁縟風格表示不滿，「四過」

〔註151〕劉運好整理：《陸士龍文集校注》，第 1047 頁。

說中稱「麗靡過美，則與情相悖」，應該是針對張華、張協、陸機等專注於形式美而言的。

那麼很顯然，西晉以來擬古之中的新變，是與漢代的本來情況是有所區別的，摯虞要編纂一部總集，挑選一些各種文體典範的文章作爲標準，糾正太康以來文學的缺陷，來指導後來人更規範的創作。《文章流別集》現存的作品篇目，多是出自兩漢，當是反映了摯虞以漢代爲標準的理想。

第三節　魏晉史學家與文學家的文學思想比較

摯虞和李充是史學家，具有相同的工作經歷，又都編纂總集，且有文論傳世。他們的文學觀念體現了史學家的立場，與身爲文學家的曹丕、曹植、陸機相比較，到底有哪些異同呢？本文試圖從優秀作品的選錄標準，對作家作品的評價等角度來觀察史學家立場和文學家立場所表達的文學觀念之異同。

一、李充的生平及文論特點

在經歷了西晉末期的戰亂之後，在江東建立起來的東晉王朝，學術風氣與文學思想，與西晉已經有所迥異了。李充是東晉人，他的生平與文論反映了東晉的時代風氣，其《翰林論》與摯虞的《文章流別論》就不能不有所區別了。

（一）李充的生平、家族及學術特點

李充，生年大約是西晉後期〔註152〕，生卒年與年歲不詳，主要活躍於成、康、穆三世。東晉初爲丞相王導掾，後轉記室參軍，康帝時（343 年以後），褚裒以外戚貴重，引充爲參軍。穆帝永和（345～356）年間，因家貧求外出，蒙殷浩推薦，任職剡縣令，與孫綽、王羲之築別業，永和五年（349），丁母憂，由「少孤」可知父親早卒，根據禮制需爲母親丁憂三年，服闋（352），起爲著作郎，累官至中書侍郎，大概在昇平間（357～361）去世。

〔註152〕曹道衡從元康元年（291）分荊州和揚州十郡置江州開始，又歷數歷代江州刺史，推斷出李充父李矩在西晉惠帝或懷帝初年任江州刺史，而史書說「充少孤」，則應生在西晉後期，見《晉代作家六考》，收在《中古文學史論文集》，第 321 頁。

《晉書》本傳稱「幼好刑名之學，深抑虛浮之士，嘗著《學箴》」〔註153〕，《世說新語‧文學》劉孝標注引檀道鸞《續晉陽秋》云：

> （詢）有才藻，善屬文。自司馬相如、王褒、揚雄諸賢，世尚賦頌，皆體則《詩》、《騷》，傍綜百家之言。正始中，王弼、何晏好《莊》、《老》玄勝之談，而世遂貴焉。至江左李充尤盛。故郭璞五言始會合道家之言而韻之。詢及太原孫綽轉相祖尚，又加以三世之辭，而詩、騷之體盡矣。詢、綽並爲一時文宗，自此作者悉體之。至義熙中，謝混始改。〔註154〕

因此曹道衡、沈玉成《中古文學史料叢考》說：「李充尚玄談，然本傳又言『幼好刑名之學，深抑虛浮之士』，其《學箴》稱『聖教救其末，老莊明其本，本末之途殊而爲教一也』，意在兼綜儒玄而以玄爲本，以時人放誕爲『離本』。可見東晉談玄之士，於前人之任情弛縱已表不滿，李充此論特其一例耳。」〔註155〕根據《學箴》可知李充提倡老莊思想，講究儒玄兼綜。他對善寫名理文章的嵇康特別推重，其《九賢頌》有《嵇中散》，曰「肅肅中散，俊明宣哲。籠罩宇宙，高蹈玄轍」〔註156〕，又作《弔嵇中散》稱「忘尊榮於華堂，括卑靜於蓬室。寧漆園之逍遙，安柱下之得一。寄欣孤松，取樂竹林。尚想蒙莊，聊與抽簪」〔註157〕。《隋書‧經籍志》載：「《晉李充集》二十二卷」，又注「梁十五卷，錄一卷」〔註158〕，當是阮孝緒《七錄》記載的數目。

李充的家學淵源，余歷雄《論李充〈翰林論〉的學術淵源與文學觀念》〔註159〕專門作過討論。充祖李秉處於魏晉之交，曾著《家誡》，主倡「清慎之道」以示子弟；父李矩生當八王紛亂，「乃心王室」，志在匡亂，故而「勇毅多權略，志在立功」；而從父李重，爲人雅正，「以清尚見稱」，「務抑華競」，「銳志銓衡，留心隱逸，濬沖期之識會」，則深受玄風影響，不滿華靡之風，提倡平淡。因此李充的「幼好刑名之學，深抑虛浮之士」，是有家學淵源的。

〔註153〕《晉書‧李充傳》卷九二，第2389頁。

〔註154〕余嘉錫：《世說新語箋疏》，第310頁。

〔註155〕曹道衡、沈玉成：《中古文學史料叢考》，第198頁。

〔註156〕《初學記》卷一七，第412頁。但校點本誤李充爲李尤，嚴可均不誤。

〔註157〕《太平御覽》卷五九六，第2686頁。

〔註158〕《隋書‧經籍志》，第274頁。

〔註159〕參見《中國典籍與文化》，2003年第3期。

（二）李充的史學家身份

《隋書·經籍志序》載：

> 秘書監荀勖，又因《中經》，更著《新簿》，分爲四部，總括群
> 書……大凡四部合二萬九千九百四十五卷……惠、懷之亂，京華蕩
> 覆，渠閣文籍，靡有孑遺。東晉之初，漸更鳩聚。著作郎李充，以
> 勖舊簿校之，其見存者，但有三千一十四卷。充遂總沒眾篇之名，
> 但以甲乙爲次。自爾因循，無所變革。其後中朝遺書，稍流江左。
> 〔註160〕

經過了「八王之亂」和「永嘉之亂」，西晉圖書基本化爲灰燼，原有近三萬卷，
到了李充編《晉元帝書目》，只剩下三千多卷，十僅存一。正是因爲東晉初年
秘閣圖書稀少，故典校藏書的秘書監之職顯得不重要，設置也不清楚，而圖
書整理工作由擔任史職的著作郎李充負責。再檢《晉書·李充傳》稱「爲大
著作郎。於時典籍混亂，充刪除煩重，以類相從，分作四部，甚有條貫，秘
閣以爲永制」〔註161〕，則李充整理圖書、編製目錄是在任大著作郎之後進行
的。根據荀勖《中經新簿》比對秘閣藏書，將所存的部分清理成三千一十四
卷，編成《晉元帝四部書目》，姚名達先生考定爲晉穆帝永和五年（349）之
後的若干年，但考慮到丁母憂三年，應是永和八年（352）之後。

在李充的時代，著作省是重要的修史場所，著作郎與佐著作郎撰有多部
史著傳世。如干寶早在西晉末年就任佐著作郎，東晉初年，元帝聽取王導的
意見，「寶於是始領國史……著《晉紀》，自宣帝迄於愍帝五十三年，凡二十
卷，奏之。其書簡略，直而能婉，咸稱良史」〔註162〕。又如王隱等人，《晉書·
王隱傳》載：

> 太興初，典章稍備，乃召隱及郭璞俱爲著作郎，令撰晉史。豫
> 平王敦功，賜爵平陵縣侯。時著作郎虞預私撰《晉書》，而生長東南，
> 不知中朝事，數訪於隱，並借隱所著書竊寫之，所聞漸廣。是後更
> 疾隱，形於言色。預既豪族，交結權貴，共爲朋黨，以斥隱，竟以
> 謗免，黜歸於家。貧無資用，書遂不就，乃依征西將軍庾亮於武昌。
> 亮供其紙筆，書乃得成，詣闕上之。隱雖好著述，而文辭鄙拙，蕪

〔註160〕《隋書·經籍志》，第906頁。
〔註161〕《晉書·李充傳》卷九二，第2391頁。
〔註162〕《晉書·干寶傳》卷八二，第2150頁。

舛不倫。其書次第可觀者，皆其父所撰。文體混漫義不可解者，隱
之作也。年七十餘，卒於家。〔註163〕

那麼王隱、郭璞、虞預曾在太興年間（318～321）以著作官員受命撰寫晉史。
又如謝沈，何法盛《晉中興書》載：「謝沈爲祠部郎，何充、庾冰以沈有史才，
遷大著作。」〔註164〕《晉書·謝沈傳》載：

> 康帝即位，朝議疑七廟迭毀，乃以太學博士徵，以質疑滯。以
> 母憂去職。服闋，除尚書度支郎。何充、庾冰並稱沈有史才，遷著
> 作郎，撰《晉書》三十餘卷。會卒，時年五十二。沈先著《後漢書》
> 百卷，及《毛詩》、《漢書補傳》，所著述及詩賦文論皆行於世，其才
> 學在虞預之右云。〔註165〕

康帝即位在建元元年（343），以太學博士徵謝沈，不久丁母憂，待其服闋，
根據禮法，如其父在，丁憂一年，父不在，則三年。總之，至少一年之後，
又出任尚書度支郎。後在何充、庾冰的推薦下，遷任著作郎。何充卒於穆帝
永和二年（346），庾冰卒於康帝建元二年（344），何充和庾冰應該不是聯袂
推薦，容有先後，那麼至遲在永和二年（346）出任著作郎。

以上數人都是史書有明確記載的，在李充之前以著作郎或佐郎的身份參
與了史書的寫作，李充擔任著作郎後，身爲史官，自然是有修史的職業要求。
在李充之後，如孫盛，永和十年（354）至太元元年（373）間以祕書監領著
作，撰有《魏氏春秋》、《晉陽秋》，袁山松在隆安五年（401）前以祕書監身
份撰寫《後漢書》，王韶之在義熙元年（405）到九年（413）間以佐著作郎身
份撰寫《晉安帝陽秋》，徐廣以著作郎、祕書監身份在義熙十二年（416）後
完成《晉紀》，如此種種，不煩贅列。

（三）《翰林論》和《翰林集》的面貌

《晉書》本傳說李充曾擔任大著作郎，因典籍混亂，主持整理圖書，並
編制書目，分爲甲乙丙丁四部，實以經史子集爲次。因此李充與摯虞都是當
時的史學家，同樣的身份，使他們編纂《文章流別論》和《翰林論》的時候，
表達了類似的文論意見，因此王運熙、楊明說「《翰林論》是與摯虞《文章流
別論》性質相近的文論專著」〔註166〕；又根據《隋志》總集類「《翰林論》三

〔註163〕《晉書·王隱傳》卷八二，第2142～2143頁。
〔註164〕《太平御覽》卷二三四，第1110頁。
〔註165〕《晉書·謝沈傳》卷八二，第2152頁。
〔註166〕王運熙、楊明：《魏晉南北朝文學批評史》，第149頁。

卷」條下注「梁五十四卷」的說法，推測道：「李充原撰有《翰林》一書，係文章總集，久佚；《翰林論》乃是其中的論述部分。《翰林》與《翰林論》之關係，猶如摯虞的《文章流別集》與《文章流別論》。」〔註167〕這種推測是正確的，可能梁代所存的五十四卷是《翰林集》，而這三卷是從集中輯出的文論，故稱《翰林論》三卷，當時兩書並存，後經梁末書禍，總集亡佚，到了唐初，唯見《翰林論》。如果再大膽一點，《翰林集》應該帶有《文章流別集》的續編性質，這個觀點下面將要展開論述。

《玉海》卷六二引《中興書目》稱「凡二十八篇，論爲文體要」〔註168〕，即是討論寫作的文體問題。李充《翰林論》重視區分文體，評述作品，且注意辨析源流。前人已做過輯佚工作，茲略加增補修訂，並依據文體順序排列。

賦

木氏《海賦》，壯則壯矣，然首尾負揭，狀若文章，亦將由未成而然也。〔註169〕

詩

應休璉五言詩，百數十篇，以風規治道，蓋有詩人之旨焉。

〔註170〕

贊

容象圖而贊立，宜使辭簡而義正。孔融之贊楊公，亦其美也。

〔註171〕

論

研覈名理而論難生焉。論貴於允理，不求支離。若嵇康之論，成文美矣。〔註172〕

揚子論秦之劇，稱新之美，此乃計其勝負、比其優劣之義。

〔註173〕

〔註167〕王運熙、楊明：《魏晉南北朝文學批評史》，第149頁。
〔註168〕《玉海》卷六二，第1178頁。
〔註169〕李善注：《文選》卷一二，第183頁。原引作「李尤《翰林論》」，「尤」當「充」之形誤。
〔註170〕李善注：《文選》，第305頁。
〔註171〕《太平御覽》卷五八八，第2649頁。
〔註172〕《太平御覽》卷五九五，第2678頁。
〔註173〕李善注：《文選》卷四八，第678頁。

誡誥

　　誡誥施於弼違。〔註174〕

表

　　表宜以遠大爲本，不以華藻爲先。若曹子建之表，可謂成文矣。
諸葛亮之表劉主，裴公之辭侍中，羊公之讓開府，可謂德音矣。
〔註175〕

駁

　　駁不以華藻爲先。世以傅長虞美奏駁事，爲邦之司直矣。〔註176〕

議

　　在朝辨政而議奏出。宜以遠大爲本。陸機《議晉斷》，亦各其美
矣。〔註177〕

檄

　　盟檄發於師旅。相如《喻蜀父老》，可謂德音矣。〔註178〕

有關詩的部分，還可補充一點，鍾嶸《詩品》論「晉弘農太守郭璞詩」云：

　　憲章潘岳，文體相輝，彪炳可玩。始變中原平淡之體，故稱中
興第一。《翰林》以爲詩首。但《遊仙》之作，辭多慷慨，乖遠玄宗。
而云「奈何虎豹姿」；又云「戢翼棲榛梗」，乃是坎壈詠懷，非列仙
之趣也。〔註179〕

《翰林》稱郭璞的詩歌爲「詩首」，曹旭釋爲「詩中首稱，執牛耳者也」〔註
180〕，這是很有意思的信息。另外，余歷雄指出《太平廣記》卷一三「郭璞」
條，原出《神仙傳》，內引李弘范《翰林明道論》：「景純善於遙寄。綴文之士，
皆同宗之。」〔註181〕周勳初以爲是《翰林論》佚文，但筆者認爲很可疑，姑
置之勿論。

〔註174〕《太平御覽》卷五九三，第 2671 頁。
〔註175〕《太平御覽》卷五九四，第 2674 頁。
〔註176〕《太平御覽》卷五九四，第 2677 頁。
〔註177〕《太平御覽》卷五九五，第 2679 頁。
〔註178〕《太平御覽》卷五九七，第 2688 頁。
〔註179〕曹旭：《詩品箋注》，北京：人民文學出版社 2009 年版，第 144～145 頁。
〔註180〕曹旭：《詩品箋注》，第 146 頁。
〔註181〕余歷雄：《師門問學錄》，南京：鳳凰出版社 2004 年版，第 68 頁。

「翰林」之稱，揚雄《長楊賦序》云「聊因筆墨之成文章，故藉翰林以爲主人，子墨爲客卿以諷」，陸機《文賦》曰「粲風飛而飆豎，鬱雲起乎翰林」〔註182〕。《世說新語・文學》劉孝標注「（桓玄）文翰之美，高於一世」，又稱美「陸士衡之議」可謂成文，又認爲潘岳爲文雖美，「猶淺於陸機」，則李充對陸機的推崇可想而知。而東晉時期對潘陸的評價，以揚潘抑陸最具勢力，孫綽說「潘文淺而淨，陸文深而蕪」，謝混說「潘詩爛若舒錦，無處不佳。陸文如披沙簡金，往往見寶」，謝靈運也說誇潘岳詩「古今難比」，應該說李充對潘陸的優劣評價，與當時的輿論還是有所區別的〔註183〕。《文選》錄詩以陸機最多，鍾嶸又稱爲「太康之英」，則陸機在南朝的地位之奠定，最早應來自李充的卓識。黃侃說《翰林論》：「以沉思翰藻爲貴者，故極推孔陸而立名曰《翰林》。」〔註184〕因此李充對「文」的認識可能接受了陸機的影響，他說：

> 或問曰：「何如斯可謂之文？」答曰：「孔文舉之書，陸士衡之議，斯可謂成文矣。」〔註185〕

這裏舉出「文」的代表性作品是從孔融的書和陸機的議，則文章概念比較寬泛，應取自《文章流別集》。

當然「詩」也包括在文之內，《初學記》引李充《翰林論》說：「潘安仁之爲文也，猶翔禽之羽毛，衣被之綃縠。」〔註186〕這與鍾嶸《詩品》的論述相似，「晉黃門郎潘岳詩」條云：

> 其源出於仲宣。《翰林》歎其翩翩奕奕，如翔禽之有羽毛，衣服之有綃縠，猶淺於陸機。謝混云：「潘詩爛若舒錦，無處不佳；陸文如披沙簡金，往往見寶。」嶸謂：益壽輕華，故以潘勝；《翰林》篤論，故歎陸爲深。余常言：陸才如海，潘才如江。〔註187〕

那麼很清楚地，《翰林論》原話應該是：

> 潘安仁之爲文也，翩翩奕奕，猶翔禽之有羽毛，衣服之有綃縠，猶淺於陸機。

鍾論《詩品》係截裂原文。據筆者查許逸民所編《初學記索引》，《初學記》

〔註182〕張少康：《文賦集釋》，第 89 頁。
〔註183〕關於潘陸的評價差別，詳見傅剛：《昭明文選研究》，第 198～199 頁。
〔註184〕黃侃：《文心雕龍札記》，上海：上海古籍出版社 2000 年版，第 219 頁。
〔註185〕《太平御覽》卷五八五，第 2636 頁。
〔註186〕《初學記》卷二一，第 512 頁。《太平御覽》卷五九九，第 2697 頁，無「之」。
〔註187〕曹旭：《詩品箋注》，第 80 頁。

並無引用《詩品》，則也是來自《翰林論》原作，是否有「翩翩奕奕」句或可存疑，但誤削「猶淺於陸機」爲確鑿無疑。

李充評價潘岳的詩歌，贊爲「翩翩奕奕」，曹旭釋爲「輕捷優美貌，比喻文詞輕快美好」〔註188〕，重視其辭藻美麗的特點，具有文學作品的形式美特徵。當然，據此不足以說明李充對辭藻華靡持反對的態度。

根據《翰林論》的記載，我們能夠得到《翰林集》所收的作家姓名，但具體的作品有些有直接的交待，有些只是推測，我們會在「備註」中注明來源。表曰：

作家	生卒年	作　品	文體	備註
司馬相如	？～前 118	《喻蜀父老》	檄	相如《喻蜀父老》
揚雄	前 53～後 18	《劇秦美新》	論	揚子論秦之劇，稱新之美
孔融	153～208	《楊四公贊》〔註189〕	贊	孔融之贊楊公
諸葛亮	181～234	《前後出師表》	表	諸葛亮之表劉主
曹植	192～232	《求自試表》《求通親親表》	表	曹子建表？
應璩	190～252	《百一詩》	詩	
嵇康	224～263	《養生論》	論	嵇康之論？
羊祜	221～278	《讓開府表》	表	羊公之讓開府
傅咸	239～294	《重表駁成粲議太社》	駁	傅長虞美奏駁事
裴頠	267～300	《辭侍中表》	表	裴公之辭侍中
潘岳	247～300		詩	《詩品》
陸機	261～303	《議立晉書限斷》	議	陸機《議晉斷》
木華	武惠之世	《海賦》	賦	木氏《海賦》
郭璞	276～324		詩	《詩品》

從上表可以看出，漢人僅有司馬相如、揚雄和孔融，而剩下的都是三國西晉之人，儘管郭璞已入東晉，但主要活躍於西晉時期，應該不妨礙《翰林集》的體例。因此，《翰林集》主要收錄三國西晉的作家，李充任著作郎編《晉

〔註188〕曹旭：《詩品箋注》，第81頁。
〔註189〕俞紹初：《建安七子佚文存目考》，見氏著《建安七子集》，第212頁。

元帝書目》，應在永和八年（352）之後，應該說《翰林集》是有不錄東晉作家的原則。

（四）《翰林論》的文學思想及後世評價

李充重視對作品的評價，因此《文鏡秘府論》說「李充之製《翰林》，褒貶古今，斟酌病利，乃作者之師表」〔註190〕，而評價作品的標準有「成文」和「德音」兩點，說明李充區分了文章的文學性與實用性兩種不同的應用情況。「成文」的作品中，有「曹子建之表」、「嵇康之論」、「孔文舉之書，陸士衡之議」；而「德音」有「諸葛亮之表劉主，裴公之辭侍中，羊公之讓開府」、「相如《喻蜀父老》」等。李充儘管區分爲兩種標準，但沒有表達明顯的優劣傾向，應該說他對這兩種都是認可的。

在風格上，李充多次提到「以遠大爲本」、「不以華藻爲先」，通過對表和議奏的論述表達了他重視文章的立意高遠，而提及辭藻華靡的屬於應用文體如表和駁議，只是說「華藻」不是這些文體的首要任務，也未必能夠說明他反對辭藻華靡。黃侃也早看到了這層意思，他在《文心雕龍札記》中說《翰林論》：「觀其所取，蓋以沉思翰藻爲貴者，故極推孔陸而立名曰《翰林》。」〔註191〕

李充的文論，對前人的觀點多有繼承，如「表」，李充說「不以華藻爲先」，即來自曹操要求的「勿得浮華」（《文心雕龍·章表》）；「論」，李充說「論貴於允理」，與曹丕「書論宜理」（《典論論文》）相一致。這種現象是很正常的，也符合學術發展的規律，任何認識都是建立在前賢的基礎上漸漸深化的，妄圖盡棄舊說而自創新貌，畢竟不是科學的態度。

然而南朝人對李充的批評比較激烈，譬如鍾嶸《詩品》說：「李充《翰林》，疏而不切」〔註192〕，劉勰《文心雕龍·序志》說「……宏範《翰林》，各照隅隙，鮮觀衢路」〔註193〕，又說「《翰林》淺而寡要」〔註194〕。李充，字弘度，黃侃推測「其字兩行」〔註195〕，宏範應是弘度之誤，前人多所辯正，但也有

〔註190〕盧盛江：《文鏡秘府論彙校彙考》，北京：中華書局 2005 年版，第 202 頁。
〔註191〕黃侃：《文心雕龍札記》，第 219 頁。
〔註192〕曹旭：《詩品箋注》，第 105 頁。
〔註193〕范文瀾：《文心雕龍注》，第 726 頁。
〔註194〕范文瀾：《文心雕龍注》，第 726 頁。
〔註195〕黃侃：《文心雕龍札記》，第 219 頁。

學者提出弘範應是李軌，非李充，見程弘《〈翰林論〉作者質疑》〔註196〕，但編纂《翰林集》需要利用秘府藏書，李軌似無此經歷，故筆者仍從李充之說。鍾嶸批評《翰林論》空疏而不切中肯綮，劉勰指責其有眼界狹窄，並膚淺而鮮涉要點，總之，他們認爲李充的理論有浮泛、淺顯，批評不切要點的缺點。《文鏡秘府論》晚出，反加推崇，豈是文學思想變遷之緣故？

二、摯虞與李充不同文論形式所反映的兩晉思想之流變

（一）《翰林集》與《文章流別集》的關係

本文的第五章對《文章流別集》的體例進行了考察，而第三章中又對《文章流別論》的特點進行了論述，那麼《翰林集》與《文章流別集》及其表現的文學理論，彼此之間有哪些關係呢？

在《翰林集》的作家作品一表中，我們根據《翰林論》提及的情況進行了歸納，基本情況是，漢代僅有司馬相如、揚雄和孔融，而剩下的都是三國西晉之人，這裏有一個特例，即郭璞（276～324）。郭璞入東晉僅有七年，且太興四年（321）前任佐著作郎，但他主要學術活動仍然是在西晉時期。鍾嶸《詩品》引《翰林》稱郭璞的詩歌爲「詩首」，曹旭釋爲「詩中首稱，執牛耳者也」〔註197〕。結合鍾嶸所論，顯然指的是郭璞的《遊仙詩》。此詩經錢志熙考證〔註198〕，應任臨沮長時過著吏隱生涯時創作，渡江之後，參佐王導，仕宦屢遷，庶務繁忙，就難以有這樣的心境了，因此錢氏將其與左思《詠史》、張協《雜詩》並稱爲西晉後期詩壇三鼎足。

鍾嶸說郭璞「始變中原平淡之體，故稱中興第一」，又在《序》中說：

> 永嘉時，貴黃老，稍尚虛談，於是篇什理過其辭，淡乎寡味。爰及江表，微波尚傳。孫綽、許詢、桓、庾諸公詩，皆平典似《道德論》，建安風力盡矣。先是郭景純用儁上之才，變創其體；劉越石仗清剛之氣，贊成厥美。然彼眾我寡，未能動俗。〔註199〕

劉勰《文心雕龍》稱「景純仙篇，挺拔而爲俊矣」，總之是認爲郭璞試圖變創

〔註196〕《文史》第一輯，第44頁。

〔註197〕曹旭：《詩品箋注》，第15～18頁。

〔註198〕參見錢志熙：《魏晉詩歌藝術原論》，北京：北京大學出版社2005年版，第233頁。

〔註199〕曹旭：《詩品箋注》，第146頁。

新體，轉移風氣，惜未成功。但《世說新語》劉注引檀道鸞《續晉陽秋》說
「至過江佛理尤盛，故郭璞五言，始會合道家之言而韻之。許詢及太原孫綽，
轉相祖尚，又加以三世之辭，而詩騷之體盡矣」，蕭子顯《南齊書・文學傳論》
也同意檀說，稱「江左風味，盛道家之言，郭璞舉其靈變，許詢極其名理」，
檀、蕭將郭璞視爲玄言詩的開創人。〔註 200〕

　　錢志熙指出，檀道鸞的看法沒有深入問題的實質，「郭氏《遊仙》與魏晉
玄理沒有多少關係，與佛理相距甚遠。……郭璞的《遊仙詩》卻正是《騷》
之苗裔，是楚騷至阮詩這一浪漫詩歌藝術傳統的繼承者，也富有寄興精神」〔註
201〕。玄言詩是在西晉末期繁盛的，而郭璞《遊仙詩》的出現〔註 202〕，以浪
漫自由的精神、瑰麗奇偉的意象、濃厚的悲劇力量，改變了玄言詩的風格，
這種面貌到了渡江之後才顯現出來，故而稱爲「中興第一」。畢竟郭璞《遊仙
詩》在西晉末期已經寫就，當時戰爭紛擾、人民播遷，難以爲人所知罷了。

　　因此，《翰林集》主要收錄三國西晉的作家，郭璞的存在並未擾亂《翰林
集》的體例。而《文章流別集》主要收錄戰國兩漢作家。李充任著作郎編《晉
元帝書目》，應在永和八年（352）之後，其時郭璞逝世已久，應該說《翰林
集》是有不錄東晉作家的原則的。因此說《翰林集》不僅時代上繼軌《文章
流別集》，而且體例上也模仿《文章流別集》。

　　《文章流別論》主要是區分文體流別，我們有前文系統分析了賦、頌的
起源和流變及文體在發展過程中淆亂。事實上，《翰林論》也在區分文體流別，
但不如《文章流別論》那麼有心並深入了。譬如《翰林論》的「議」體稱「在
朝辨政而議奏出。宜以遠大爲本。陸機《議晉斷》，亦各其美矣」，又如「論」
體稱「研覈名理而論難生焉。論貴於允理，不求支離。若嵇康之論，成文美
矣」。很顯然，李充討論各個文體時，先交待文體的產生途徑，無疑有辨別文
體源流的意味，這未嘗不是受《文章流別論》的影響。

　　另外，《翰林論》中也存在總論和分論，譬如：

　　　　或問曰：「何如斯可謂之文？」答曰：「孔文舉之書，陸士衡之
　　議，斯可謂成文矣。」〔註 203〕

〔註 200〕此兩種觀點的討論，詳見傅剛：《昭明文選研究》，第 201～202 頁。
〔註 201〕錢志熙：《魏晉詩歌藝術原論》，第 243 頁。
〔註 202〕郭詩的成就，錢志熙《魏晉詩歌藝術原論》進行了仔細的分析。
〔註 203〕《太平御覽》卷五八五，第 2636 頁。

這應該是總論部分，余歷雄將凡稱文者俱歸入總論，倒也未必符合事實，因爲「潘安仁之爲文」、「曹子建之表，可謂成文」、「嵇康之論，成文美矣」等，其實就各文體而論，而文的定義本來是寬泛的。至於各分論部分，就是各自的文體論，根據當時的著書慣例，應該是在具體作品的後面。這一點在第五章《文章流別論》的體例中將要討論。總之，這種文章總論和文體分論也應該是依照《文章流別集》的體例。

因此，郁沅、張明高編選《魏晉南北朝文論選》總結《翰林論》的體例是：「它於每種文體之中，例舉古今若干代表作家作品，同時評論其利病得失，並對各種文體的特徵和寫作要求作出概括。」〔註204〕這樣的歸納，基本反映了現實情況，但並未囊括無餘，譬如沒有注意到李充對文體起源或產生的探討，也沒有注意文體論的總論與分論的區別。通過《翰林論》的佚文，我們認爲《翰林集》的體例應與《文章流別集》〔註205〕相近：全書區分爲若干文體、每種文體選擇若干代表性作品；全書有總論〔註206〕，涉及對文的定義；每種文體有分論，追溯源流，擷取典型，品評得失；目的是指導寫作。

總之，《翰林集》的體例當是因襲《文章流別集》，而迥異之處可能在於收錄曹魏西晉的作品較多，而《文章流別集》重在戰國兩漢，因此《翰林集》帶有續編意義；儘管兩漢作品只有司馬相如、揚雄和孔融，但俱非《文章流別集》的選錄對象，一定程度上反映了兩者審美選擇的殊途。那麼在具體作品的選擇上，李充有意與摯虞立異，這背後又有什麼樣的背景呢？

（二）《文章流別論》與《翰林論》所體現的兩晉不同的學術風氣

《文章流別論》和《翰林論》共同提到的作家有司馬相如、揚雄，但收錄的作品卻不相同，這是爲什麼呢？而它們文體論表達的方式又有差別，具體原因在哪裏呢？

1.《翰林論》體現了東晉初期的文學觀念

李充所稱道的作家作品，應該也是當時的定評。如「贊」中的孔融《楊

〔註204〕郁沅、張明高編選：《魏晉南北朝文論選》，北京：人民文學出版社1996年版，第203～204頁。
〔註205〕詳見論文第五章。
〔註206〕馬來西亞的余歷雄將所有含文的材料均歸若「文之總論」，竊以爲未當，見其《論李充〈翰林論〉的學術淵源與文學觀念》，《中國典籍與文化》2003年第3期。

四公贊》;「表」體的諸葛亮《出師表》，裴頠《辭侍中表》，羊祜《讓開府表》;「駁」體有傅咸《重表駁成粲議太社》;「論」體有揚雄《劇秦美新》;「議」體有陸機《議立晉書限斷》;「檄」體有司馬相如《喻蜀父老》;「詩」體有應璩《百一詩》;「賦」體有木華《海賦》等。以上都是有跡可尋的選錄作品，其它可能收錄了曹植的《求自試表》、《求通親表》，嵇康的《養生論》，至於潘岳和郭璞的作品，不詳篇目，故不再羅列。

這些作品中，《文選》收錄的即有諸葛亮《出師表》，曹植《求自試表》、《求通親表》，羊祜《讓開府表》，木華《海賦》，應璩《百一詩》，司馬相如《喻蜀父老》，嵇康的《養生論》等等，應該說主要篇目是相似的。因此《文選》對三國西晉的作家之選擇，很可能參考了李充《翰林論》，當然這些作品悉為名作，當時已有定評，故不能作為《文選》借鑒《翰林論》的必要條件。

東晉時期對西晉的作家作品的評價情況是怎樣的呢？茲略舉幾例以資說明。

傅亮（374～426）儘管被後世列為宋臣，但基本生活在東晉，其《續文章志》殘篇討論了幾位作家，與李充論述作家相同的有兩位，即潘岳和木華，其稱潘岳「岳為文，選言簡章，清綺絕倫」，與李充基本一致，而稱木華「廣川木玄虛為《海賦》，文甚儁麗，足繼前良」〔註207〕，而李充稱其壯麗，但「首尾負揭」，是說篇首下墜，而篇尾上翹，可能是未成篇之故，總之摯、李論木華的立足點是不一樣的。

潘岳和陸機的優劣，也是東晉人關心的話題。鍾嶸《詩品》引謝混（381？～412）說「潘詩爛若舒錦，無處不佳。陸文如披沙簡金，往往見寶」，則謝混以為潘勝於陸。其實謝混的看法是來自孫綽（314～371），孫綽說「潘文爛若舒錦，無處不善；陸文若排沙簡金，往往見寶」，又說「潘文淺而淨，陸文深而蕪」，意在揚潘抑陸。謝混乃謝靈運（385～433）之族叔，其觀點也影響到靈運的看法，說「左太沖詩，潘安仁詩，古今難比」，索性不再提及陸機。〔註208〕李充討論陸機，僅舉其《議晉書限斷》，而詩歌稱潘岳，遣辭多妍，稱為淺淨。李充與孫綽係同時人，對潘陸看法相近，反映了東晉初年人的一般觀點。

〔註207〕《文選》木華《海賦》注引，卷一二，第 179 頁。
〔註208〕參見傅剛：《昭明文選研究》，第 198～199 頁。

因此，李充《翰林論》的觀點，很大程度反映了同時人的文學觀念，在這個角度上，《翰林論》具有了時代的意義，因此與《文章流別論》就有了比較的可能和價值。

2. 摯虞和李充的學術身份差異對文論的影響

那麼，摯虞與李充不同的文論表達反映了兩晉之際學術風氣的哪些變化呢？

摯虞是儒家學者，尤其是禮學家，重視名理之學，與當時的玄學頗有接觸，卻又未能沉湎玄學，因此沒有本末、有無討論的記載。李充本傳說「幼好刑名之學，深抑虛浮之士」，其《學箴》又稱「聖教救其末，老莊明其本，本末之塗殊而爲教一也」，意在兼綜儒玄而以玄爲本，以時人放誕爲「離本」。錢志熙分析說：「他認爲老莊之說只是講通了事物和世界的根本原理，但不能拿來實際應用。要治理社會，救其衰末，還得依靠儒家的禮教。」〔註209〕而東晉玄學興盛，詩歌中充滿玄風，「詩必柱下之旨歸」，說「論」體貴於允理，劉師培《中國中古文學史講義》說「李氏以論推嵇，明論體之能成文者，魏晉之間，實以嵇氏爲最」〔註210〕，而李充本人的詩歌，依逯欽立所輯，目前僅有三首詩傳世，且有《送許從詩》「來若迅風散，逝如歸雲征。離合理之常，聚散安足驚」〔註211〕，頗有玄學氣息。因此，摯虞與李充同接受了名理學的影響，但摯虞因幼習儒學，儘管沾染了玄風，卻沒有置身玄學，故無玄言詩；而李充幼好刑名之學，對於玄學中的本末主題有過思考，因此李充可以算得上是玄學家。這是摯虞與李充的不同之處。

摯虞和李充對玄言詩的接受也有區別。摯虞的時代，正是元康文學的繁盛期，摯虞與張華的贈詩已見前述，儘管「二十四友」是一個政治組織，而不是純粹的文人團體，但參加的基本是文人，摯虞與杜育、潘岳等人有所交往，說明他受繁榮的元康文學之影響，重視情辭，而對西晉後期漸興的「貴黃老，稍尚虛談」、「理過其辭，淡乎寡味」的玄言詩並不關注。但由於自身的學術背景和文學觀念，他對元康詩壇的五言詩並不熱衷，存世詩歌中主要是四言體作品。而李充生於西晉末，主要行跡在東晉初，而西晉後期以來許詢諸人「平典似《道德論》」的玄言詩甚囂塵上，李充不能不受其影響，故躬

〔註209〕錢志熙：《魏晉詩歌藝術原論》，第249頁。
〔註210〕劉師培著，劉躍進講評：《中國中古文學史講義》，第50頁。
〔註211〕逯欽立：《先秦漢魏晉南北朝詩》，第857頁。

自參與創作。五言詩經過魏晉時期的發展，已經取得了主要的地位，因此玄言詩的寫作，基本是以五言詩爲主，李充也未能例外。

在文論表達上，摯虞和李充的內容都不繁瑣，但彼此之間也有差別。摯虞編《文章流別集》、撰《文章流別論》，辨清流別是他的主要任務，因此往往不憚辭費，我們只要看看「賦」、「七」、「頌」諸體的篇幅規模即可知道。而李充《翰林論》不承擔辨體的職能，又躬自浸染玄學，形成了言簡詞略的表達風格，往往寥寥幾句，即告收場，但從「論」、「議」兩體來看，短短數句，不過二三十字，文體的起源、風格特徵、代表作、品評悉數在內，正所謂麻雀雖小，五臟俱全。

這種簡略行文的風氣，在後漢已有端倪，先是在經學領域有簡化的趨勢，後來影響擴展史學領域：陳壽《三國志》成書於太康五年孫皓死後，全書因行文簡略而受到了欣賞；夏侯湛時作《魏書》，見陳壽之作，遂告放棄；張華亦許諾以《晉書》相付。這說明在西晉初年，行文簡略已經得到普遍的認可。

到了東晉初年，此風依舊盛行，《文心雕龍·史傳》說「孫盛《陽秋》，以約舉爲能」，又《晉書·干寶傳》載：

> 中興草創，未置史官，中書監王導上疏曰：「……當中興之盛，宜建立國史，撰集帝紀，上敷祖宗之烈，下紀佐命之勳，務以實錄，爲後代之準……宜備史官，敕佐著作郎干寶等漸就撰集。」元帝納焉。寶於是始領國史……著《晉紀》，自宣帝迄於愍帝五十三年，凡二十卷，奏之。其書簡略，直而能婉，咸稱良史。〔註212〕

干寶的《晉紀》，文字簡略，在當時被視爲良史的才能之一。

應該說，摯虞和李充文論繁簡的不同，主要反映了儒學家和刑名家不同身份的區別，又與各自承擔的功能有關。《文章流別》重在辨體，故溯源析流，詳加辨別，同時代的陸機《文賦》爲討論文學創作而洋洋數千言，因此西晉文論重在詳盡的分析，因此鍾嶸說摯虞「詳而博贍，頗曰知言」，說陸機「通而無貶」。但《翰林》更多的表達優秀作品的選擇標準如「遠大」、「華藻」、「德音」等，又注意代表作品的評價，多以「美」字概之，簡則簡矣，但流於浮泛，故鍾嶸說「疏而不切」。

3. 文史分離的趨勢在摯虞和李充不同時代的表現

摯虞撰《文章流別集》，據現存的《文章流別論》殘文，基本是詩賦銘贊

〔註212〕《晉書·干寶傳》卷八二，第 2149～2150 頁。

誄一類，這些被後人視爲純文學文體，說明西晉的文章很重視詩賦等，摯虞將其作爲《文章流別集》的組成部分。而李充的《翰林論》，我們目前所看到的文體，卻是表、駁、論、議奏、盟誓等雜文學文體，而能稱爲純文學文體的只有詩、贊。李充的文章觀念頗趨於史學，與摯虞不同，這與文史分離的學術趨勢有關。

在摯虞的時代，文章的概念還是非常廣泛的，甚至劉劭說「能屬文著述，是謂文章，司馬遷、班固是也。……文章之材，國史之任也」，因此摯虞總稱爲《文章流別論》；到了東晉，隨著史學獨立的進一步發展，文學與史學有了進一步的分野，李充命爲《翰林》，且單提「文」，而不說「文章」，正是反映了這樣的趨勢。文章概念變化的總體趨勢是，詩賦漸成爲文章的主流，文與史出現了分離的趨勢。這種趨勢繼續演進，到了劉宋，儒、玄、文、史四學並建，文史的分離才得到官方的確認。

胡寶國曾對此作了很好的總結，他說：「文史分離與經史分離不同。在經史分離中，史學是主動的，它是伴隨著今文經學的衰落而走向獨立。在文史分離的南朝，文學正處於高漲階段，史學處於被動的地位，當時並不是由於對史學的本質有了更多的認識而將文史分開，實際的情況正像前引蕭統《文選》序中所說的那樣，人們是因爲越來越認識到文學的特性，所以才逐漸把『史』從『文』中排斥出去。換言之，是文學的進一步獨立迫使史學不得不隨之獨立。」〔註213〕

儘管文史分離到了劉宋才被官方確立，但文史分離的這個歷程早已潛在進行著。摯虞是以禮學家身份擔任史官，他面對的現實是經史分離的深入，如荀勖《中經新簿》已將史部從經部獨立，而當時文學業已自覺，文學創作非常繁榮，《文章流別論》重「有韻之文」正表現了文史區分的肇端。到了李充，由於本身擔任著作郎，係史學家，更重視史學的價值，通過編纂《晉元帝四部書目》完成了史書和經書的區分，不僅進一步將文學從史學中剝離，而且將史部置於子部之前，突出了他重視史學的思想，因此《翰林論》多選「無韻之筆」。

三、從李充與摯虞的文論比較來看史學家的文學批評特點

摯虞曾任秘書監、李充曾任著作郎，著作原屬秘書監管轄，而東晉承戰

〔註213〕胡寶國：《文史之學》，見氏著《漢唐間史學的發展》（修訂本），第67頁。

亂之後，藏書稀少，而著述趨盛，因此著作郎的地位顯得突出，但與西晉的秘書監的職責基本是相同的，都要擔負典藏和修史的任務。而《文章流別集》和《翰林集》要仰賴豐富的圖書資料，自然要在秘書監或著作郎任期內編纂完成，那麼史學家的經歷和身份，是如何反映到《文章流別論》和《翰林論》的寫作中呢？即史學家的文學批評特點是怎樣的呢？

鍾嶸《詩品序》稱：

> 陸機《文賦》，通而無貶；李充《翰林》，疏而不切；王微《鴻寶》，密而無裁；顏延論文，精而難曉；摯虞《文志》，詳而博贍，頗曰知言；觀斯數家，皆就談文體，而不顯優劣。至於謝客集詩，逢詩輒取；張騭《文士》，逢文即書。諸英志錄，並義在文，曾無品第。〔註214〕

曹旭解釋「疏而不切」云「文理通暢而欠精審貼切」〔註215〕，「疏」似無通暢意，依筆者之見，若釋爲「粗淺，疏陋」，或更貼切；而摯虞的《文章流別論》「詳而博贍，頗曰知言」，意思是詳明宏富而有卓識。

鍾嶸是南朝齊梁之際人，能夠看到《文章流別論》和《翰林論》的全文，所提供的判斷至爲重要，即使根據今天的佚文來觀察，鍾嶸的判斷也是成立的。我們先從評論形式和內容上來比較：摯虞對詩、賦、頌、七體的介紹，洋洋灑灑數百言，溯源考流，品評議論，頗爲詳悉；而李充所論，往往寥寥數十言，雖然短小精悍，但僅以「成文」、「德音」、「允理」等概之，未及深入剖析作品，因此詳明有闕、精審不足。

但是兩者也有很多相似的地方：李充重視追溯文體的起源，如「盟檄發於師旅」、「容象圖而贊立」、「在朝辨政而議奏出」、「研覈名理而論難生焉」；並列舉出代表作家或作品，如「相如《喻蜀父老》，可謂德音矣」，「陸機《議晉斷》，亦名其美矣」；並且非常注重文體風格特徵的規定性，如「表宜以遠大爲本，不以華藻爲先」，「（議奏）宜以遠大爲本」，「駁不以華藻爲先」等。這些都是《文章流別論》的重要特點。

《文章流別論》和《翰林論》所對應的《文章流別集》和《翰林集》，在體例上也有異同之處：

首先，他們是以文體分類，然後附有代表作品，而文論也有總論和分論，

〔註214〕曹旭：《詩品箋注》，第 105 頁。
〔註215〕曹旭：《詩品箋注》，第 106 頁。

這已論述如上；其次，兩者都是通代的文學作品總集，但據現存材料來看，《文章流別集》收錄止於漢末而不及魏晉，而《翰林集》頗重魏晉而稱賞潘岳、陸機等，說明不錄當代已是著書的通例，如此《翰林集》保存了魏晉的作品，並作出了評價，應該是最早的魏晉文選評；又東晉傅亮（374～426）因襲摯虞《文章志》撰《續文章志》，應該是彙集了西晉的斷代作家事蹟，如《文選集注》卷六十三所引的「早與祖逖友善，嘗二大角枕同寐，聞雞夜鳴，兩而相蹋，逖遂墜地」。謝混（381？～412）有《文章流別本》十二卷，劉宋的孔寧撰《續文章流別》三卷，應該是對東晉一代進行總結。因此說摯虞所創造的總集規範和《文章志》寫法，在東晉之後得到了繼承發展。再次，摯虞是經學家出身，論文風格注意以儒家經典爲依據，故說文章從經書出發，如「賦」、「頌」溯於《詩經》「六義」等；李充家族具有玄學傳統，論文體重視現實來源和學理依據，如「研覈名理而論難生」，「盟誓發於師旅」等等。

我們知道，史學家的主要任務是編纂史書，這個過程中必然需要對不同的史料進行比勘考辯；從司馬遷開始，就有將相同的人合在一起討論的處理方法，即是所謂的「類傳」；同時對歷史事件的源流發展進行梳理，以理清事情的來龍去脈，這些都是史官的職業習慣。因此，史學家進入文學總集的編纂和進行文學批評時，也會將纂史的經驗融入到編集當中，從而形成了鮮明的史學家文學批評特色。總結來看，主要有兩點：一是重視文體的源流。在敘述某一文體時，必然尋找到他原始的依據或產生的條件；注意文體發展過程中的流變，以及這種流變造成的對原始文體的變化。一是重視選擇代表性的作家作品。史學家的職責是如實的記錄事實，並且選擇有代表性的歷史事件，「不虛美、不隱惡」是史學家的珍貴品質，因此摯虞儘管對馬融將《廣成頌》寫成賦作表示不滿，但因其具有代表性，仍予以收錄評論。因此，楊明照指出：「在《流別論》一書中，摯虞也並非高談闊論，而是將文學史與作家評論及理論的闡述結合在一起的。」〔註216〕

四、史學家與文學家文學批評的異同

史學家的文學批評特點，已見上述，但是與當時的文學家相比，彼此之間又有哪些區別呢？

〔註216〕楊明照：《從〈文心雕龍〉看中國古代文論史、論、評結合的民族特色》，《中國古代文論研究方法論集》，第42～43頁。

　　當時的文學家和史學家並無截然的區分，譬如陸機曾於元康八年出爲著作郎，擔任史臣，具有史學家的身份。我們的區分是在具體論文的立場上，正如羅宗強所言，曹丕和陸機這一條線，是脫離目錄學框架的文學文體論的開始，而摯虞的文體論，則是從目錄學到文學文體論發展中的一個中間環節。〔註217〕而且曹丕、陸機重視創作，講究具體文體的特點和風格，而摯虞、李充等重視文體源流，講究文體的合規範性，其中的差別還是顯而易見的。

　　但是魏晉的文學批評思想，以曹丕、曹植和陸機等人的文論最爲重要，代表了文學發展的新特點和新趨向，茲總結出主要特點，並結合史學家的文學批評，分析如次。

　　（一）文學家更重視具體文體的風格特徵的準確歸納，而史學家的歸納對此頗顯樸訥。

　　曹丕《典論論文》略舉八體，概爲四類，總結風格說：「夫文本同而末異，蓋奏議宜雅，書論宜理，銘誄尚實，詩賦欲麗。」而陸機《文賦》列舉了十種文體及風格：「詩緣情而綺靡，賦體物而瀏亮，碑披文以相質，誄纏綿而悽愴，銘博約而溫潤，箴頓挫而清壯，頌優遊以彬蔚，論精微而朗暢，奏平徹以閒雅，說煒曄而譎誑。」文學家掌握著豐富的辭藻，能夠將具體的文體風格特徵概括得非常準確，追求言簡意賅，或者以一字點金，或者以四言稱盡。而史學家的概括，言辭不免樸拙，如李充即以「美」、「成文」、「德音」概之，如「陸機《議晉斷》，亦名其美矣」，「孔融之贊楊公，亦其美也」，而未能深入剖析確切的好處；同樣地，在作品評論中，摯虞稱「若《解嘲》之弘緩優大，《應賓》之淵懿溫雅，《達旨》之壯厲忼慨。《應間》之綢繆契闊，郁郁彬彬，靡有不長焉者矣」〔註218〕，儘管深入到具體作品的分析，概括也很準確，但行文比較樸素。

　　（二）文學家選擇代表作品時，更注意文學性特徵，而不注意作品的文體學地位，而史學家的作品選擇，更重視在文體流別中的位置。

　　曹丕《典論論文》說：「如粲之《初征》、《登樓》、《槐賦》、《征思》，幹之《玄猿》、《漏卮》、《圓扇》、《橘賦》，雖張、蔡不過也。然於他文，未能稱是。」這些俱是曹丕稱美的王粲、徐幹之作，除王粲《登樓賦》爲《文章流

〔註217〕羅宗強：《魏晉南北朝文學思想史》，第 107 頁。
〔註218〕《北堂書鈔》卷一○○，第 423 頁。

別集》收錄外，其它俱未提及。從曹丕的評述口吻來看，這些作品是作者的代表品，即使與張衡、蔡邕相比，也不遜色。

但摯虞選擇文章，固然是當時的名篇，但更突出與某一文體的原始狀態相比較，以指出文體發展中的變遷傾向，如「頌」體：

> 昔班固爲《安豐戴侯頌》，史岑爲《出師頌》、《和熹鄧后頌》，與《魯頌》體意相類，而文辭之異，古今之變也。揚雄《趙充國頌》，頌而似雅，傅毅《顯宗頌》，文與《周頌》相似，而雜以風雅之意。若馬融《廣成》、《上林》之屬，純爲今賦之體，而謂之頌，失之遠矣。〔註219〕

很顯然，摯虞收錄的班固、史岑作品，與《魯頌》的文體的意思相近，儘管還沒有脫離原始狀態，但文辭已經發生了變化，這是古今之變的自然結果。應該說，摯虞對此情況持包容態度的。隨後又提及揚雄的《趙充國頌》，雖名曰頌，全似雅體，而傅毅《顯宗頌》，文辭與《周頌》相似，卻雜以風雅，到於馬融的頌作，全然賦體的寫法，那差失就更大了。

如此說來，以曹丕以代表的文學家和以摯虞爲代表的史學家之間對於具體作品評價的著眼點是不一樣的。

（三）文學家注意作品的生成的現實環境，而史學家注意文體產生的學術環境，這根植於文學家和史學家不同身份的社會體驗。

建安年間的鄴下文學，以曹丕、曹植二公子領銜的遊覽、公宴、遊戲等集會形式，對於當時的文學發展，起到了很大的推動作用，如曹丕與吳質的信中曾深情的回憶道：

> 每念昔日南皮之遊，誠不可忘。既妙思六經，逍遙百氏，彈棋間設，終以六博，高談娛心，哀箏順耳。馳騖北場，旅食南館，浮甘瓜於清泉，沉朱李於寒水。白日既匿，繼以朗月，同乘並載，以遊後園。輿輪徐動，賓從無聲，清風夜起，悲笳微吟，樂往哀來，愴然傷懷，余顧而言，斯樂難常，足下之徒咸以爲然。〔註220〕

又在與吳質的信中說：

> 昔年疾疫，親故多離其災，徐、陳、應、劉，一時俱逝，痛可

〔註219〕《藝文類聚》卷五六，第1018頁。《太平御覽》卷五八八，第2647頁。《北堂書鈔》卷一○二，第430頁。

〔註220〕李善注：《文選》卷四二，第590～591頁。

言邪？昔日遊處，行則連輿，止則接席，何曾須臾相失！每至觴酌
流行，絲竹並奏，酒酣耳熱，仰而賦詩，當此之時，忽然不自知樂
也。謂百年已分，可長共相保，何圖數年之間，零落略盡，言之傷
心。頃撰其遺文，都爲一集，觀其姓名，已爲鬼錄。追思昔遊，猶
在心目，而此諸子，化爲糞壤，可復道哉！〔註221〕

正是這樣的貴遊氣氛，推動了鄴下文學的發展，很顯然這些生活提供的閒逸
情調和愉快氣氛，激發了參與者的靈感詩意，因此大家競相創作，試比高下。
這種創作具有遊戲性質，或者據同一文體，或者就同一題材，尤其前者，能
充分展露當時文人對文體寫作的認識，提供了曹丕總結文體規範的資料來
源。因此，曹丕的文體論反映了時人的看法，而未必是歷史的觀點。

　　但摯虞和李充都是史學家出身，編纂總集時又是與秘府藏書打交道，因
此《文章流別論》和《翰林論》都是以書本爲對象，對文體的源流進行梳理。
摯虞提出賦、頌來源於《詩經》六義，又以「古詩之賦」與「今之賦」對比，
突出古賦主於情義的價值，而對今賦強調事形深致不滿。摯虞曾預「二十四
友」，對當時的創作情況還是比較瞭解的，因此寫作流別論，自然是有著現實
關懷的。應該說，摯虞與曹丕文論的差別，與各自的身份關係甚大。

　　同樣地，李充談論文體的產生時，說「研覈名理而論難生焉」，則將論難
的起源歸結於名理的探討，這是以他擅長的刑名學爲基礎而言的，又說「盟誓
發於師旅」、「在朝辨政而議奏出」，注意到早期文體的產生必有當時的功用。

　　（四）文學家論文，因爲本身處於文學群體和環境之中，因此注意同時
作家的橫向比較，以顯出各自的優劣或特徵，因此在選擇對象上，傾向於自
己熟悉的作家作品；而史學家重視文人之間的縱向比較，目的是觀察文體在
不同時代不同作家身上體現的流變軌跡，因此更多的是從藏書中選擇那些在
文體發展史上值得重視的作家作品。

　　曹丕的《典論論文》和兩篇《與吳質書》所論的作家，基本是與曹丕有
過交遊的。《典論論文》稱：

　　　琳、瑀之章表書記，今之儁也。應瑒和而不壯，劉楨壯而不密。
　　孔融體氣高妙，有過人者，然不能持論，理不勝詞，至乎雜以嘲戲，
　　及其所善，揚、班儔也。〔註222〕

〔註221〕李善注：《文選》卷四二，第 591 頁。
〔註222〕李善注：《文選》卷五二，第 720 頁。

《與吳質書》稱：

> 偉長獨懷文抱質，恬淡寡欲，有箕山之志，可謂彬彬君子者矣。
> 著《中論》二十餘篇，成一家之言，辭義典雅，足傳於後，此子爲
> 不朽矣。德璉常斐然有述作之意，其才學足以著書，美志不遂，良
> 可痛惜。間者歷覽諸子之文，對之技淚，既痛逝者，行自念也。孔
> 璋章表殊健，微爲繁富。公幹有逸氣，但未道耳。其五言詩之善者，
> 妙絕時人。元瑜書記翩翩，致足樂也。仲宣獨自善於辭賦，惜其體
> 弱，不足起其文；至於所善，古人無以遠過。〔註223〕

陳琳、阮瑀、應瑒、劉楨、徐幹、王粲、孔融等稱爲「建安七子」，除孔融年
歲較長、早罹非命外，其它六人與曹丕都有著密切的關係。曹丕所提供的評
價，應該是很中肯的，或者就文體立論，如陳琳、阮瑀之章表書記，劉楨之
詩歌，或者就風格評騭，如應瑒、劉楨，或者就性格品述，如孔融、劉楨之
「氣」，王粲之「體弱」。

　　而史官更重視歷代史學家的文章。如班固、賈逵、馬融等都參加了蘭臺
《東觀漢記》的編纂，而摯虞更傾向於選擇他們的文章，這可能來自於身份
的認同和工作的經驗體會。史學家的基本品質是擅長寫作，否則是不可能進
入東觀、秘府從事史書編纂的，但曹丕等人並未論及當時的史學家，顯然是
與他們的審美取向相悖離的。

　　（五）文學傢具有立言不朽的自覺需求和聲名傳於後世的迫切願望，
這固然來自儒家傳統「立言」的思想，只是將通過儒學、子書的立言願望，
轉移至文學領域，這得益於東漢後期以來文人文學獨立。而史學中的立言
思想，由來已久，司馬遷撰《太史公書》而「藏之名山」，目的正是傳諸後
代。

　　曹丕《典論論文》說：

> 蓋文章，經國之大業，不朽之盛事。年壽有時而盡，榮樂止乎
> 其身，二者必至之常期，未若文章之無窮。是以古之作者，寄身於
> 翰墨，見意於篇籍，不假良史之辭，不託飛馳之勢，而聲名自傳於
> 後。故西伯幽而演《易》，周旦顯而制《禮》，不以隱約而弗務，不
> 以康樂而加思。夫然，則古人賤尺璧而重寸陰，懼乎時之過已。而
> 人多不強力，貧賤則懾於飢寒，富貴則流於逸樂，遂營目前之務，

〔註223〕李善注：《文選》卷四二，第 591～592 頁。

> 而遺千載之功。日月逝於上，體貌衰於下，忽然與萬物遷化，斯志
> 士之大痛也！〔註224〕

曹植說：「辭賦小道，固未足以揄揚大義，彰示來世也……將採史官之實錄，辨時俗之得失，定仁義之衷，成一家之言。」楊修說：「若乃不忘經國之大美，流千載之英聲，銘功景鍾，書名竹帛，斯自雅量素所畜也，豈與文章相妨哉。」曹植儘管表達了辭賦小道的觀點，但敏銳的學者早已指出，這是在爭儲關鍵時期的說法，意在擺脫世俗目為能文之士的地位，從而展現出政治家的一面，其實質是通過爭儲而實現政治抱負而張本。總之，通過創作文學作品達到立言不朽的目的，是當時人的共同追求。

（六）文學家論文，會因才性所致，自鑄新辭，創造文論的新概念，而史學家則嚴謹而保守得多。

曹丕將先秦以來的「氣」論首次應用到文學評論之中，提出「文以氣為主」的文學新觀點，並以「氣」評述作家。他在《典論論文》說「王粲長於辭賦，徐幹時有齊氣，然粲之匹也」，評論孔融說「體氣高妙，有過人者，然不能持論，理不勝詞，至乎雜以嘲戲，及其所善，揚、班儔也」，又說劉楨「公幹有逸氣，但未遒耳」，並說「氣之清濁有體，不可力強而致」。據王運熙、楊明考察，曹丕評王粲說「惜其體弱，不足起其文」，據李善注「體弱」即「氣弱」。

再反觀史學家的論文，孫吳的韋誕評論作家說「仲宣傷於肥戇，休伯都無格檢，元瑜病於體弱，孔璋實自粗疏，文尉性頗忿鷙」；摯虞追溯淵源至《五經》，或稱司馬相如賦為「浮說」，或引揚雄稱賦「麗以淫」，或稱宋玉賦多「淫浮之病」，或謂銘體有「煩」、「典正」、「穢病」等，總之都是些切實的詞語；而李充文論語言更加貧乏，僅以「美」、「成文」、「德音」稱之。史學家的評論緊扣文體或作品的現實，盡可能作出恰當的或者概括性的評價，不似文學家那樣去思考作家才能的來源或者作品紛紜多姿背後深層次的東西。

小結：摯虞在文學批評史上的意義

摯虞《文章流別論》在文學批評史上的影響，臺灣學者呂武志在《從文體論看摯虞〈文章流別論〉對劉勰〈文心雕龍〉的影響》〔註225〕一文中進行

〔註224〕李善注：《文選》卷五二，第 720 頁。
〔註225〕臺灣《東吳中文學報》，第五期，1999 年 5 月。

過仔細的比照分析，主要從「進行文體分類」、「追溯文體源流」、「闡釋文體名義」、「標舉文體楷模」、「分論文體特點」等六個方面討論，屬於窮盡式的羅列，題無剩義，無須贅言。

如果我們關注摯虞文體論產生的時代學術背景，並且與同時代的文人學士的文體論相比較，還可以略加增補如次。

《文章流別論》第一次將名辯思潮應用到文體辨析上。東漢末期以來名理學的進一步發展，影響到士人的文章寫作，如嵇康的《養生論》、《答張遼叔釋難宅無吉凶攝生論》等，主要是以辯名析理的新方法顯示出重要的價值。但在實際的文學批評中，還沒有普遍的使用，摯虞第一次將流行的辯名析理的方法應用到文體辨析上，廓清了文體中雅頌不分、賦頌雜糅的積弊。

《文章流別論》的文體辨析顯得更加細緻，摯虞之前的文體已經有很多種，但曹丕只討論了四類八種，陸機也不過介紹了十種，但摯虞比他們涉及得更多，不計遺佚，目前能夠看到的已有十二種，並作出更仔細的劃分，譬如「賦」，即有辭、賦、七三種體裁，各各獨立，如果寬鬆一點，《廣成頌》雖名曰頌，其實就是賦作。這樣細緻的區分，在此前是沒有的，即使後來的李充也沒有繼承下來。

《文章流別論》建立了文體論的一種寫作範式。東晉李充的《翰林論》的論述已有繼承，其論文注重源流即是一例；到了齊梁之際，劉勰《文心雕龍》論文體所使用的「原始以表末」、「選文以定篇」顯然受摯虞和李充的影響。又《文選》的「文」概念，與《文章流別論》、《翰林論》接近，殷孟倫說，李充以「沉思」、「翰藻」為主，推薦潘陸，《翰》、《流別》佚文，《文選》都有，《翰林論》裏所說的「成文」、「文」、「德音」的概念，與蕭統的「文」沒有多大差別，可以說蕭統之所謂「文」，與李、摯兩家相近。〔註226〕

〔註226〕殷孟倫：《如何理解〈文選〉編選的標準》，《文史哲》，1963 年第 1 期。

第五章 《文章流別集》研究

　　本章以《文章流別集》的編纂作爲研究對象。首先探討了摯虞編纂的時代學術背景，在文體流別和史官身份的基礎上，主要關注西晉建立後的有利學術條件，如資料和人才的集聚、博學風潮和修撰風氣的影響，並著重探討子書復興、類書編纂的經驗和模擬寫作盛行的要求；其次探討了總集、別集的形成和結集思想的發展過程，以期明確《文章流別集》的編集淵源；最後討論了《文章流別集》的基本面貌，主要是編纂宗旨、體例、成書過程、寫作方式等一系列問題。

第一節　崇文博學的風氣與《文章流別集》的編纂背景

　　《文章流別集》出現在西晉初年絕不是偶然的，有著與《新禮》制訂相同的政治背景：高平陵政變後，司馬氏逐步消除了異己，使政權得以鞏固，因此可以專注於禮教文治；又太康平吳，天下一統，大量學者和典籍向洛陽集聚，提供了前所未有的充裕資料；而摯虞在秘書監任職，掌管圖籍，有條件翻閱中秘藏書；當時又存在著一股編纂總集、總結前代的風氣，如傅玄編撰《七林》這樣的「七」體集。正是在這類條件的共同作用下，摯虞編竣第一部文章總集《文章流別集》。

一、資料和人才的集聚與《文章流別集》的編撰

　　摯虞曾參與《新禮》的討論，撰成《決疑要注》，應當是與禮學資料的集

中有關。而編撰《文章流別集》，需要綜覽前代資料，然後根據自己的觀點選擇具體的篇章，編排出體系嚴謹的著作，這些需要利用豐富的藏書，只能在典籍集中的時候和地點才能開展工作。太康平吳後，天下圖籍集中到洛陽，提供了充裕的資料淵藪，摯虞後遷秘書監，掌管秘閣圖書，因此能夠遍覽群籍，梳理文體流變的順序，擷取代表性篇章，撰成《文章流別集》。

漢末以來，文學學術昌明的地區，大都是在和平的環境下，集中了眾多的典籍和人才。漢末中原動亂的時候，唯有江南繼續保持和平安穩的環境，當時許多學者趕赴荊州投靠劉表，一時俊才輻輳，形成了以宋忠爲主的荊州學派，提倡新的義理學風，對魏晉學術產生了重要的影響。

漢獻帝初平元年（190），劉表受詔爲荊州刺史，與當地豪族士人蒯越、蔡瑁等相互結交，又「招誘有方，威懷兼洽……大小咸悅而服之，關西、兗、豫學士歸者蓋有千數，表安慰賑贍，皆得資全。遂起立學校，博求儒術，綦母闓、宋忠等撰立《五經》章句，謂之後定。愛民養士，從容自保」〔註1〕，衛覬與荀彧書稱「關中膏腴之地，頃遭荒亂，人民流入荊州者十餘萬家」〔註2〕，則荊州成了當時流民和士人的重要避難場所。王粲撰《荊州文學記官志》記載了荊州的學術盛況，曰：

> 夫文學也者，人倫之首，大教之本也，乃命五業從事宋衷新作文學，延朋徒焉。宣德音以贊之，降嘉禮以勸之。五載之間，道化大行。耆德故老綦母闓等，負書荷器，自遠而至者，三百有餘人。

> 於是，童幼猛進，武人革面。總角佩觿，委介免冑，比肩繼踵，川逝泉湧。疊疊如也，兢兢如也。遂訓六經，講禮物，諧八音，協律呂，修紀歷，理刑法，六略咸秩，百氏備矣。〔註3〕

宋忠延請同好砥礪學問，用了五年時間，道化大行、聲譽遠播，綦母闓等三百餘人，攜帶書籍和禮器從遠方來到荊州，推動了荊州學術的繁榮。這種通過提倡儒學、搜羅人才、招攬遠人的方法，以及在亂世中使學術雲蒸霞蔚、獨冠當時的成就，應該對晉初武帝的政策有所觸動。

王粲不僅本人去了荊州，而且攜帶著蔡邕所贈的藏書。《魏書·王粲傳》載：

〔註1〕《後漢書·劉表傳》卷七四，第2421頁。
〔註2〕《三國志·魏書·衛覬傳》卷二一，第610頁。
〔註3〕《藝文類聚》卷三八，第693頁。

> 獻帝西遷，粲徙長安，左中郎將蔡邕見而奇之。時邕才學顯著，
> 貴重朝廷，常車騎塡巷，賓客盈坐。聞粲在門，倒屣迎之。粲至，
> 年既幼弱，容狀短小，一坐盡驚。邕曰：「此王公孫也，有異才，吾
> 不如也。吾家書籍文章，盡當與之。」〔註4〕

張華《博物志》卷六也說：「蔡邕有書萬卷，漢末年載數車與王粲。」〔註5〕
蔡邕是東漢末年的藏書家，他很欣賞王粲的才華，願意贈予自己所有的書籍。
後來王粲入荊州，所攜帶的書籍即出於蔡邕的饋贈。〔註6〕

建安十三年（208），劉表病逝，荊州旋爲曹操所破，大多數學者跟隨曹
操來到了鄴城，因此鄴城一度成了文化學術的中心。在鄴城期間，曹操延請
王粲、衛覬草創禮儀，丕、植兄弟又與諸文士舉行公宴、共遊西園，聚眾從
事文學活動，更是推進了文學的發展和革新。因此，漢末建安中後期，典籍
和學士一度聚集到鄴城，推動了建安文學的興盛。繼荊州之後，漢末的文化
學術中心的進行了第二次遷移，但學者和典籍卻是一脈相承的。正是在這樣
的條件下，曹丕編撰了建安諸子的總集，他寫信給吳質說：

> 昔年疾疫，親故多離其災，徐、陳、應、劉，一時俱逝，痛可
> 言邪？昔日遊處，行則連輿，止則接席，何曾須臾相失！每至觴酌
> 流行，絲竹並奏，酒酣耳熱，仰而賦詩，當此之時，忽然不自知樂
> 也。謂百年已分，可長共相保，何圖數年之間，零落略盡，言之傷
> 心。頃撰其遺文，都爲一集，觀其姓名，已爲鬼錄。追思昔遊，猶
> 在心目，而此諸子，化爲糞壤，可復道哉！〔註7〕

曹丕將徐幹、陳琳、應瑒、劉楨的詩歌撰成一集，即發生在當時北方的文化
中心鄴城。

曹丕即位後，將政治中心由鄴城遷至洛陽，圖籍也隨之遷到洛陽。荊州
時期的文人學士大抵殞落，但典籍仍然保存著，自建安迄曹魏覆亡，洛陽並
無兵燹人禍殃及藏書，而魏晉屬於和平禪代，因此晉初秘府的藏書繼承的是
荊州以來的典籍，《文選》卷六〇載陸機《弔魏武帝文》「序」稱「元康八年，
機始以臺郎出補著作，遊乎秘閣，而見魏武帝遺令，愾然歎息，傷懷者久之」

〔註4〕 《三國志・魏書・王粲傳》卷二一，第597頁。
〔註5〕 《漢魏六朝筆記小說大觀》，第208頁。
〔註6〕 本段參考了劉躍進：《蔡邕的生平創作與漢末文風的轉變》，《文學評論》2004
　　　年第3期。
〔註7〕 李善注：《文選》卷四二，第591頁。

〔註8〕，西晉元康時期，陸機尚能披覽曹操在鄴城時的令文，很能說明從鄴城到洛陽之際，圖書典藏的一脈相承。至於東漢洛陽的舊典，基本毀於董卓之亂了，《後漢書·儒林傳》載：

> 初，光武遷還洛陽，其經牒秘書載之二千餘輛，自此以後，參倍於前。及董卓移都之際，吏民擾亂，自辟雍、東觀、蘭臺、石室、宣明、鴻都諸藏典策文章，競共剖散，其縑帛圖書，大則連爲帷蓋，小乃製爲滕囊。及王允收而西者，裁七十餘乘，道路艱遠，復棄其半矣。後長安之亂，一時焚蕩，莫不泯盡焉。〔註9〕

當時戰亂頻仍，環境非常艱苦，即使王允有意收羅，也因道路絕遠，僅留其半，儘管如此，也未能免於焚毀的命運。兩漢學術昌明，著述繁多，四百年學人的心血，數年之間皆付灰燼，至今猶令人唏噓不已。

曹魏的鄭默任秘書郎時，曾「採掇遺亡，藏在秘書中外三閣」〔註10〕，撰成了目錄學著作《中經》，中書令虞松謂說「而今而後，朱紫別矣」，這是對當時書籍的一次蒐集和藏書情況的一次清理。

從漢末黃巾起義的 184 年算起，到太康平吳的 280 年，中間經歷了長達近百年動亂和戰爭。晉武帝統一中國後，帶來了穩定的政治軍事局面，這符合廣受戰亂之苦的人民心願。劉頌《上武帝疏》道出了當時的社會期待，說：

> 至於平吳之日，天下懷靜，而東南二方，六州郡兵，將士武吏，戌守江表，或給京城運漕，父南子北，室家分離，咸更不寧。又不習水土，運役勤瘁，並有死亡之患，勢不可久。此宜大見處分，以副人望。魏氏錯役，亦應改舊。此二者各盡其理，然黔首感恩懷德，謳吟樂生必十倍於今也。自董卓作亂以至今，近出百年，四海勤瘁，丁難極矣。六合渾並，始於今日，兆庶思寧，非虛望也。〔註11〕

劉頌說，戰亂造成了百姓的室家分離，四處播遷，如今平吳之後，天下一統，百姓企盼返還故里，開始和平安寧的生活，宜制訂政策，來滿足百姓的願望。

晉武帝統一中國的歷史功績，非劉表佔據荊州、曹操統一北方所可比擬，但他們共同創造了安定的局面，因此，人才和典籍的集中情況也極爲相似。

〔註 8〕 李善注：《文選》卷六○，第 833 頁。
〔註 9〕 《後漢書·儒林列傳》卷七九上，第 2548 頁。
〔註10〕 《隋書·經籍志》，第 906 頁。
〔註11〕 《晉書·劉頌傳》卷四六，第 1305 頁。

史載「太康平吳，九州共一，禮經咸至，樂器同歸，於是齊魯諸生各攜縑素」，晉朝平定孫吳後，天下重歸一統，散落各地的禮經和樂器向首都洛陽集聚，而修習禮學的學者也帶著典籍紛至沓來，因為當時紙張尚未流行，書籍多是絹製的帛書，故稱「縑素」。

《新禮》的制訂很大程度上仰仗這些資料的集中。《晉書》說「宣景戎旅，未遑伊制」〔註 12〕，司馬懿和司馬師忙於平定吳蜀的戰爭，沒有顧得上討論制訂禮制，司馬昭曾命荀顗制定《新禮》，但史書說「因魏代前事」，說明當時能夠使用的材料僅僅局限於魏代。然而根據姚振宗《三國藝文志》的著錄可知，吳國的禮學著作尚有行世，如薛綜有《五宗圖》，係述鄭玄而作，師法與中原也不一樣，當然可以用作借鑒。因此說司馬炎一統天下後，制禮的條件就越發充裕了。自東漢末年，諸強割據，繼而裂為三國，天下分崩日久，大一統的西晉可謂深愜人心。當時的學者都有著迫切的統一要求，因此剛剛平吳取得勝利，經書、樂器和經生都迅速地向洛陽集聚。史書說晉武帝「初平寇亂，意先儀範」，武帝能夠在剛剛平定孫吳就打算制禮作樂，應該與當時的資料和人才儲備迅速的集中有關。

西晉繼承的是荊州以來的藏書，但沒有孫吳的典籍，而孫吳學者固守漢代的舊學，有一批學術名家和學術著作，尤其在《周易》、禮學、《國語》、《孝經》、史學和雜傳地理等領域成就顯著〔註 13〕，這些能夠充實西晉的內府藏書；而太康平吳之後，王浚「收其圖籍」，孫吳藏書已為晉朝所有，又吳士大多進入中朝仕宦，如陸機、陸雲、陸喜、張翰、顧榮、紀瞻等文人和學者相繼入洛，也提供了豐富的人才資源。

但《晉書》明言齊魯諸生，這固然有齊魯屬孔子故里，儒學未曾中斷、流傳有序的緣故，很可能曹魏政權並沒有去齊魯徵集典籍，曹氏是寒門出身，執政期間應對儒學無甚興趣，而司馬氏忙於誅除異己、用兵吳蜀，或未遑及此。

太康平吳、天下一統的西晉，比曹操統一北方的功績，實是有過之而無不及，因此天下的典籍、禮器和學者向洛陽集中，也是自然而然的事情。隨後荀勖任秘書監，與張華等人依照劉向《別錄》整理記籍，在鄭默《中經》的基礎上編撰了《中經新簿》，「分為四部，總括群書」，具體數量，梁阮孝緒

〔註12〕　《晉書·禮志》卷一九，第 580 頁。
〔註13〕　參見拙文：《三國吳地文化與文學》，北京大學 2008 年碩士學位論文。

《古今書最》載：「《晉中經簿》，四部書一千八百八十五部，二萬九百三十五卷。其中十六卷佛經書簿少二卷，不詳所載多少。」

二、博學風潮的影響和修撰風氣的盛行

　　總集的編撰需要作者具有廣博的學識，這不僅是博覽群書，多方採集以求不遺鏪銖的現實需要，而且還有區別文章、辨析文體，斟酌取捨的學術目標。而博學之士的滋多，在西漢末期比較突出，如向、歆父子博通五經，揚雄「少而好學，不爲章句，訓詁通而已，博覽無所不見」，其它如博通眾經者有桓譚「博學多通，遍習《五經》」，杜林「博洽多聞，時稱通儒」等等，不勝枚舉。及至東漢，博學之士越發繁多，博通《五經》、兼習今古文者不可勝數，如王充、魯丕、賈逵、馬融、鄭玄等等，不僅在一經或數經上深有造詣，甚至著有貫通、論難《五經》之作。應該說，自師法和家法被打破後，西漢後期以來，治學追求博通廣聞，成了學者們的自覺行動。

　　漢末魏晉的鄭玄、蔡邕、王肅、張華，都是重要的學者，同時也是博學之士。鄭玄（127～200）是東漢後期集大成式的經學家，本傳載「凡玄所注《周易》、《尚書》、《毛詩》、《儀禮》、《禮記》、《論語》、《孝經》、《尚書大傳》、《中候》、《乾象曆》，又著《天文七政論》、《魯禮禘祫義》、《六藝論》、《毛詩譜》、《駁許慎五經異義》、《答臨孝存周禮難》，凡百餘萬言」〔註14〕，牟潤孫說：「鄭玄遍注諸經，不別今古文。篤守家法者多非之。鄭玄箋《詩》以毛爲主，若與三家不同，便下己意。鄭氏博學兼通，故其說經能採取眾說，加以選擇。此爲經師博學必有之結果。」〔註15〕正是鄭玄博學的緣故，注書故能博搜旁求，惟是而從。蔡邕（133～192）是東漢末年的藏書家，同時也屬博學之士，《後漢書》記載他有多種文體的作品以及《獨斷》等各類著作行世，劉躍進認爲蔡邕的經史成就體現在「一是奏議刊刻熹平石經，二是續補《東觀漢記·十志》」〔註16〕，這也約略可以窺知蔡邕的博學情況。後來他將藏書贈數車給王粲，使王粲進入藏書家的行列。魏代的王肅（195～256）同樣也是集大成式的博學之士，與鄭玄一樣兼通今古文，曾注《五經》，又有多種學

〔註14〕《後漢書·鄭玄傳》卷三五，第1212頁。
〔註15〕牟潤孫：《論魏晉以來之崇尚談辯及其影響》，《注史齋叢稿》（增訂本），第165頁。
〔註16〕本段參考了劉躍進：《蔡邕的生平創作與漢末文風的轉變》，《文學評論》2004年第3期。

術著作行於世。但他處心積慮與鄭玄立異，且不論具體注經的是非如何，這樣的膽魄和信心顯然是來源於博學的結果。

魏晉之際的鄭默，擔任曹魏祕書郎之時，曾「採掇遺亡，藏在祕書中外三閣」〔註17〕，並制《中經》，則已遍閱群書。泰始十年，荀勖「領祕書監，與中書令張華，依劉向《別錄》，整理記籍」〔註18〕，則荀勖與張華都參與過國家藏書整理，而且卷帙宏大，荀勖《讓樂事表》說「臣掌著作，又知祕書，今覆校錯誤，十餘萬卷，不可倉卒，復兼他職，必有廢頓者也」〔註19〕，又製作成《中經新簿》，則爲博學無疑。

西晉初年的博學之士，以文壇領袖張華（232～300）最具代表。本傳載：「華性好人物，誘進不倦，至於窮賤侯門之士有一介之善者，便咨嗟稱詠，爲之延譽。雅愛書籍，身死之日，家無餘財，惟有文史溢於机篋。嘗徙居，載書三十乘。祕書監摯虞撰定官書，皆資華之本以取正焉。天下奇祕，世所希有者，悉在華所。由是博物洽聞，世無與比。」〔註20〕張華喜好聚書，收羅了大量珍稀書籍，摯虞撰書，也來取資。張華曾協助荀勖依劉向《別錄》整理記籍，對書籍情況瞭如指掌。他也爲自己收藏的書編寫了目錄，嚴可均《全晉文》載《與子耽書》說：「知汝頗欲念學，今同還車到，副書，可案錄受之，當別置一宅中，勿復以借人。」〔註21〕那麼張華給兒子張耽的書，是有目錄的，這應是不多見的私人藏書目錄材料。但嚴可均取自梅鼎祚《文紀》所引《玉府新書》，此書不詳出自何代，尚可存疑。經筆者檢索，最早來源或是唐代段成式的《酉陽雜俎》，說：「今人云，借書還書等爲二癡。據杜荊州書告耽云：知汝頗欲念學，今因還車致副書，可案錄受之，當別置一宅中，勿復以借人。古諺云：有書借人爲癡，借人書送還爲癡也。」〔註22〕根據段氏所引的杜預書，可見嚴輯頗有謬誤，張華喜藏書，此條材料應該屬實。

凡聚書之士，大抵博學，凡不學之人自然不會藏書。張華本傳載：「華強記默識，四海之內，若指諸掌。武帝嘗問漢宮室制度及建章千門萬戶，華應

〔註17〕《隋書·經籍志》，第 906 頁。
〔註18〕《晉書·荀勖傳》卷三九，第 1154 頁。
〔註19〕《北堂書鈔》卷一〇一，第 427 頁。
〔註20〕《晉書·張華傳》卷三六，第 1074 頁。
〔註21〕嚴可均：《全晉文》卷四二，第 1701 頁。
〔註22〕〔唐〕段成式著，方南生點校：《酉陽雜俎》，北京：中華書局 1981 年版，第 232 頁。

對如流，聽者忘倦，畫地成圖，左右屬目。」〔註 23〕又晉武帝《詔張華》稱
「卿才綜萬代，博識無倫，遠冠羲皇，近次夫子」〔註 24〕，可知張華的博學
在當時頗為著名。張華不僅聚書，而且閱讀細緻認真，因此晉武帝偶有提問，
他能對答如流，且畫地為圖，十分諳熟，娓娓道來，折服眾人。這樣的博學
之士，在當時具有重要的影響力，史載：「華名重一世，眾所推服，晉史及儀
禮憲章並屬於華，多所損益，當時詔誥皆所草定，聲譽益盛，有臺輔之望焉。」
〔註 25〕張華不僅掌管著晉初的禮儀制度和史學編撰，而且是西晉的文壇領
袖，其自身具有多方面的才華，為眾人所敬服，又好提攜後進、多致美譽，
因此在當時具有很大的聲望。

　　漢末以來追求博學的學術思潮，自然影響到魏晉之際的摯虞（245？～
311）。摯虞本屬博學之士，體現在如下幾個方面：精通經學今古文，熟悉鄭、
王之學的異同，這可以從議禮文字中可以窺略；在擔任秘書監期間，從事撰
定官書的史學工作，如完成一百六十卷的鉅制《畿服經》，天文地理和史學知
識也非常豐富；張華本傳稱「秘書監摯虞撰定官書，皆資華之本以取正焉。
天下奇秘，世所希有者，悉在華所」，那麼他不僅有機會看到秘閣藏書，而且
能夠披閱張華的藏書。很顯然，博覽多聞是摯虞的重要學術特點。這樣的學
術儲備，一旦獲得職務的便利，無疑激發他編纂《文章流別集》的願望。摯
虞前面有七任秘書監，除荀勖有《中經新簿》和賈謐議立晉書限斷外，其它
俱無作為。正是摯虞的廣博的學術儲備，一旦擔任秘書監主管秘府藏書，那
麼他不僅有條件博覽和梳理晉前的文章，而且願意通過編纂一部總集、對繼
往的文章發展史進行針砭來展示自己的文學理想。因此《文章流別集》成於
摯虞之手絕不是偶然的。

　　另外當時圖書修撰風氣的盛行，也刺激了《文章流別集》的編纂。大型
圖書的修撰，必須要有承平的社會政治環境，魏晉之前的官修典籍，集合眾
智的有《東觀漢紀》，修撰時間從明帝持續至靈帝，大體在和平的時代完成。
曹操統一了北方後，又試圖平定吳蜀、統一全國，但赤壁一戰的失利，使三
國鼎立的局面正式形成。儘管曹魏邊疆屢有戰事，但北方基本處於和平的環
境。曹操建安十八年（213）建立魏國後，復置秘書監，掌管秘閣圖書藝文之

〔註 23〕《晉書‧張華傳》卷三六，第 1070 頁。
〔註 24〕見王子年：《拾遺記》，嚴可均：《全晉文》卷五，第 1491 頁。
〔註 25〕《晉書‧張華傳》卷三六，第 1070 頁。

事。曹丕即位，代漢而立已是大勢所趨，爲了宣示新朝的文治，旋即命令王象領秘書監，利用秘閣圖籍，集合劉劭、桓範等人完成了「四十餘部，部有數十篇，通合八百萬字」的宏大巨著——《皇覽》。曹丕是文學家，《皇覽》具有博物的性質，或是曹丕進行寫作的資料淵藪。此後又命衛覬、繆襲等編撰《魏史》，未能畢功，曹魏末期，王沈、荀顗和阮籍以衛覬、繆襲的紀傳爲基礎共同修撰了《魏史》，帶有對魏朝進行總結的意味。建安末期曹丕已有總集的編撰，經過筆者的考察，別集應該也產生於同時。曹魏時期的著述和修撰頗爲興盛，也可能與書寫載體的變遷有關。

早在魏晉禪代之際，司馬氏已經開始集合一批學者如荀顗、羊祜、任愷、庾峻、應貞等，根據魏代王粲、衛覬草創的禮學成果來制訂適合自己統治的《新禮》；晉初裴秀撰《禹貢地域圖》十八篇，影響了摯虞《畿服經》的編撰；太康年間，已經有《晉書》的撰寫，如束皙時任佐著作郎，本傳稱「撰《晉書・帝紀》、十《志》，遷轉博士，著作如故。……皙才學博通，所著《三魏人士傳》，《七代通記》，《晉書紀、志》，遇亂亡失」〔註26〕；華嶠擔任秘書監，「所撰書十典未成而終」，何劭又擢華嶠的兒子華徹繼承父親的遺志完成其書，未畢而歿，繼命徹弟華暢任佐著作郎續成此作，並起草了魏晉紀傳。西晉的著述，還有秘書丞傅暢「著《晉諸公贊》及《晉公卿禮秩故事》」〔註27〕，曹嘉在元康中撰成《晉紀》十卷。至於杜預的《善文》，傳世文獻殊少，一直是聚訟的要點。《隋書・經籍志》集部總集類著錄「《善文》五十卷，杜預撰」，《晉書・華廙傳》說「廙棲遲家巷垂十載，教誨子孫，講誦經典。集經書要事，名曰《善文》，行於世」〔註28〕，作者容有疑問，一般認爲是杜預所作。章太炎《文學總略》推爲總集之始，駱鴻凱《文選學》也認爲是總集，王瑤《文體辨析與總集的成立》說「杜預和摯虞都是開始編創總集的人」〔註29〕，屈守元指出「蓋雜抄經史諸家，無以別於類書，安得推爲總集權輿？」〔註30〕

〔註26〕《晉書・束皙傳》卷五一，第 1432～1434 頁。

〔註27〕《三國志・魏書・傅嘏傳》卷二一，第 628 頁。

〔註28〕《晉書・華廙傳》卷四四，第 1261 頁。

〔註29〕參見王瑤：《文體辨析與總集的成立》，見氏著《中古文學史論》，第 71 頁。又說「今知《善文》搜採甚廣，且除選文外，尚涉及作者生平，與《流別集》大概是同時編纂」。筆者按，杜預卒於太康六年（285），時摯虞方丁憂期滿任尚書郎，應該沒有條件編寫《文章流別集》。且《善文》是「集經書要事」（《晉書・華廙傳》）。

〔註30〕屈守元：《昭明文選雜述及選講》，天津：天津古籍出版社 1988 年版，第 11 頁。

總之，《善文》屬於「集經書要事」，可能與《皇覽》相類，尚不是彙次眾體的總集，《隋志》雖予著錄，卻以《文章流別集》冠首。至於應璩的《書林》、傅玄的《七集》、荀勗的《新撰文章家集》、荀綽《古今五言詩美文》、陳勰《碑文》等，亦可見文集編撰的繁榮。正是這樣的圖書修撰背景下，促使了摯虞《文章流別集》的產生。

第二節　子書寫作、類書編纂與《文章流別集》的出現

子書的寫作，彙次多篇各有中心的文章成為一書，一般是從多個方面闡發作者的思想，帶有很強的目的性，《文章流別集》的編撰，與此有類似的地方；而類書的編纂，魏時有秘書監王象領銜編《皇覽》，充分佔有秘閣的資料，而他們分門別類、究其源委的材料處理方式，也對《文章流別集》的編撰產生了影響。

一、子書寫作的經驗

漢末魏晉，子書經歷了漢武帝以來的沉寂，進入了復興的高潮期，產生了大量的子學著作。子書寫作的復興，給《文章流別集》的編撰提供了思想和操作上的經驗。

（一）子書寫作對《文章流別集》的影響

諸子之學，極盛於春秋戰國時期，以儒、道、墨、名、法、陰陽諸家影響力較大，各派都有主張的學說，並有與其學說相應的代表著述。諸子學派的代表作品，為了證明和推廣自己的學說，批駁異端的觀點，一面聲明主張，一面進行論辯，具有鮮明的目的性和達成目標的強烈願望，因此所撰成的文章，或樸實深婉，或奇譎恢詭，或如抽絲剝繭，方式多樣，各具面貌。

《文章流別集》雖名曰總集，但作者旨在表達自己的文學理論和文學史觀，實際上具備了子書的性質。我們知道，《史記》原名《太史公》，錢穆指出：「《太史公》則司馬遷一家之私書，當與孔子《春秋》齊類，不當與魯《春秋》晉《乘》楚《檮杌》相例。故其書稱《太史公》，猶孟軻自稱孟子，其書因亦稱《孟子》，荀況自荀子，故其書亦稱《荀子》云耳。」章學誠亦指出：

「《太史》百三十篇，自名一子。」梁啓超說是司馬遷的「一家之言」，不過借助了史的形式，侯外廬也說《史記》是繼承戰國時代諸子百家傳統的私人著述〔註31〕。事實上，《文章流別集》成書於子學復興的魏晉時代，也具備了子書的一些特點，主要體現在以下幾個方面：

第一，獨力完成，個性鮮明。區別於類書的編纂需要集合眾人、同心協力的情況，《文章流別集》的編撰僅僅由摯虞一力完成，文獻中沒有假手他人的記載，因此《文章流別集》中具體篇目的選擇和安置，體現的是摯虞個人的文體觀念和文學史觀。先秦的諸子學說，本屬單篇流傳，後來結集成書。經過學者的考證，這些著述之中，有些不是出於一手，譬如一般認為《莊子》內篇係莊子本人所撰，而外篇屬後學之作，《墨子》也多見後學的敷衍，但基本上屬於伸張乃師的思想，構成了一個學派的觀點；但《孟子》、《荀子》、《韓非》是出於作者本人之手，屬於獨立的創作，反映了作者個人的思想。此後漢代以降的賈誼《新書》、陸賈《新語》、王充《論衡》、徐幹《中論》、曹丕《典論》等著名子書，也都體現了作者的意志。從這個層面上來講，《文章流別集》所反映的作者本人思想，具有子書的特徵。

第二，體系完整，論述綿密。《文章流別集》按照文體分類、依時間順序選取文章，秩序井然；而《文章流別論》的殘存部分，其區別文體，辨別異同，燭隱析微，頗為精審。子書體系的完整，在《韓非》和《荀子》中頗有體現，已經不是《孟子》時期的叢箚，以一篇集中討論一個問題為主，而能圍繞一個主題，使用多篇展開論述，思維更加周到，論述越發綿密，譬如《論衡》說「性」有《本性》、《率性》兩篇，說「命」有《初稟》、《無形》、《偶會》、《命祿》、《氣壽》、《命義》、《逢遇》、《累害》、《幸偶》、《吉驗》等十篇。至於論述的綿密，《荀子》中《勸學》層層深入，反覆說明道理，頗有可觀。

第三，救弊濟世，使命強烈。《文章流別論》在討論具體的文體時，很重視文體的規定性特徵，對文體在發展過程中產生的變異進行辨析，如頌本主美，馬融《廣成頌》卻鋪陳奏雅，與賦混淆一體，摯虞指出類似情況，希望引起重視，從而恢復文體的應有特徵，具有強烈的救弊理想。這種理想與諸子立說的意旨殊途同歸，儒家的禮義學說、墨子的兼愛非功、王充的「疾虛

─────────────────────────

〔註31〕以上參考胡寶國：《〈史記〉與戰國文化傳統》，見氏著《漢唐史學的發展》（修訂本），第10頁。

妄」、徐幹的檢核名實等等，都是針對當時不良的社會風氣有為而發，因此諸子學說帶有很強的濟世要求。應該說，摯虞編集創論，也是具有起弊的社會理想，通過他的勞動，來昭示後進學子的模仿和學習對象。

第四，立言不朽，垂名竹帛。曹丕在《典論論文》中將文學與經國之大業相提並論，提高了文學的地位，以往通過子書立言傳之不朽的理想，同樣地也出現在文學領域。傅剛教授說：

> 在這一文獻裏，曹丕首先把文學與經國之大業相提並論，並且許之為不朽，這是對傳統「三立」學說的突破。儘管產生曹丕這篇論文的背景，具有十分明顯的政治原因，但它所表現的意義卻衝破了政治目的性。曹丕說：「是以古之作者，寄身於翰墨，見意於篇籍，不假良史之辭，不託飛馳之勢，而聲名自傳於後。」這一說法直接以文學作品與子、史相等，提高了文學的地位。自此以後，集部的編撰自然具有了立言成家的內容。〔註32〕

總之，文章從此與子、史一樣，擁有了立言不朽的地位，既往的學者文士，大多以「立德」的經學和「立言」的子史之學為治學之正，而投身文學創作卻被視為倡優，這種情況在魏晉發生了改變。文學地位的提高，使得《文章流別集》的編撰區別於單純的文章彙聚，而是對既往作者作品的一次總的評價和遴選，因此集部編撰的價值得到了凸顯。

（二）子書在魏晉時的復興

子學的發展，以儒家的孔子、道家的老子為最早，出現在春秋時期。其後的戰國時期，子學日益興盛，除墨家的墨子，儒家的孟子、道家的莊子外，法家、名家、陰陽家、縱橫家、小說家俱勃興於此時。西漢前期，尚騁戰國之餘風，進入中期後，經學獨尊，子學告寢。東漢後期，隨著經學的衰落，子學又呈現出復興之勢，漢末魏晉時期，是子學發展中的第二個高峰。相比戰國的諸子，此期的子學值得稱道者無多，顏之推《顏氏家訓·序致》稱「魏晉已來，所著諸子，理重事複，遞相模斆，猶屋下架屋，床上施床耳」〔註33〕，章太炎《國故論衡·論式》說「後漢諸子漸興，迄魏初幾百種。然其深達理要者，辨事不過《論衡》，議政不過《昌言》，方人不過《人物志》，此三家差

〔註32〕傅剛：《昭明文選研究》，北京：中國社會科學出版社2000年版，第20頁。
〔註33〕王利器：《顏氏家訓集解》，上海：上海古籍出版社1980年版，第19頁。

可以攀晚周。其餘雖嫻雅，悉腐談也」〔註34〕。但東漢末期的子學復興，對總集的產生發生了影響，這應當歸結於東漢士人著述意識的覺醒。

東漢士人已經注意到文章的價值，王充的《論衡》目的明確，曰「疾虛妄」，論證集中，具有開創性。而文人身份的強化使他們產生了與前人試比高的意識，余嘉錫《古書通例》卷二《明體例》「漢魏以後諸子」條指出：「東漢以後，文章之士，恥其學術不逮古人，莫不篤志著述，欲以自成一家。流風所漸，魏、晉尤甚。」〔註35〕東漢文士的著述，再也不是無意識地即興觸發，而是有意自成一家，有強烈地超越前人的欲望。

儒家思想的衰落，使那種依靠經學「立德」的觀念讓位於依靠子學「立言」的思想。漢末建安年間的大疫，加深了士人對人生的思考，生命無常，若要名垂千古，無疑以著述最為重要。因此建安時期的士人們十分推舉子書寫作，如徐幹的《中論》得到了曹丕的多次稱讚，而曹丕本人也非常滿意自己的《典論》，特意將其贈賜給孫權和張昭。陸機因欲撰子書未成而抱憾，《抱朴子》佚文說：

> 陸平原作子書未成，吾門生有在陸君軍中，常在左右，說陸君臨亡曰：「窮通，時也。遭遇，命也。古人貴立言，以為不朽，吾所作子書未成，以此為恨耳。」〔註36〕

這是葛洪從侍奉陸機的門生處得知的陸機臨死之前的遺憾，說明子書立言的價值，在西晉後期仍是士人的主要追求。士人的這種理想一直持續到東晉初年，葛洪就是其中頗具代表性的一位，他在《抱朴子‧自敘》明確地表達著子書立言的理想，曰：「洪年二十餘，乃計作細碎小文，妨棄功日，未若立一家之言，乃草創子書……念精治五經，著一部子書，令後世知其為文儒而已。」〔註37〕

《隋書‧經籍志》記載了後漢、三國、兩晉之際的子書較多〔註38〕，反映了當時子學在魏晉發達的情況。如儒家類：東漢的有《桓子新論》（桓譚），《潛夫論》（王符），《正部論》（王逸），《後序》（應奉），《申鑒》（荀悅），《魏子》

〔註34〕 章太炎撰，龐俊、郭誠永疏證：《國故論衡疏證》，北京：中華書局 2008 年版，第 389 頁。

〔註35〕 余嘉錫：《古書通例》，第 231 頁。

〔註36〕 《太平御覽》卷六○二，第 2709 頁。

〔註37〕 楊明照：《抱朴子外篇校箋》，北京：中華書局 1991 年版，第 710 頁。

〔註38〕 以下引自《隋書‧經籍志》「子部」類，卷三四，第 998～1012 頁。

（魏朗），《文檢》（無名氏），《牟子》（牟融）等；三國的有《典論》（曹丕），《周生子要論》（周生烈），《徐氏中論》（徐幹），《王子正論》（王肅），《去伐論集》（王粲），《杜氏體論》（杜恕），《新書》（王基），《周子》（周昭），《顧子新語》（顧譚），《典語》、《典語別》（陸景）；兩晉的有《通語》（殷興），《譙子法訓》、《譙子五教志》（譙周），《袁子正論》、《袁子正書》（袁準），《孫氏成敗志》（孫毓），《古今通論》（王嬰），《蔡氏化清經》（蔡洪），《通經》（王長文），《新論》（夏侯湛），《楊子物理論》、《楊子大玄經》（楊泉），《新論》（華譚），《梅子新論》（無名氏），《志林新書》、《廣林》、《後林》（虞喜），《干子》（干寶），《閔論》（蔡韶），《顧子》（顧夷），《要覽》（呂竦），《正覽》（周舍），《三統五德論》（曹思文），《諸葛武侯集誡》等。再如道家類：《任子道論》（任嘏），《渾輿經》（桓威），《唐子》（唐滂），《蘇子》（蘇彥），《宣子》（宣舒），《陸子》（陸雲），《杜氏幽求新書》（杜夷），《抱朴子內篇》（葛洪），《顧道士新書論經》（顧谷），《孫子》（孫綽），《符子》（符郎），《養生論》（嵇康），《攝生論》（阮侃），《無宗論》、《聖人無情論》（無名氏），《夷夏論》（顧歡），《談眾》（無名氏），《簡文談疏》（晉簡文帝）等。又如法家類：《正論》（崔寔），《法論》（劉劭），《政論》（劉廙），《阮子正論》（阮武），《世要論》（桓範），《陳子要言》（陳融），《蔡司徒難論》（黃命）等。名家類：《士操》（曹丕），《刑聲論》（無名氏），《人物志》（劉劭），《士緯新書》、《姚氏新書》（姚信），《九州人士論》（盧毓），《通古人論》（無名氏）等。雜家類：《論衡》（王充），《洞序》（應奉），《風俗通義》（應劭），《仲長子昌言》（仲長統），《蔣子萬機論》（蔣濟），《篤論》（杜恕），《芻蕘論》（鍾會），《諸葛子》（諸葛恪），《傅子》（傅玄），《默記》（張儼），《裴氏新言》（裴玄），《新義》（劉廞），《析言論》、《古今訓》（張顯），《桑丘先生書》（楊偉），《時務論》（楊偉），《古世論》、《桓子》、《秦子》（秦菁），《劉子》、《何子》（無名氏），《立言》（蘇道），《孔氏說林》（孔衍），《抱朴子外篇》（葛洪），《博物志》、《張公雜記》、《雜記》（張華），《廣志》（郭義恭），《古今注》（崔豹）等。其它如農家、小說家等尚有數種，不遑多列。顯而易見地，東漢魏晉的子書佔據了絕大多數，而東晉以降子書寥寥，這說明子學在東漢魏晉期間獲得了復興，劉宋之後重新陷入衰敗。

（三）子書與文集的關係

子書的興衰與文集的興起有著密切的聯繫，章學誠《文史通義・文集》說：

　　集之興也，其當文章陞降之交乎？古者朝有典謨，官存法令，風詩采之閭里，敷奏登之廟堂，未有人自爲書，家存一說者也。劉向校書，敍錄諸子百家，皆云出於古老某官某氏之掌，是古無私門著述之征也。餘詳外篇。自治學分途，百家風起，周、秦諸子之學，不勝紛紛，識者已病道術之裂矣。然專門傳家之業，未嘗欲以文名，苟足顯其業，而可以傳授於其徒，諸子俱有學徒傳授，《管》、《晏》二子書，多記其身後事，《莊子》亦記其將死之言，《韓非‧存韓》之終以李斯駁議，皆非本人所撰。蓋爲其學者，各據聞見而附益之爾。則其說亦遂止於是，而未嘗有參差龐雜之文也。兩漢文章漸富，爲著作之始衰。然賈生奏議，編入《新書》；即《賈子書》。唐《集賢書目》始有《新書》之名。相如詞賦，但記篇目；《藝文志》《司馬相如賦》二十九篇，次《屈原賦》二十五篇之後，而敍錄總云，詩賦一百六家，一千三百一十八篇。蓋各爲一家言，與《離騷》等。皆成一家之言，與諸子未甚相遠，初未嘗有彙次諸體，裒焉而爲文集者也。自東京以降，訖乎建安、黃初之間，文章繁矣。然范、陳二史，《文苑傳》始於《後漢書》。所次文士諸傳，識其文筆，皆云所著詩、賦、碑、箴、頌、誄若干篇，而不云文集若干卷，則文集之實已具，而文集之名猶未立也。《隋志》：「別集之名，東京所創。」蓋未深考。自摯虞創爲《文章流別》，學者便之，於是別聚古人之作，標爲別集。則文集之名，實仿於晉代。陳壽定《諸葛亮集》二十四篇，本云《諸葛亮故事》，其篇目載《三國志》，亦子書之體。而《晉書‧陳壽傳》云定《諸葛集》，壽於目錄標題亦稱《諸葛氏集》，蓋俗誤云。〔註39〕

章氏以爲兩漢文章的增多，導致了子學著作的衰落，但賈誼的奏議、司馬相如的辭賦仍與諸子性質相近。東漢以後，文章滋多，並開始按文體分類，已具備後世文集的實際情況。

　　而子書寫作對於總集編纂的影響，章學誠《文史通義‧詩教》指出「蓋至戰國而文章之變盡，至戰國而著述之事專，至戰國而後世之文體備⋯⋯後世之文，其體皆備於戰國」〔註40〕，即後世的文章、文體已經出現在戰國諸子著作之中，而子史的衰落導致了文集的興盛。章氏又說：「辭章實備於戰國，

〔註39〕〔清〕章學誠著，葉瑛校注：《文史通義校注》，第296頁。《華陽國志‧西州後賢志》載：「華又表令次定《諸葛亮故事》，集爲二十四篇，時壽良亦集，故頗不同。」

〔註40〕〔清〕章學誠著，葉瑛校注：《文史通義校注》，第60頁。

承其流而代變其體制焉。學者不知，而溯摯虞所裒之《流別》，甚且以蕭梁《文選》，舉爲辭章之祖也，其亦不知古今流別之義矣。」〔註41〕余嘉錫《古書通例》卷二《明體例》「秦漢諸子即後世之文集」條說「故西漢以前無文集，而諸子即其文集」〔註42〕，又說「今取子書中諸文體，略依《文選》分類序次，臚舉於後，皆就其確爲古人手著，體制業已成立者言之」〔註43〕。余氏所羅列各文體有賦、詩、詔、策、令、教、上書、疏、書、設論、序、頌、論、箴、銘、對等數種。

　　戰國以來的子學，不僅窮盡了文章的技法，而且體現了總集的各種文體，是總集的最早形式和學習淵藪。只待個人著述意識覺醒、文章日益繁富，文學觀念有了新的發展，那麼文章總集就會吸取子學著述經驗，應運而生了。

　　子書一般有多篇討論不同問題的獨立文章組成，共分若干篇，這與先秦以來子書的成書方式有關。別集的編纂應該借鑒了子書編撰的經驗，因此早期的別集都會注明具體的篇目，而別集的產生與總集大約同時，關於這一點，我們將在第四節中著重討論。

二、類書編撰的經驗

　　章學誠《校讎通義·宗劉第二》說：

　　　　類書自不可稱爲一子，隋唐以來之編次，皆非也。然類書之體亦有二：其有源委者，如《文獻通考》之類，當附史部故事之後；其無源委者，如《藝文類聚》之類，當附集部總集之後，總不得與子部相混淆。或擇其近似者，附其說於雜家之後。〔註44〕

章學誠將《藝文類聚》一類的類書，歸入集部總集類，應該是看到類書彙次眾體、廣羅萬象的特點。類書的目錄編次和彙聚材料確實有與總集相似的地方，而產生於魏初的《皇覽》，與當時總集的產生，應該有著千絲萬縷的關係。

　　曹魏延康時曹丕敕令皇象等編纂的《皇覽》，屬於中國歷史上的第一部類書。據《三國志·魏書·楊俊傳》裴注引魚豢《魏略》曰：「受詔撰《皇覽》，使象領秘書監。象從延康元年始撰集，數歲成，藏於秘府，合四十餘部，部

〔註41〕〔清〕章學誠著，葉瑛校注：《文史通義校注》，第60頁。
〔註42〕余嘉錫：《古書通例》，北京：中華書局2007年版，第230頁。
〔註43〕余嘉錫：《古書通例》，第231頁。
〔註44〕章學誠著，王重民通解：《校讎通義通解》，第10～11頁。

有數十篇，通合八百餘萬字。」〔註45〕曹丕詔令皇象任秘書監，專門負責《皇覽》的編纂。改元延康是在 220 年正月，時曹操新喪，曹丕即位爲魏王，同年冬十月，獻帝禪位，曹丕登基改元爲黃初。既稱延康元年，則在該年的正月到十月間。史書又說經歷數年才修竣，「隨類相從」，「合四十餘部，部有數十篇，通合八百餘萬字」，「凡千餘篇」，則儼然鴻篇巨製，對後世產生了很大的影響，成爲製作的楷模，如《南齊書・蕭子良傳》載「移居雞籠山邸，集學士抄《五經》、百家，依《皇覽》例爲《四部要略》千卷」〔註46〕，又如《南史・陸罩傳》載「初，簡文在雍州，撰《法寶聯璧》，罩與群賢並抄掇區分者數歲。中大通六年而書成，命湘東王爲序。其作者有侍中國子祭酒南蘭陵蕭子顯等三十人，以比王象、劉邵之《皇覽》焉」〔註47〕。

秘書監的職責是負責圖書的典藏和整理，編纂《皇覽》需要「撰集經傳」，即要求掌握眾多的圖書資料，因此必須接觸中秘圖書，文帝令皇象兼任秘書監，負責典校圖書，就是給《皇覽》的編撰提供便利，說明大書的修纂不可能不依賴國家藏書，有時還要從私人手裏借書，《晉書・張華傳》說「載書三十乘。秘書監摯虞撰定官書，皆資華之本以取正焉」，說明摯虞《畿服經》和《文章流別集》的編纂，確實要廣涉眾書，只能在秘書監任內完成。

《皇覽》是第一部類書，其體例很值得重視。根據現有材料來看，《皇覽》分爲若幹部、各部又分若干種篇目，這給後來的類書編纂設置了規範，同時也影響到後來子書和總集的編撰，如陳壽編《諸葛氏集》，察其目錄，實爲子書，「輒刪除複重，隨類相從，凡爲二十四篇」，而摯虞編撰古文章時「類聚區分」，都與《皇覽》的方法有關。而這種分類方法應該是受到名辯思潮的影響，《三國志・魏志・王粲傳》裴注引魚豢《魏略》：「（曹植）與淳評說混元造化之端，品物區別之意；然後論羲皇以來賢聖名臣烈士優劣之差；次頌古今文章賦誄及當官政事宜所先後；又論用武行兵倚伏之勢。」〔註48〕曹植與邯鄲淳論說「品物區別」，自然包含著分類與辨別的意味，說明名辯是當時作家議論的重點。曹丕命王象領修《皇覽》，也是這種思潮的體現。

分類思想在圖書編纂中的實踐儘管在曹魏時期的《皇覽》已經利用，但其最早的源頭已難詳悉，劉師培《左盦集》四《字義起於字音說》：「古人觀

〔註45〕《三國志・魏書・楊俊傳》卷二三，第 664 頁。
〔註46〕《南齊書・蕭子良傳》卷四〇，第 698 頁。
〔註47〕《南史・陸罩傳》卷四八，第 1205 頁。
〔註48〕《三國志・魏書・王粲傳》卷二一，第 602 頁。

察事物，以義象區，不以質體別，復援義象制名。故數物義象相同，命名亦同。及語言制文字，即以名物之音爲字音，故義象既同，所從之聲亦同。所從之聲既同，在偏旁未益以前僅爲一字，即假所從得聲之字以爲用。」儘管這是劉師培針對字義考釋中的「字音象物音」、「象意制音」而言，提出訓詁上的異物同名，但也揭示出上古先民以直觀的具體形象區分而不是抽象的本質區分事物的習慣。秦漢以來的小學著作頗多實踐，如《急就篇》屬字書，分章敘述各種名物，如姓氏人名、錦繡、飲食、衣服、臣民、器物、蟲魚、服飾、音樂以及宮室、植物、動物、疾病、藥品、官職、法律、地理等，這種分類有利於博識，但不宜辯別名物異同；《爾雅》屬訓詁書，共分爲釋詁、釋言、釋訓、釋親、釋宮、釋器、釋樂、釋天、釋地、釋丘、釋山、釋水、釋草、釋木、釋蟲、釋魚、釋鳥、釋獸、釋畜等十九類，這種類聚區分就有「辯章同異」（陸德明《經典釋文・序錄》）的意識；許慎《說文解字・序》也有五百四十部的區分，並稱「方以類聚，物以群分，同牽條屬，共理相貫，雜而不越，據形繫聯，引而申之，以究萬原」〔註 49〕，那麼許慎有自覺的區分部類、辯別同異的要求。劉熙《釋名序》稱：「熙以爲自古造化製器立象，有物以來，迄於近代，或典禮所制，或出自民庶，名號雅俗，各方名殊。……名之與實，各有異類，百姓日稱而不知其所以之意，故撰天地、陰陽、四時、邦國、都鄙、車服、喪紀，下及民庶應用之器，論敘指歸，謂之《釋名》，凡二十七篇。」〔註 50〕劉熙約生於桓靈之際，建安初避亂至交州，建安中往來蒼梧南海之間，教授門徒數百人，深刻影響著交州學風。孫吳的學者程秉、薛綜等俱出自劉熙門下，前者著有《周易摘》、《論語辯》，後者以禮學家名世，有《五宗圖》。其《釋名》有《釋天》、《釋地》、《釋山》、《釋水》、《釋資容》、《釋飲食》、《釋衣服》、《釋宮室》、《釋樂器》、《釋車》、《釋船》等二十七篇。很顯然，這是以具體的物象作爲區分各類的依據。劉熙《釋名》是名實之學的重要著作，在名理學發展史上具有重要的地位。孫吳韋昭獄中上書稱：「見劉熙所作《釋名》，信多佳者，然物類眾多，難得詳究，故時有得失，而爵位之事，又有非是。愚以官爵，今之所急，不宜乖誤。因自忘至微，又作《官職訓》及《辯釋名》各一卷，欲表上之。」〔註 51〕此事發生於 273 年，說明

〔註49〕許慎：《說文解字》，北京：中華書局 1963 年版，第 319 頁。

〔註50〕〔東漢〕劉熙撰，〔清〕畢沅疏證、王先謙補：《釋名疏證補》，北京：中華書局 2008 年版，第 1 頁。

〔註51〕《三國志・吳志・韋昭傳》卷六五，第 1462 頁。

《釋名》已在孫吳流行，那麼中原地區不容不知，而摯虞此時已出仕，得觀此書、加以利用也是合乎情理的。

　　《皇覽》久佚，其分類情況，史書中頗多記載，《三國志・魏書・文帝紀》載：「初，帝好文學，以著述爲務，自所勒成垂百篇。又使諸儒撰集經傳，隨類相從，凡千餘篇，號曰《皇覽》。」〔註52〕《三國志・魏書・楊俊傳》裴注引《魏略》曰：「受詔撰《皇覽》，使象領秘書監。象從延康元年始撰集，數歲成，藏於秘府，合四十餘部，部有數十篇，通合八百餘萬字。」〔註53〕《三國志・魏書・劉劭傳》載：「黃初中，爲尚書郎，散騎常侍。受詔集五經群書，以類相從，作《皇覽》。」〔註54〕《三國典略》云：「齊主如晉陽，尚書右僕射祖珽等上言，昔魏文帝命韋誕諸人撰著《皇覽》，包括群言，區分義別。」〔註55〕《皇覽》由王象、劉劭、韋誕、繆襲等人共同編纂，依據的方法是「隨類相從」、「區分義別」，又將全書區分爲「四十餘部，部有數十篇，通合八百餘萬字」；其中主要編選人員之一的劉劭，「不僅編纂了人物分類的《人物志》，而且還著過『都官科考課七十二條』之法，及受任作《新律》十八篇，並且著《律略論》，是漢魏『崇名核實』的名家思想的主流人物。因此他對分類方法的新觀念，當然會影響《皇覽》『區分義別』及『隨類相聚』的分類方法，那是非常可能的。」〔註56〕

　　據上可知，儘管《皇覽》是第一部類書，但他的體例受到了當時名辯思潮的影響，即區分爲若干部類、各類又收羅眾多篇目。《文章流別集》的編撰，與《皇覽》亦有相似之處。摯虞本傳稱「撰古文章，類聚區分爲三十卷，名曰《流別集》」，儘管總集和類書的具體分類標準迥異，但方法是近似的，即分成若干文體，每種文體再挑選若干篇目組成，但《文章流別集》中某一具體文體中也有區分，如賦有古賦、今賦，銘有器銘、碑銘和墓誌銘等等，後世的類書《北堂書鈔》、《藝文類聚》和《初學記》等確有類似性質的細分，《皇覽》可能也是如此，但目前缺乏確鑿的證據，考慮到此書的命運，恐怕只能是永世之謎了。

〔註52〕《三國志・魏書・文帝紀》卷二，第88頁。
〔註53〕《三國志・魏書・楊俊傳》卷二三，第664頁。
〔註54〕《三國志・魏書・劉劭傳》卷二一，第618頁。
〔註55〕《太平御覽》卷六〇一，第2706頁。
〔註56〕逯耀東：《魏晉史學的思想與社會基礎》，第45頁。

第三節　模擬寫作的風氣與《文章流別集》的編纂宗旨

摯虞《文章流別集》久佚，若要弄清此書的編纂宗旨，從晉初盛行的模擬風氣角度切入，能夠提供新的認識。

模擬前人的作品進行再創作，這在漢代是很普遍的現象：不僅郊廟祭祀歌辭的寫作要模擬《詩經》的四言頌體詩，而且劉向、王逸等都曾模擬《楚辭》的「九」體。西漢的揚雄對屈原深致不滿，但他創作《反離騷》，仍然屬於模擬一途；至於作《法言》擬《論語》、《太玄》擬《易》經，更是顯明不過的事實。

西晉初年的文學創作，擬古現象比較普遍。就詩歌創作而言，擬樂府的作品有傅玄的《秦女休行》、《豔歌行》、《豫章行》，張華的《游俠篇》、《擬古詩》等一系列詩歌，尤其是陸機，不僅創作了眾多的擬樂府詩，而且還擬《古詩十九首》十四首，在模擬中融入了新變。

關於模擬的對象、動機、代表人物和評價，葛曉音已經做出很清楚的總結，她說：

> 文人們將詩經舊章的各個篇目，以及楚辭、漢賦乃至樂府、古詩十九首都當做古題來一一仿作，目的是藉以逞才炫博，與古人比美爭勝，而不是借古題以抒發自己的感情。陸雲曾勸陸機把《二京賦》、《三都賦》、《九歌》、《幽通》、《答賓戲》等各種賦體都仿作一遍，以使「能事可見」，讓古人「不得全其高名」（《答兄平原書》）。陸機《文賦》論創作動機的觸發，不過是「頤情志於典墳」，「遵四時以歎逝」，「詠世德之駿烈，育先人之清芬」，亦即在傷春悲秋、述德頌祖以外，從前人文章中吸取清芬麗藻，因此他成為西晉頭一號擬古的大師。當時其它知名文人傅玄、二潘、三張的詩集中，也大多是模擬之作，題材、內容都富於創造性的作品相當少見。即使詩中真有實感，也被隱埋在老一套的表達方式中而變得陳舊不堪了。
> 〔註57〕

葛曉音指出當時文人模擬的目的是「藉以逞才炫博，與古人比美爭勝」，同時「從前人文章中吸取清芬麗藻」，代表作家是陸機、傅玄、二潘、三張等人的詩歌，但弊端是真情實感不足，或者因為體裁的限制而不能準確的傳達感受。

〔註57〕葛曉音：《八代詩史》（修訂本），第 87 頁。

通過模擬前賢的優秀作品來進行學習具體文體的寫作，在漢晉時期是普遍的學習途徑，即使在今天的中小學進行作文教學，也要求從學習範文入手。陸雲《與兄平原書》其十六說：

> 蔡氏所長，唯銘頌耳。銘之善者，亦復數篇，其餘平平耳。兄詩賦自與絕域，不當稍與比校。張公昔亦云，兄新聲多之不同也，典當，故爲未及。彥藏亦云爾。又古今兄文所未得與校者，亦惟兄所道數都賦耳。其餘雖有小勝負，大都自皆爲雄耳。張公父子亦語雲，兄文過子安。子安諸賦，復不皆過，其便可，可不與供論。雲謂兄作《二京》，必傳無疑，久勸兄爲耳。又思《三都》，世人已作，是語觸類長之，能事可見。《幽通》、《賓戲》之徒自難作，《賓戲》《客難》可爲耳，答之甚未易。東方士所不得全其高名，頗有答極。〔註58〕

當時人頗有將陸機與蔡邕相比較，陸雲認爲蔡邕善於銘頌，而陸機長於詩賦，詩賦與銘頌「自與絕域」，是不能夠比較的，這裏也是有意識地進行辯體。因此說模擬前人的作品，也有與原作一較短長的意味。

摯虞也認同當時的模仿風氣，他在《三輔決錄注》指出東漢末年的趙岐已經大量模擬前代的連珠體，說「是時綱維不攝，閹豎專權。岐擬前代連珠之書四十章上之，留中不出，」〔註59〕，又說：

> 詩頌箴銘之篇，皆有往古成文，可放依而作。惟誄無定制，故作者多異焉。見於典籍者，《左傳》有魯哀公爲孔子誄。〔註60〕

他認爲詩、頌、箴、銘等有經典的依據，直接模仿學習寫作就可以了。但「誄」最早是《左傳》所載的魯哀公的作品，不是出於聖人之手，故不能作爲經典依據。

葛曉音還指出，魏晉文人有詩賦不分的問題，當時人普遍認爲「賦者，古詩之流也」，又說「不歌而頌謂之頌」，導致了「詩、賦、頌都是同體」的情況，甚至使一些詩歌成爲賦、頌之流，如傅玄、張華改動魏氏歌詩的雜言爲典正的四言，而樂府又變成充滿枯燥說教的行禮樂曲〔註61〕。

〔註58〕陸雲：《與兄平原書》其一六，《陸士龍文集校注》，第 1082～1083 頁。
〔註59〕《三國志‧吳書‧吳主傳》卷四七，第 1125 頁。
〔註60〕《太平御覽》卷五九六，第 2684 頁。
〔註61〕葛曉音：《八代詩史》（修訂本），第 86 頁。

　　毫無疑問地，如此繁盛的擬古思潮，加重了文體混亂的弊病，在這樣的情形下，如果要編纂文章總集，首先面臨的問題是明確文體之間的區別，然後才能安置具體的文章篇目。事實上摯虞確實做了這樣的工作，他說「揚雄《趙充國頌》，頌而似雅，傅毅《顯宗頌》，文與《周頌》相似，而雜以風雅之意。若馬融《廣成》、《上林》之屬，純為今賦之體，而謂之頌，失之遠矣」〔註62〕，這種對具體作品的意見，即是出於糾正偏失的目的。

　　一般來說，模擬舊作應遵守原作的形式規範與風格特徵，陸雲說：「一日視伯喈《祖德頌》，亦以述作宜褒揚祖考為先。聊復作此頌，今送之，願兄為損益之，欲令省而正自輒多，欲無可如省。碑文通大悅愉，有似賦。」〔註63〕又介紹自己在擬作過程中遭遇的困難說：「間視《大荒傳》，欲作《大荒賦》，既自難工，又是大賦，恐交自困絕異往。」〔註64〕陸雲模仿蔡邕的《祖德頌》創作同名之作，仍然以褒揚祖考為目的，體裁和內容應無變化，但他感覺有賦體化的傾向。當他看到《大荒傳》，有意創作同樣題材的《大荒賦》，又擔心自己的才力不足以駕馭大賦。總之，通過陸雲的一席話，知其是重視文體規範的。

　　但是後來的作者不顧文體特徵，熱衷於自逞己意。如陸雲批評模仿《楚辭》的「九」體作品說：「又見作《九》者，多不祖宗原意，而自作一家說。」〔註65〕陸雲指出一些模仿《九章》的作品，大多數違背原作的意思而自成一說，這顯然是不符合擬作的標準。南朝人對漢晉文學的代表班固和陸機的文體混淆有所譏議，劉孝綽《昭明太子集序》說「孟堅之頌，尚有似贊之譏；士衡之碑，猶聞類賦之貶」，蕭繹《內典碑銘集林序》說「班固碩學，尚云讚頌相似；陸機鈎深，猶聞碑、賦如一」。如此頌與贊雷同，碑與賦如一，文體淆亂的事實，早在東漢已經開始，而西晉依然存在，班固、陸機這樣的大家仍然不免蹈誤，那麼其它作家更是有過之無不及了。因此說摯虞《文章流別論》區別文體是有著歷史和現實的雙重意義。

　　模擬之風的盛行，需要向前人的作品進行借鑒，這也客觀上需要有一部

〔註62〕《藝文類聚》卷五十六，第1018頁。《太平御覽》卷五百八十八，第2647頁。《北堂書鈔》卷一百二，第430頁。
〔註63〕陸雲：《與兄平原書》其三○，《陸士龍文集校注》，第1131～1132頁。
〔註64〕陸雲：《與兄平原書》其一八，《陸士龍文集校注》，第1090頁。
〔註65〕陸雲：《與兄平原書》其一七，《陸士龍文集校注》，第1086頁。

彙集各體優秀文章的總集；而當時文士的模擬之作，有時並不追溯最初的形式規範，而以後來變亂的文體爲標準，因此需要對文體的流別進行梳理甄別，有利於弄清文體的規範。

其實早在摯虞之前，就已經有人做過類似的工作。傅玄（217～278）的《連珠序》在文體源流、風格、代表作家作品的選擇和評論上很有典範意義，對摯虞應當有所啓發。文曰：

> 所謂連珠者，興於漢章帝之世，班固、賈逵、傅毅三子受詔作
> 之，而蔡邕、張華之徒又廣焉。其文體辭麗而言約，不指說事情，
> 必假喻以達其旨，而賢者微悟，合於古詩勸興之義。欲使歷歷如貫
> 珠，易睹而可悦，故謂之連珠也。班固喻美辭壯，文章弘麗，最得
> 其體。蔡邕似論，言質而辭碎，然旨篤焉。賈逵儒而不艷。傅毅文
> 而不典。〔註66〕

傅玄說班固行文「歷歷如貫珠」，是體現連珠體的典型作者。而蔡邕創作連珠頗似「論」體，流於「言質而辭碎」，賈逵儒雅典正而辭漢乏艷，傅毅辭藻華艷卻不典正。經過這番的交待，後學之士對「連珠」體的發展就比較清楚了，他在模擬的時候就有了選擇的對象。

又《七謨序》〔註67〕說枚乘作《七發》，傅毅、劉廣世、崔駰、李尤、桓麟、崔琦、劉梁、桓彬等模擬而作，產生了《七激》、《七依》、《七說》、《七蠲》、《七舉》、《七誤》等文章，東漢馬融作《七廣》、張衡造《七辨》「引其源而廣之」，「垂於後世者，幾十有餘篇」，曹魏又有「陳王《七啓》，王氏《七釋》、楊氏《七訓》、劉氏《七華》，從父侍中《七誨》」，「陵前而邈後，揚清風於儒林」，堪稱一時傑出。傅玄收集了古今的「七」體進行論述品評，因此上面羅列的作家和作品，是經過他的選擇，在「七」體史上的具有代表性，能夠成爲模擬的對象。

皇甫謐《三都賦序》〔註68〕，據王紫微的考證，應作於太康二三年間（281～282）〔註69〕，此文幾乎是一部賦體文學史，既有對賦的定義，也有賦之來源的考察，並提出了賦作的代表性作家作品，尤其是關注賦體的變遷軌跡，

〔註66〕 《藝文類聚》卷五七，第 1035 頁。
〔註67〕 《太平御覽》卷五九〇，第 2657 頁。
〔註68〕 李善注：《文選》卷四五，第 641～642 頁。
〔註69〕 王紫微：《左思三都賦研究》，北京大學中文系 2010 屆碩士論文。

最後交待了《三都賦》的創作起因、結構和思想。皇甫謐認同孫卿、屈原之類的作品，以爲「遺文炳然，辭義可觀」，並稱「咸有古詩之意，皆因文以寄其心，託理以全其制，賦之首也」，而不滿宋玉之類的作品，說「言過於實，誇競之興，體失之漸，風雅之則，於是乎乖」，違反了文體的規範和風雅的體制。漢代賈誼尙能節之以禮，此後又「不率典言，並務恢張其文，博誕空類」，儘管司馬相如、揚雄、班固、張衡等有「極宏侈之辭，終以約簡之制」的偉大作品，但司馬相如等人也有「以非方之物，寄以中域，虛張異類，託有於無」的弊病。皇甫謐所指出的賦體數變，其實也就是文體的變革歷程，這對摯虞的賦論亦有影響，他說前孫卿、屈原的賦「尙頗有古之詩義」〔註70〕，到了宋玉就「多淫浮之病」，指明「《楚詞》之賦，賦之善者」，揚雄推舉，稱「賦莫深於《離騷》；賈誼之作，則屈原儔也」，以屈賈爲賦體之正。賦體的發展趨於鋪張，違背了文體的最初特徵，摯虞通過《文章流別集》的編纂和《文章流別論》的寫作，昭示出賦體的最初特徵和代表作品，無疑對模擬賦作的作者提供了規範。

　　總之，摯虞的《文章流別集》編纂，是在模擬風氣盛行的文學思潮下，爲文士們進行文學創作提供規範，換句話說，即是指導當時的文章寫作。

第四節　總集、別集的發展與《文章流別集》的形成

　　總集、別集的產生是文學發展史上的一件重要事情，它只有在文學觀念日趨明晰、文人獨立意識開始自覺，大量作品出現的形勢下才能產生，反映了文學思想的新發展，又體現了文學創作的繁榮。有關總集、別集的產生研究，自《隋書經籍志》以來，多有論述，頗見發覆，但也存在混亂和齟齬之處。本文擬從具體的材料分析入手，結合當時的文學發展新特點，試圖提供更好的時間界定和產生緣由。

一、有關總集、別集的起源、關係和命名的討論

　　別集的起源。《隋書‧經籍志》別集小序載：「別集之名，蓋漢東京之所創也。自靈均已降，屬文之士眾矣，然其志尙不同，風流殊別。後之君子，

〔註70〕《藝文類聚》卷五十六，第 1002 頁；《北堂書鈔》卷一百二，第 429 頁。本段下引同。

欲觀其體勢，而見其心靈，故別聚焉，名之爲集。」〔註71〕，初唐史臣指出
別集起源於東漢，屈原以來的文學家滋多，情感、風格各各不同，後人爲揣
摩學習，故分別收錄，稱爲別集。四庫館臣同意初唐史臣的意見，認爲「集
始於東漢」，並指出荀子等人的別集，屬後人的追題，而別集的興盛，應該在
南北朝時候。四庫館臣還對別集進行了分類，說「其自製名者，則始張融《玉
海集》；其區分部帙，則江淹有《前集》、有《後集》。梁武帝有詩賦集、有文
集、有別集。梁元帝有集、有小集。謝朓有集、有逸集。與王筠之一官一集，
沈約之正集百卷，又別選《集略》三十卷者，其體例均始於齊梁。蓋集之盛，
自是始也。」〔註72〕章學誠也贊成後漢「文集之實已具」，說「集部之興，皆
出後人綴集，故因人立名，以示志別，東京訖於初唐，無他歧也」〔註73〕，
同意四庫館臣「集始於東漢，荀況諸集，後人追題也」的看法。徐有富指出，
別集起源甚早，並引姚振宗之說認爲《漢志》的記載已經是別集了；又說東
漢時代諸多文體的別集已經出現，依據是《後漢書》所記載的傳主各文體及
篇目〔註74〕。事實上，《漢志》「詩賦略」中「《屈原賦》二十篇、《孫卿賦》
十篇、《陸賈賦》三篇」等形式，其實是倣仿子書的結構，並不能稱爲「別集
之權輿」；《後漢書》係劉宋范曄所編，其時文筆之辨已經清晰，並不能反映
漢人的文體觀，《東觀漢記》係後漢人所作，筆者根據吳樹平《校注》本搜查，
並及漢魏之際的現存文獻，竟無一則述及傳主作品的文體與篇目，應該是范
曄根據當時文學觀念進行的歸納。

　　總集的起源。《隋書・經籍志》總集小序說：「總集者，以建安之後，辭
賦轉繁，眾家之集，日以滋廣，晉代摯虞，苦覽者之勞倦，於是採擿孔翠，
芟剪繁蕪，自詩賦下，各爲條貫，合而編之，謂爲《流別》。是後文集總鈔，
作者繼軌，屬辭之士，以爲覃奧，而取則焉。」〔註75〕初唐史臣認爲建安以
來文章的大量湧現，別集的日益增多，於是摯虞利用祕書監的身份，廣覽祕
府文籍，精選各家文章，按一定的體例編排在一起，遂成《文章流別集》，成
爲總集編纂的權輿和規範。四庫館臣接受了初唐史臣的意見，討論了總集的

〔註71〕 《隋書・經籍志》卷三五，第 1081 頁。
〔註72〕 《四庫全書總目》卷一四八，北京：中華書局影印本，第 1271 頁。
〔註73〕 《文史通義・繁稱》，〔清〕章學誠著，葉瑛校注：《文史通義校注》，第 396
　　　　頁。
〔註74〕 徐有富：《先唐別集考述》，《文學遺產》，2003 年第 4 期。
〔註75〕 《隋書・經籍志》卷三五，第 1089〜1990 頁。

兩個功能，即「網羅放佚，使零章殘什，並有所歸」〔註76〕和「刪汰繁蕪，使蕘稗咸除，菁華畢出」〔註77〕，體現了博採和精選的不同特點；又說《詩》原屬經書，《楚辭》僅是單一文體，而「體例所成，以摯虞《流別》爲始」，即從文備眾體的角度，解釋了總集以摯虞《文章流別集》爲權輿的理由。章學誠說「自東京以降，迄乎建安、黃初之間，文章繁矣」，但在《隋志》和《四庫總目》以摯虞《流別》爲總集權輿的基礎上有所補充，指出總集始於建安，「魏文撰徐、陳、應、劉文爲一集，此文集之始，摯虞《流別集》，猶其後也」。對於四庫館臣解釋的《詩》和《楚辭》不列總集的原因，章學誠進一步指出收錄賈誼奏議的《新書》和司馬相如的詞賦，「皆成一家之言，與諸子未甚相遠」，因此不是「彙次諸體」而的總集。

　　總集與別集的關係。《隋志》說建安後「眾家之集，日以滋廣」，摯虞於是「採摘孔翠，芟剪繁蕪，自詩賦下，各爲條貫，合而編之」，認爲別集是摯虞編撰總集的依據。章學誠不同意這種說法，指出「自摯虞創爲《文章流別》，學者便之，於是別聚古人之作，標爲別集」，認爲總集的出現影響了別集的產生。章炳麟《文學總略》說：「《文選》之興，蓋依乎摯虞《文章流別》，謂之總集。……總集者，本括囊別集爲書，故不取六藝、史傳、諸子；非曰別集爲文，其它非文也。《文選》上承其流，而稍入《詩序》、史贊、《新書》、《典論》諸篇，故不名曰《集林》、《集鈔》，然已痏矣。其序簡別三部，蓋總集之成法；顧已迷誤其本，以文辭之封域相格，慮非摯虞、李充意也。」〔註78〕章太炎指出總集是依據別集成書的，換句話說，總集的興起，是以別集的繁盛爲前提的，這與四庫館臣的看法相似。徐有富也不同意總集先於別集說，強調正因爲別集太多，才有編纂總集的必要，因此總集的產生是在大量別集的基礎上編纂而成的。

　　集的命名。章學誠根據《後漢書》和《三國志》記載的文體篇目，認爲「文集之實已具，而文集之名猶未立也」，斷定「文集之名，實仿於晉代」。錢志熙〔註79〕指出兩晉之際，文集之名仍未十分流行，《文章流別集》本稱《文

〔註76〕《四庫全書總目》，第 1685 頁。
〔註77〕《四庫全書總目》，第 1685 頁。
〔註78〕引自程千帆：《文論十箋》，見莫礪鋒編：《程千帆選集》，瀋陽：遼寧古籍出版社 1996 年版，第 392 頁。
〔註79〕錢志熙：《早期詩文集形成問題新探——兼論其與公讌集、清談集之關係》，《齊魯學刊》，2008 年第 1 期。

章流別》，「集」字可能爲南朝目錄學家按當時總集習慣所加，又廣引材料說明「至少在劉宋時期，未稱集名，未記卷數。將漢魏作家的文章一律整理成別集的形式，應該是在劉宋之後」，劉宋之際，別集已經十分流行，鮑照《松柏篇序》稱借《傅玄集》，而《世說新語·言語》劉注引「丘淵之《新集錄》」，而史著二三流作家，頻頻稱集，則當時顯有傳播。又從「集」的詞性入手，認爲早期的「集」有裒集之義，屬於動詞，不具名詞性質，如《後漢書》劉蒼本傳中「封上蒼自建武以來章奏及所作書、記、賦、頌、七言、別字、歌詩，並集覽焉」，到曹丕《與吳質書》「撰其遺文，都爲一集」，已作量詞使用，並有名詞之意，而曹植自編文集，冠以《前錄》之名，則未以「集」命名。總之，別集的產生，也並不依賴「集」名的出現，譬如薛綜的《私載》、曹植的《前錄》實爲別集卻不曾名「集」，到了曹魏建國前後，以集命名的別集已經出現，但不常見。總集的稱呼繁多，比如《七林》、《翰林》稱「林」，《文選》稱「選」，也不一定非得稱「集」了。

二、漢魏別集的實踐與命名

別集編撰的實踐早已有之，建安八年（83）東平憲王劉蒼逝世後，漢章帝詔令中傅將其生平文章收集一起以備閱覽。給個人編撰別集，在當時應該不是普遍的行爲，而是章帝褒崇劉蒼功績的優遇。而當時收集眾文爲一書，在經史領域頗爲常見，譬如東漢章帝時「天子會諸儒講論《五經》，作《白虎通德論》，令固撰集其事」〔註80〕，是班固將群儒講論進行結集整理成一書，又如孫吳的謝承《後漢書》載「（李固）所授弟子，潁川杜訪、汝南鄭遂、河南趙承等七十二人，相與哀歎悲憤，以爲眼不復瞻固形容，耳不復聞固嘉訓，乃共論集《德行》一篇」〔註81〕，桓帝時期，李固弟子共同討論乃師德行的話語，然後討論結集成《德行》一篇，形式上與別集的成書方式已爲相似。

建安末期，別集編撰突然地湧現出來，不同於裒集、彙聚的動詞形式，很可能已經出現了以「集」命名的名詞形式，如曹丕可能見到《繁欽集》，並爲之作序，見於《文選》之繁欽《與魏文帝箋一首》李善注：

〔註80〕 《後漢書·班固傳》卷四〇，第 1373 頁。
〔註81〕 范曄《後漢書·李固傳》李賢注引，第 2089 頁。

　　《文章志》曰：繁欽，字休伯，穎川人。少以文辯知名，以豫
　州從事，稍遷至丞相主簿，病卒。文帝《集序》云：上西征，余守
　譙，繁欽從。時薛訪車子能喉轉，與笳同音。欽箋還與余，而盛歎
　之。雖過其實，而其文甚麗。〔註82〕

「文帝《集序》」不知是《文章志》所引，還是李善單獨引自本集？但《集序》
既然爲曹丕所作，察其內容，描述兩人交往經歷，不可能屬僞制，則當時可
能已有《繁欽集》。但「文帝《集序》」容有異解，亦可標點爲「《文帝集序》」，
即曹丕集中所載之序，故不能引爲鑿論。〔註83〕《三國志》裴注引魚豢《典
略》說繁欽「既長於書記，又善爲詩賦……建安二十三年卒」〔註84〕，那麼
《繁欽集》如果存在的話，應該在建安二十三（218）年後不久，則要將個人
作品裒輯一書，命名爲集的歷史上推到建安末期。

　　但西晉時期的摯虞已能見到《王粲集》。《三輔決錄注》曰：

　　　（士孫）瑞字君榮，扶風人，世爲學門。瑞少傳家業，博達無
　所不通。仕歷顯位。卓既誅，遷大司農，爲國三老。每三公缺，瑞
　常在選中。太尉周忠、皇甫嵩，司徒淳于嘉、趙溫，司空楊彪、張
　喜等爲公，皆辭拜讓瑞。天子都許，追論瑞功，封子萌澹津亭侯。
　萌字文始，亦有才學，與王粲善，臨當就國，粲作詩以贈萌，萌有
　答，在《粲集》中。〔註85〕

西晉的摯虞已經能夠披覽採用《王粲集》，說明《王粲集》已經成書在前。值
得注意的是，士孫萌的答詩，也收入《王粲集》中，可能當時的別集收羅贈
答詩的體例，作者的贈答對象之作品也要附列其中的。

　　即使以「集」命名在當時已經是事實，但也不是普遍現象。曹植《前錄
自序》很可能作於晚年，曰：

　　　余少而好賦，其所尚也，雅好慷慨，所著繁多。雖觸類而作，
　然蕪穢者眾，故刪定別撰，爲《前錄》七十八篇。〔註86〕

此書是賦體集，所謂的「類」是單一文體，曹植自覺以往賦作良莠不齊，多

〔註82〕李善注：《文選》卷四〇，第 564 頁。
〔註83〕東晉孫統曾撰《(高) 柔集敍》，見《世說新語・輕抵》，余嘉錫：《世說新語
　　　　箋疏》，第 983 頁。
〔註84〕《三國志・魏書・阮瑀傳》卷二一裴松之引，第 603 頁。
〔註85〕《三國志・魏志・李傕傳》陳壽注引《三輔決錄注》，第 185 頁。
〔註86〕趙幼文：《曹植集校注》卷三，第 434 頁。

有不滿意者，因此要進行刪除修改，然後撰成《前錄》，共七十八篇。很顯然，這是曹植自編的單一文體別集，但並不以集命名。

姚振宗《隋書經籍志考證》根據《陳思王傳》裴注引《典略》說曹植曾說「今往僕少小所著詞賦一通相與」，楊修答曰，猥受顧賜，教使刊定云云，以爲與《前錄自序》所說相印合，因此《前錄》應是楊修點定，而自序寫於建安十九年後。趙幼文不同意姚氏的意見，因爲根據《自序》「所著繁多。雖觸類而作，然蕪穢者眾，故刪定別撰」句，顯然說明是作者手自刊定，既定名爲《前錄》，則必有《後錄》，因此趙氏推測「曹植編集的原則，根據文體以類相從，或許又以創作先後爲次第，而且手定目錄，則序必在晚年。因此《前錄自序》不可能作於建安時期」〔註87〕。

《三國志》裴注引嵇喜所撰《康傳》曰：

> 善屬文論，彈琴詠詩，自足於懷抱之中。……撰錄上古以來聖賢、隱逸、遁心、遺名者，集爲傳贊，自混沌至於管寧，凡百一十有九人，蓋求之於宇宙之內，而發之乎千載之外者矣。故世人莫得而名焉。〔註88〕

嵇康的「撰錄上古以來聖賢、隱逸、遁心、遺名者，集爲傳贊」，應該就是《聖賢高士傳贊》，根據戴明揚的《嵇康集校注》附錄所引，大抵是在傳記後附上讚語，多是四言四句，那麼可以說《聖賢高士傳贊》也是一部彙聚「贊」體的別集了。

自趙岐擬連珠四十章的「連珠」體，到曹植《前錄》收羅的「賦」體，再到嵇康《聖賢高士傳贊》的「贊」體集，單一文體的別集發展脈絡大略如此，由此可以窺出漢魏期間文體意識的深入。

陳壽曾奉命整理諸葛亮的作品，說「亮言教書奏多可觀，別爲一集」〔註89〕，此集應是《諸葛亮集》。據其《諸葛氏集目錄》〔註90〕可知，收錄的都是諸葛亮治國用兵的方略，所整理的諸葛亮故事其實是一部子書，「集」的意義僅在於彙聚衷集，還不能稱爲典型的文集〔註91〕，又陳壽上表是在泰始十

〔註87〕趙幼文：《曹植集校注》卷三，第 435 頁。
〔註88〕《三國志·魏書·王粲傳》卷二一，第 605 頁。
〔註89〕《三國志·蜀書·諸葛亮傳》卷三五，第 927 頁。
〔註90〕《三國志·蜀書·諸葛亮傳》卷三五，第 929 頁。
〔註91〕《文史通義校注》之《文集》曰：「陳壽定《諸葛亮集》二十四篇，本云《諸葛亮故事》，其篇目載《三國志》，亦子書之體。而《晉書·陳壽傳》云，定《諸葛集》，壽於目錄標題，亦稱《諸葛氏集》，蓋俗誤云。」第 296 頁。

年，則此集作於泰始年間，時間也較晚了，將它作爲探討文章結集的依據，應該是沒有代表性的。

儘管當時的結集風潮已經形成，但當時的文章結集並不很是普遍，卞蘭《讚述太子賦並上賦表》：「竊見所作《典論》及諸賦頌，逸句爛然，沉思泉湧，華藻雲浮，聽之忘味，奉讀無倦。」〔註92〕曹丕爲太子時是建安二十二年（217），當時卞蘭提及諸賦頌，則顯然沒有看到曹丕的別集。

又黃初三年（222）孫權以夷陵之役的勝利向曹丕呈報，曹丕在賞賜時提及自己的《典論》和詩賦，卻未聞有編集。《魏書・文帝紀》裴注引胡沖《吳曆》說：「帝以素書所著《典論》及詩賦餉孫權，又以紙寫一通與張昭。」〔註93〕《吳主傳》中裴注引《吳曆》也有類似的材料：「權以使聘魏，具上破備獲印綬及首級、所得土地，並表將吏功勤宜加爵賞之意。文帝報使，致鼲子裘、明光鎧、騑馬，又以素書所作《典論》及詩賦與權。」〔註94〕此事發生於黃初三年（222）七八月間，曹丕既以《典論》和詩賦相贈，則顯然詩賦未曾結集，這說明當時的別集編撰並不普遍。

曹丕已將孔融的作品結集成書：「魏文帝深好融文辭，每歎曰：「楊、班儔也。」募天下有上融文章者，輒賞以金帛。所著詩、頌、碑文、論議、六言、策文、表、檄、教令、書記凡二十五篇。文帝以習有孌布之節，加中散大夫。」〔註95〕曹丕下詔收羅孔融文章，然後按照一定的文體順序集爲二十五篇。文中既稱魏文帝，則結集於黃初年間（220～226年），至於是不是稱《孔融集》，則難以斷知。

魏景初（237～239）中明帝曾爲曹植編集：「撰錄前後所著賦、頌、詩、銘、雜論凡百餘篇，副藏內外。」〔註96〕魏明帝已經有意識地彙聚曹植的作品爲一集，並錄成多部副本收藏皇宮內外，至於是不是叫《曹植集》，我們無從考知了。但曹植應該對自己的作品進行過整理，《晉書・曹志傳》載：「帝嘗閱《六代論》，問志曰：『是卿先王所作邪？』志對曰：『先王有手所作目錄，請歸尋按。』還奏曰：『按錄無此。』」〔註97〕那麼，曹植將自己的作品彙在

〔註92〕嚴可均：《全三國文》卷三〇，第 1223 頁。
〔註93〕《三國志・魏書・文帝紀》卷二，第 89 頁。
〔註94〕《三國志・吳書・吳主傳》卷四七，第 1125 頁。
〔註95〕《後漢書・孔融傳》卷七〇，第 2279 頁。
〔註96〕《三國志・魏書・陳思王植傳》卷一九，第 576 頁。
〔註97〕《晉書・曹志傳》卷五〇，第 1390 頁。

一起，不僅編目，而且有提要性質的「錄」，這應該是最完備的曹植作品。這件事情，魏明帝也不得而知，因此根據流傳的作品重新進行了編集。並且曹志所稽查的這個目錄與曹植既往手編的《前錄》又不是同一回事，《前錄》著重收羅賦作，而曹志對「論」體檢察目錄，則後一目錄是包含多種文體的。

而孫吳的經學家薛綜，卒於赤烏六年（244），《三國志‧吳書》本傳曰：「凡所著詩賦難論數萬言，名曰《私載》，又定《五宗圖述》、《二京解》，皆傳於世。」〔註98〕薛綜的文章彙聚成《私載》一書，察其書名，似是作者親自編集。《私載》之撰竣不晚於244年，與明帝為曹植編集的時間接近。

應該說，將某人的作品彙聚一起進行結集，此種活動早已有之；但普遍的實行，應該是在建安以後了；而以「集」命名，根據現存文獻，也應不早於建安晚期；等到大規模以「集」命名，是劉宋之後的事情了。

三、鄴下文人與文集的發展

建安時期是別集修撰和總集產生的重要時期，這仰賴於曹丕、曹植兄弟等建安鄴下文人的努力。鄴下文人的集會活動促進了文學的繁榮，也推動了文集的編撰，尤其是曹丕《典論論文》的出現，提高了文學的地位，使以往主要施用在經學方面在結集行為，在文學領域得到了貫徹實行。

（一）同題、同體文學創作與總集的產生

文學總集的產生，可以從建安時期的鄴下文學活動獲見端倪。建安時期的文學活動，促成了總集的產生，鄴下時期的遊園、公宴和遊戲等集體活動，推動了同一題材的文學創作，這種創作中往往有詩、賦等各體；同時，在文學活動中，也有對同一文體的模擬創作：如果將這些作品彙在一起，即成了最早的文學總集。

建安年間的鄴下文人的文學活動，主要表現在各種集會中，傅剛教授經過仔細的考察，說鄴下文學活動，「主要有『南皮』、『西園』等遊樂聚會以及公宴等詩會」〔註99〕。這些活動有利於鍛鍊詩歌創作，促成詩藝的提高。

曹丕建安二十年（215）寫成的《與朝歌令吳質書》說：

> 每念昔日南皮之遊，誠不可忘。既妙思六經，逍遙百氏，彈碁
> 間設，終以六博，高談娛心，哀箏順耳。馳騁北場，旅食南館。浮

〔註98〕《三國志‧吳書‧薛綜傳》卷五三，第1254頁。
〔註99〕傅剛：《魏晉南北朝詩歌史論》，第20頁。以下頗有參考。

甘瓜於清泉，沉朱李於寒水。白日既匿，繼以朗月。同乘並載，以
遊後園。輿輪徐動，參從無聲。清風夜起，悲笳微吟。樂往哀來，
愴然傷懷。〔註100〕

根據曹丕的回憶可知，遊南皮之際，文士們在砥礪經學和子學之外，會進行
一些流行的遊戲如彈棋、六博等，然後繼之以談論和奏樂。他們一起在夜晚
坐車同遊後園，其中自然也有文學創作。

建安二十三年（218），曹丕又致吳質書說「昔日遊處，行則連輿，止則
接席，何曾須臾相失？每至觴酌流行，絲竹並奏，酒酣耳熱，仰而賦詩」〔註
101〕，又《魏文帝集》曰：「為太子時，北園及東閣講堂，並賦詩，命王粲、
劉楨、阮瑀、應瑒等同作。」〔註102〕曹丕在北園和東閣講堂賦詩，並要求王
粲等人共同創作，現在尚保存著《公讌詩》，那麼這明顯屬於同體創作，如果
這些詩歌收集在一起，就成為詩歌總集了。

集會中尚有遊戲一途，如彈棋、六博之類，最值得一提的是彈棋。魏邯
鄲淳《藝經・彈棋》說：「彈棋，始自魏宮，內裝器戲也。文帝於此技以特好。
用手巾拂之，無不中。有客自云能，帝使為之。客著葛巾拂棋，妙逾於帝。」
《世說新語・巧藝》也說：「彈棋始自魏宮內，用妝奩戲。文帝於此戲特妙，
用手巾角拂之，無不中。有客自云能，帝使為之。客箸葛巾角，低頭拂棋，
妙踰於帝。」〔註103〕事實上，彈棋並不始於魏宮，劉孝標在《世說新語注》
中指出：「傅玄《彈棋賦敘》曰：『漢成帝好蹴踘，劉向以謂勞人體，竭人力，
非至尊所宜御。乃因其體作彈棋。今觀其道，蹴踘道也。」按玄此言，則彈
棋之戲，其來久矣。且《梁冀傳》云：「冀善彈棋，格五。』而此云起魏世，
謬矣。」〔註104〕據葛洪《西京雜記》載，彈棋應在西漢末即已出現，余嘉錫
懷疑葛說取於《七略》《蹴踘新書》條〔註105〕。而《東觀漢記》載安帝詔稱樂
成王萇「居諒闇，衰服在身，彈棋為戲，不肯謁陵」〔註106〕，又東漢梁冀已
頗好彈棋，范曄《後漢書》本傳有載，因此說彈棋不待魏宮而興。

〔註100〕李善注：《文選》卷四二，第 590～591 頁。
〔註101〕李善注：《文選》卷四二，第 591 頁。
〔註102〕《初學記》卷一〇，第 230 頁。
〔註103〕余嘉錫：《世說新語箋疏》，第 837 頁。
〔註104〕余嘉錫：《世說新語箋疏》，第 837 頁。
〔註105〕余嘉錫：《世說新語箋疏》，第 839 頁。
〔註106〕見《太平御覽》卷七五五，引自吳樹平《東觀漢紀校注》，第 254 頁。

　　曹丕對彈棋有著超乎尋常的熱愛，多次在作品中回憶遊戲的樂趣，《典論自敘》說：「余於他戲弄之事少所喜，唯彈棋略盡其巧，少爲之賦。昔京師先工有馬合鄉侯、東方安世、張公子，常恨不得與彼數子者對。」〔註107〕所謂「略盡其巧」，顯然是自謙之語，曹丕當是彈棋的行家，曾在給吳質的書信中深情回憶道：「既妙思六經，逍遙百氏，彈碁間設，終以六博，高談娛心，哀箏順耳。」〔註108〕應該說，彈棋是他遊戲生活中的重要組成部分，因此糾集一批文人就此題材進行創作，是再自然不過了。而曹植也對彈棋有很高的評價，他對王粲的讚賞，其中即有彈棋一項。曹植《王仲宣誄》說：「何道不洽？何藝不閒？棊局逞巧，博弈惟賢。」〔註109〕這說明彈棋在當時深爲文士所喜愛，並不完全是曹丕愛好的緣故。

　　曹丕曾爲彈棋作賦，保存在《藝文類聚》卷七四中；而曹植也以巧妙的彈棋作爲王粲的重要才能，並在誄辭中表示懷念；王粲有《彈棋賦》的殘句存世，見《太平御覽》七五四；另丁廙亦有《彈棋賦》一篇，在《藝文類聚》七四中。因此，就彈棋一藝，建安年間有多名文人作賦，而且這些文人都在丕、植兄弟身邊活躍，筆者推測當時可能有人提議爲彈棋作賦，因此曹丕、王粲、丁廙等共同寫成《彈棋賦》。如果此事屬實，則是同一題材共同創作的典範，這將成爲刺激總集產生的途徑。

　　同體文學創作的情況同樣值得重視。曹植《七啓序》云：

　　　　昔枚乘作《七發》、傅毅作《七激》，張衡作《七辯》、崔駰作《七依》，辭各美麗。余有慕之焉！遂作《七啓》，並命王粲作焉。〔註110〕

曹植不僅親自模仿前代七體作品創作成《七啓》，而且讓王粲也參加創作，王粲卒於建安二十二年（217），這說明在建安年間的同體創作情況十分普遍。

　　在曹植的《七啓序》中，明確交待了作者對前代「七」作的讚賞，這些也是「七」體史上的名作，曹植因仰慕這些作品而開始了《七啓》的創作，也很有可能已經將這些編在一起進行揣摩；又曹植命王粲共同創作，也應將這些作品展示與仲宣，以作爲王粲模仿的對象。

　　文士集會所產生的多種文娛活動，給文學創作提供了機會，同種文體的

〔註107〕《三國志・魏書・文帝紀》卷二裴松之注，第 89 頁。
〔註108〕李善注：《文選》卷四二，第 590～591 頁。
〔註109〕李善注：《文選》卷五六，第 779 頁。
〔註110〕李善注：《文選》卷三四，第 484 頁。

創作應運而生，如果將眾人的共同創作的詩歌或七作彙在一起，就構成了單一文體總集，這應該是總集產生的最早實踐。

傅剛教授歸納單體總集的產生情況，說：「隨著某種文體的發展，其作用和價值愈加受到世人的重視，於是便有人集其精華編選專集，以示其源流變化。如《隋志》著錄魏晉時期作品有陳勰所編《雜碑》二十二卷、《碑文》十五卷；應璩《書林》八卷及東晉人所撰《設論集》等。」〔註111〕這確實是單體總集產生的一個重要原因，但由於模擬前人作品的需要，或孜孜與舊作一爭高下，將某種文體的重要作品進行彙集進行揣摩，也是符合當時的文學風氣的，這也可能是總集產生的一種原因。

（二）曹丕與建安末期的文集編纂

建安末期別集編纂的大量出現，曹丕發揮了很大的作用，他搜羅結集孔融的作品，又將徐幹、陳琳、應瑒、劉楨的作品彙編成總集，且可能為《繁欽集》作序，以太子及帝王之尊躬自踐行，不僅推動了編集的時代風氣，而且具有重要的示範作用。

那麼曹丕熱衷於別集編纂的原因是什麼呢？首先當然是他提高了文章的地位，《典論論文》說：「蓋文章，經國之大業，不朽之盛事。年壽有時而盡，榮樂止乎其身，二者必至之常期，未若文章之無窮。是以古之作者，寄身於翰墨，見意於篇籍，不假良史之辭，不託飛馳之勢，而聲名自傳於後。故西伯幽而演《易》，周旦顯而制《禮》。」〔註112〕又曹丕與王朗書說：「生有七尺之形，死唯一棺之土。唯立德揚名，可以不朽；其次莫如著篇籍。疫癘數起，士人彫落，余獨何人，能全其壽？」〔註113〕曹丕本人對著述十分介意，並且以徐幹的《中論》作為自己的理想，儘管《中論》屬於子書，但曹丕所述的文章當然包括了詩賦一類的作品。傅剛教授指出，曹丕將文學與經國大業相提並論，並且許之為不朽，突破了傳統的「三立」學說，將文學作品與子、史相等，提高了文學的地位，使集部的編撰具有了立言成家的內容。〔註114〕

其次，建安二十二年的大瘟疫造成多名文人遇難，這些都是與曹丕有著良好關係，他與吳質的信中曾深情地回憶道：

〔註111〕傅剛：《昭明文選研究》，第24～25頁。
〔註112〕李善注：《文選》卷五二，第720～721頁。
〔註113〕《三國志‧魏書‧文帝紀》卷二裴注引《魏書》，第88頁。
〔註114〕傅剛：《昭明文選研究》，第20頁。

> 每念昔日南皮之遊，誠不可忘。既妙思六經，逍遙百氏，彈棋
> 間設，終以六博，高談娛心，哀箏順耳。馳騖北場，旅食南館，浮
> 甘瓜於清泉，沉朱李於寒水。白日既匿，繼以朗月，同乘並載，以
> 遊後園。輿輪徐動，賓從無聲，清風夜起，悲笳微吟，樂往哀來，
> 愴然傷懷，余顧而言，斯樂難常，足下之徒咸以為然。〔註115〕

因此這些友人的遇難，曹丕的悲愴惋惜之情十分濃鬱，他在與吳質的信中又
說：

> 昔年疾疫，親故多離其災，徐、陳、應、劉，一時俱逝，痛可
> 言邪？昔日遊處，行則連輿，止則接席，何曾須臾相失！每至觴酌
> 流行，絲竹並奏，酒酣耳熱，仰而賦詩，當此之時，忽然不自知樂
> 也。謂百年已分，可長共相保，何圖數年之間，零落略盡，言之傷
> 心。頃撰其遺文，都為一集，觀其姓名，已為鬼錄。追思昔遊，猶
> 在心目，而此諸子，化為糞壤，可復道哉！〔註116〕

他評論諸子的文章道：

> 觀古今文人，類不護細行，鮮能以名節自立。而偉長獨懷文抱
> 質，恬淡寡欲，有箕山之志，可謂彬彬君子者矣。著《中論》二十
> 餘篇，成一家之言，辭義典雅，足傳於後，此子為不朽矣。德璉常
> 斐然有述作之意，其才學足以著書，美志不遂，良可痛惜。間者歷
> 覽諸子之文，對之抆淚，既痛逝者，行自念也。孔璋章表殊健，微
> 為繁富。公幹有逸氣，但未遒耳。其五言詩之善者，妙絕時人。元
> 瑜書記翩翩，致足樂也。仲宣獨自善於辭賦，惜其體弱，不足起其
> 文：至於所善，古人無以遠過。昔伯牙絕弦於鍾期，仲尼覆醢於子
> 路，痛知音之難遇，傷門人之莫逮。諸子但為未及古人，自一時之
> 儁也。今之存者，已不逮矣。後生可畏，來者難誣，然恐吾與足下
> 不及見也。〔註117〕

因此建安二十二年文人去世後，曹丕出於對昔日貴遊生活的懷念與對好友的
哀悼，將他們的詩歌彙為總集，這是合乎情理的事，而他此前是公子，有條
件保存這些文章的副本，況且自己又有撰寫子書《典論》的經驗，建安二十

〔註115〕李善注：《文選》卷四二，第 590～591 頁。
〔註116〕李善注：《文選》卷四二，第 591 頁。
〔註117〕李善注：《文選》卷四二，第 591～592 頁。

二年成爲太子，爭嗣大局已定，能夠有充裕的物質條件和人員配備將他們的作品抄寫結集。

那麼曹丕爲何未將自己的作品結集呢？儘管別集的形式早已出現，但有意識地結集，當以曹丕爲最早。而由曹丕來編集的三位作家，皆已去世，在曹丕看來，別集的編撰，要盡可能的彙聚他們生平的所有作品，只要看看曹丕不惜重金賞賜上獻孔融文章者的詔書即可體會。子書的寫作，只是發表對具體問題的看法，極富體系，書成即可結集。但別集不是有系統的著作，沒有如此嚴格的規範，只是盡可能地搜羅作品，那麼死後編纂是合乎情理的。當時應該沒有爲生人編集的慣例，因此曹丕沒有自撰別集行世。再則，作家並不總是滿意自己的所有作品，曹丕所贈賜卞蘭、孫權、張昭的詩賦，應該是經過細心挑選的得意之作，難以用集來命名。

但曹植的《前錄》，顧名思義，有意識地收集生前一段時間的賦作，曹植自覺以往賦作良莠不齊，多有不滿意者，因此要進行刪除修改，根據趙幼文《曹植集校注》的編年意見，應是作於晚年，亦在黃初或之後的明帝太和年間。《前錄》屬於單一文體的別集，但經過刪汰，已經是單一文體的選集了。

四、書寫載體的變化與別集、總集的編撰

建安末期編集的觀念已經趨於成熟，但是編集的實踐卻寥寥無幾，這很可能與書寫載體的發展程度有關係。

章學誠分析了劉向、劉歆《別錄》、《七略》的著錄情況，指出：「向、歆著錄，多以篇卷計。大約篇從竹簡，卷從縑素，因物定名，無他義也。而縑素爲書，後於竹簡，故周、秦稱篇，入漢始有卷也。」〔註118〕（《文史通義·篇卷》）章氏所指的是西漢末的情況，當時簡、素是主要的文字載體。即使在東漢初年，情況也是如此。《東觀漢記》屬於當代人編國史，眞實反映了東漢的情況，其載光武皇帝稱「上常自細書，一箚十行」〔註119〕，又說明帝「召賈逵，勅蘭臺給筆箚，使作《神雀頌》」〔註120〕又王充《論

〔註118〕章學誠：《文史通義校注》，第 305 頁。
〔註119〕吳樹平：《東觀漢記校注》第 13 頁，引《御覽》卷九〇。
〔註120〕吳樹平：《東觀漢記校注》第 628 頁，引《稽瑞》。《太平御覽》卷六六亦引：
　　　　「賈逵字景伯，時有神雀入宮，章帝勅蘭臺給筆箚，使逵作《神雀頌》。」

衡‧超奇篇》稱「心思爲謀，集箚成文」，則書寫載體仍然是木箚。《東觀
漢記》說「和熹鄧后即位，萬國貢獻悉禁絕，惟歲時供紙墨而已」〔註121〕，
《後漢紀》說「初，陰后時諸家四時貢獻，以奢侈相高，器物皆飾以金銀。
后不好玩弄，珠玉之物，不過於目。諸家歲時裁供紙墨，通殷勤而已」〔註
122〕，和熹鄧后臨朝是在安帝永初（107～113）初，當時的紙張是作爲貢品
的，中原地區應該還沒有優秀的造紙工藝。即使是東漢末年，秘府藏書的
載體情況仍然沒有太大的變化，《後漢書‧儒林傳》載：「初，光武遷還洛
陽，其經牒秘書載之二千餘輛，自此以後，參倍於前。及董卓移都之際，
吏民擾亂，自辟雍、東觀、蘭臺、石室、宣明、鴻都諸藏典策文章，競共
剖散，其縑帛圖書，大則連爲帷蓋，小乃製爲縢囊。及王允收而西者，裁
七十餘乘，道路艱遠，復棄其半矣。後長安之亂，一時焚蕩，莫不泯盡焉。」
〔註123〕董卓移都長安是在初平元年（190），直到此時，朝廷的藏書多是簡
冊和帛書，而未提及以紙爲載體的書籍。但在民間和公文中，已經較多地
使用紙張，下文將要展開分析。

　　《後漢書‧荀悅傳》說「帝好典籍，常以班固《漢書》文繁難省，乃令
悅依《左氏傳》體以爲《漢紀》三十篇，詔尚書給筆箚」，劉躍進《秦漢文學
編年史》係此事於建安三年（198）〔註124〕。又《後漢書‧禰衡傳》載「表嘗
與諸文人共草章奏，並極其才思。時衡出，還見之，開省未周，因毀以抵地。
表憮然爲駭。衡乃從求筆箚，須臾立成，辭義可觀。表大悅，益重之」，禰衡
於建安三年（198）被黃祖所殺，則說明建安初期木片仍然是重要場合的書寫
載體。

　　黃初三年（222），孫權與曹丕的書信來往，《魏書‧文帝紀》裴注引胡沖
《吳曆》說：「帝以素書所著《典論》及詩賦餉孫權，又以紙寫一通與張昭。」
〔註125〕這段材料裏點出了當時所使用的兩種載體，一是帛，一是紙。孫權是
吳王，文帝自然給予的是「帛」，帛在當時比較珍貴，又特意點出載體是「紙」，
則說明是宮廷使用最好的貢紙了。而魏文帝之所以用紙錄成副本贈予張昭，
是因爲張昭在孫吳地位顯赫，《三國志》張昭本傳說「孫策創業，命昭爲長史、

〔註121〕《初學記》卷二一，第520頁。
〔註122〕袁宏：《後漢紀》，第285頁。
〔註123〕《後漢書‧儒林列傳》卷七九上，第2548頁。
〔註124〕劉躍進：《秦漢文學編年史》，北京：商務印書館2006年版，第629頁。
〔註125〕《三國志‧魏書‧文帝紀》卷二，第89頁。

撫軍中郎將，陞堂拜母，如比肩之舊，文武之事，一以委昭」〔註 126〕，而張昭也屢得北方士大夫讚美他的書疏，這應該是與他的學者身份有關，本傳說他著有《春秋左氏集解》及《論語注》傳世。

那麼三國西晉之際，當時的書寫載體是什麼狀態呢？周少川《中國出版通史‧魏晉南北朝卷》〔註 127〕第六章《魏晉南北朝的出版物的材料和形制》說：「從有關史籍的記載和文物考古發掘來看，三國時代的書寫材料主要有紙、簡、牘、帛等，其中使用最多的是簡牘，分為木簡、竹簡、木牘，其次是紙，再次是帛書。這種排列順序，是當時狀況的眞切反映，從文獻記載和出土簡牘中可以得到證實。」值得注意的是，該書提到三國時期著名文人獲得賞賜多數是帛，很少有紙，依據是魚豢《魏略》所載「邯鄲淳作《投壺賦》千餘言奏之，文帝以為工，賜帛千匹」。三國用紙的情況，不僅文獻記載較少，而考古發現也基本為零，究其原因是「當時的造紙技術尙未成熟到能夠滿足社會需求的水平」〔註 128〕。

事實上，紙在書信上的應用早在東漢已經很普遍，應該是取其輕便易攜的特點。後漢崔瑗與葛元甫書說「今遣奉書，錢千為贄，並送許子十卷，貧不及素，但以紙耳」〔註 129〕，又馬融與竇伯向書說「孟陵奴來，賜書，見手跡，歡喜何量，次於面也。書雖兩紙，紙八行，行七字，七八五十六字，百一十二言耳」〔註 130〕，又延篤答張奐書說「惟別三年，夢想言念，何日有違？伯英來惠書，盈四紙，讀之三復，喜不可言」〔註 131〕，又張奐與陰氏書說「篤念既密，文章燦爛，名實相副。奉讀周旋，紙弊墨渝，不離於手」〔註 132〕。張奐（104～191）是東漢中後期人，提及的畢竟是書信，當時書信用紙已較普遍（下文還有論述），而大規模的子書和詩賦寫作未聞形之紙上，很可能受當時的造紙工藝影響，書信旨在傳遞信息，讀完即可毀棄，不需要長期保存，紙張質量差些無甚緊要，但《五經》地位尊崇，子書寄立言之重，當時人絕不肯依靠紙張傳播的〔註 133〕。

〔註 126〕《三國志‧吳書‧張昭傳》卷五二，第 1219 頁。

〔註 127〕周少川：《中國出版通史‧魏晉南北朝卷》，北京：中國書籍出版社 2008 年版。

〔註 128〕周少川：《中國出版通史‧魏晉南北朝卷》，第 328 頁。

〔註 129〕《藝文類聚》卷三一，第 560 頁。

〔註 130〕《藝文類聚》卷三一，第 560 頁。

〔註 131〕《藝文類聚》卷三一，第 560 頁。

〔註 132〕《藝文類聚》卷三一，第 560 頁。

〔註 133〕邢義田：《地不愛寶》說，石璋如在黑水流域調查發現「居延紙」，經鑒定，所寫的字是東漢的隸書，如今藏在中研院史語所，第 386 頁。

建安年間，紙在公文使用上比較普遍。孫權寄書與曹操說「春水方生，公宜速去」，又別紙曰「足下不死，孤不得安」〔註134〕，已是通過紙傳遞信息了。曹操《掾屬進得失令》說「自今諸掾屬侍中、別駕，常又月朔各進得失，紙書函封主者，朝常給紙函各一」，又《藝文類聚》卷五八引《文士傳》說：「楊修爲魏武主簿，嘗白事，知必有反覆教，豫爲答數紙，以次牒之而行，告其守者曰：『向白事，每有教出，相反覆，若案此弟連答之。』已而有風，吹紙亂，遂錯誤，公怒推問，修慚懼，以實答。」〔註135〕到了曹魏建政之後，官府設有專門管理紙張的機構，名曰「諸紙署監」，職列九品。這些紙是官方用紙，質量自然比民間的書信交流用紙要好很多，但技術還沒有足夠的成熟，因此未獲得作爲經史書籍載體的地位。

根據史書的記載，東漢後期人們之間的書信交流，已較多地開始用紙，見於史料的已有馬融（79～166）和延篤（？～163）〔註136〕。紙張用於通信的好處是，一來方便攜帶、便利驛人的來往，二來書信文字本是交流信息、互致問候，即使紙張較惡，難以長期保存也沒有關係。

既然在建安後期，紙張的使用僅僅局限於講究便攜和快捷的公文和書信，由於造紙技術落後的緣故，當時重要的經書、史書、子書等，應該沒有書寫在紙張上保存。如此我們可以解釋當時別集稀少的原因：漢末以來的主要書寫載體是帛書和簡冊，要將大規模的作品彙集在一起，則需要很高的花費；在曹丕之前，文學作品並沒有引起足夠的重視，既不能傳之不朽，又耗費昂貴，一般人是不願將自己的作品結集，更不會有彙集眾作的總集出現；後來經曹丕的《典論論文》的提倡，文學作品的地位得到了提高，和子書一樣具有立言不朽的功能，曹丕又躬自爲王粲、繁欽等編集、并彙聚一同遊園的詩作，使編集漸漸爲人所廣泛接受，而曹丕身爲太子，有經濟實力將這些昔日好朋友的作品寫在絹帛或刻在簡冊上保存。

紙張工藝技術發生巨大變化的卻是在晉代，潘吉星《中國造紙史》說：「如果說漢魏時書寫記事材料是帛簡與紙並用，而紙只作爲新型材料異軍突起，

〔註134〕〔唐〕許嵩：《建康實錄》，第 14 頁。

〔註135〕此兩條材料受益於查屏球：《紙簡替代與漢魏晉初文學新變》，《中國社會科學》，2005 年第 5 期。

〔註136〕參見清水茂：《紙的發明與後漢的學風》，收入《清水茂漢學論集》，北京：中華書局 2003 年，第 26 頁。

還不足以完全取代帛簡，那麼這種情況在晉以後則發生了變化。由於晉代已造出大量潔白平滑而方正耐折的紙，人們就不必再用昂貴的縑帛和笨重的簡牘去書寫了，而是逐步習慣用紙，以至最後使紙成爲占支配地位的書寫記事材料，徹底淘汰了過去使用近千年的簡牘。西晉初雖然時而用簡，但到東晉以來便都以紙代簡。有的統治者甚至明文規定以紙爲正式書寫材料，凡朝廷奏議不得用簡牘，而一律以紙代之。」〔註137〕作者又用了大量的出土實物來證實西晉初年紙張已經廣泛的影響，到了懷帝永嘉年間，紙張在日常書寫中據了壓倒性優勢。

而文獻的記載頗有可徵。西晉太康年間，左思作《三都賦》，說「門庭藩溷皆著筆紙，遇得一句，即便疏之」，撰竣後「於是豪貴之家，競相傳寫，洛陽爲之紙貴」，則紙在當時應用比較普遍了〔註138〕。而陳壽死時，惠帝「詔下河南，遣吏齎紙筆就壽門下，寫取《國志》」〔註139〕。後來傅咸在長安作《弔秦始皇賦》也有「搦紙申辭，以弔始皇」〔註140〕句。這是紙張用作文史作品的載體的最早材料，說明隨著造紙工藝的進步，紙張在正式場合中漸漸爲人所接受了。但左思《三都賦》用紙書寫的僅僅是草稿，而抄寫《三國志》的齎吏，回來後是否謄抄進縑帛，這就無從得知了。儘管西晉年間，紙已經比較常見，但普通人用的紙質量較差，在彼此書信往來中使用比較普遍，一些珍貴的國家藏書仍然使用縑帛抄寫，如荀勖整理秘府藏書近三萬卷，即「書用縑素」，使用的仍然是縑帛。

傅咸《紙賦》曰：

> 蓋世有質文，則治有損益；故禮隨時變，而器與事易。既作契
> 以代繩分，又造紙以當策。猶純儉之從宜，亦惟變而是適。夫其爲
> 物，厥美可珍。廉方有則，體潔性眞。含章蘊藻，實好斯文。取彼
> 之弊，以爲此新。攬之則舒，捨之則卷。可屈可伸，能幽能顯。若

〔註137〕潘吉星：《中國造紙史》，上海：上海人民出版社 2009 年版，第 133 頁。

〔註138〕俞士玲在解釋陸雲《與兄平原書》其三十五時，對當時用紙情況的討論很有意思（俞士玲《陸機陸雲年譜》，第 286～287 頁），儘管一些說法並不準確，譬如她說晉時紙張產量少，但事實是寒門左思皆可隨意用紙，洛陽紙貴只是一種誇張的說法。但三國時紙張很少是確鑿的，這一點已經有學者做過細密的考證，我們正文還要涉及到。

〔註139〕《藝文類聚》卷五八《雜文部·紙》引王隱《晉書》，第 1053 頁。

〔註140〕《藝文類聚》卷四〇，第 728～729 頁。

乃六案乖方，離群索居，鱗鴻附便，援筆飛書，寫情於萬里，精思
於一隅。〔註141〕

傅咸爲紙作賦，自然是欣喜於紙張成本較低，易於攜帶，便捷了人們之間的
交往。在傅咸的年代，造紙技術有了很大的發展，紙張的價廉物美進一步地
凸顯了出來，因此傅咸才覺得新奇，繼而作賦予以讚揚。事實也確實如此，
陸雲《與兄平原書》其二十七說「臨紙罔罔，不知復所言」，則用紙寫信已經
成了通行的做法，而且陸雲與陸機書信如此頻繁，也是紙張的便攜性所致。

　　當時的紙張應該不難獲得，我們看左思《三都賦》的創作情況即能知道，
但由於工藝和材料的不同，生產的紙張亦有善惡之分。傅咸讚賞的「廉方有則，
體潔性眞」，「攬之則舒，捨之則卷」，應是紙中的善品。當時的紙張色彩多樣，
愍懷太子司馬遹致信妻妃自我申理說「須臾有一小婢持封箱來，云：『詔使寫
此文書。』遹便驚起，視之，有一白紙，一青紙。催促云：『陛下停待。』又
小婢承福持筆研墨黃紙來，使寫。急疾不容復視，實不覺紙上語輕重」〔註142〕，
則當時除白紙外，尚有青紙、黃紙等。不同顏色紙張的應用，既可能是基於紙
張質量的不同，還可能有具體內容的分工。前者如荀勖《上穆天子傳序》說「謹
以二尺黃紙寫上，請事平以本簡書及所新寫，並付秘書繕寫，藏之中經，副在
三閣」〔註143〕，是以黃紙抄錄《穆天子傳》草稿，然後令秘書重新繕寫，或
者黃紙是低劣的品種。陸機向陸雲抱怨說「當黃之，書不工，紙又惡，恨不精」，
也可能指黃紙爲惡。看樣子，當時的好紙價格昂貴，陸機也不能常具。而陸雲
要抄寫《釋詢》，請求陸機借予百餘紙，可能正好陸機身邊積有好紙，而陸雲
不易獲得，故特地致信索求。又如晉恭帝禪位，「乃書赤紙爲詔」〔註144〕。

　　後者如西晉南陽中正張輔言於司徒府說：

故涼州刺史揚欣女，九月二十日出赴姊喪殯，而欣息俊因喪後
二十六日，強嫁妹與南陽韓氏，而韓就揚家共成婚姻。韓氏居妻喪，
不顧禮義，三旬內成婚，傷化敗俗，非冠帶所行。下品二等，本品
第二人，今爲第四。請正黃紙。〔註145〕

〔註141〕嚴可均根據《藝文類聚》、《初學記》和《太平御覽》整理，見《全晉文》卷
　　　　五一，第1752頁。
〔註142〕《晉書・愍懷太子傳》卷五三，第1461頁。
〔註143〕嚴可均：《全晉文》卷三一，第1638頁。
〔註144〕〔唐〕許嵩：《建康實錄》，第350頁。
〔註145〕《通典》卷六〇，第1696頁。

張輔將揚氏降爲下品第四，同時梁州中正梁某也指責揚俊「姊喪嫁妹，犯禮傷義，貶爲第五品」〔註146〕，而韓氏被貶爲第五品，總之揚氏和韓氏都遭到了降品的懲罰。張輔是南陽中正，降品之後要求修正黃紙，則當時黃紙的使用有了專門的分工，譬如記載本州士人的中正品級。《晉書‧劉卞傳》載「訪問今寫黃紙一鹿車，卞曰：劉卞非爲人寫黃紙者也」，閻步克指出，劉卞大約是官品八品之主譜令史，方與寫黃紙之職掌相合，黃紙爲士人鄉品之冊，與譜牒性質相近，故以主譜令史掌之。〔註147〕

又晉惠帝崩時，司徒左長史江統議奔赴山陵說「自臺郎御史以上，應受義責，加貶絕，注列黃紙，不得敘用」〔註148〕，「達官名問特通者，過期不到，宜依退免法，注列黃紙，三年乃得敘用」〔註149〕，則當時黃紙也記錄官員的任職和處罰情況。

荀勖抄錄《穆天子傳》的紙張長度爲二尺，到了東晉，紙張工藝又有了明顯的進步，能夠連成一丈，更適合長篇書籍的抄寫，庾冰與王羲之書曰：「得示連紙一丈，致辭一千，祇增其歎耳，了無解於往懷。」〔註150〕以庾冰在當時的地位，竟然爲長達一丈的紙而慨歎，說明此前是未嘗聞見的。這樣長的連紙在當時是個重要的技術創新，還沒有來得及普及，這也間接說明造紙工藝在兩晉之際得到飛快的發展〔註151〕。明乎此，我們可以給被章學誠批評的司馬彪進行辯白。

章學誠曾指責司馬彪分裂篇卷的罪愆，其《文史通義‧篇卷》說：「嗣是（班固）以後，訖於隋唐，書之計卷者多，計篇者少。著述諸家，所謂一卷，往往即古人之所謂一篇；則事隨時變，人亦出於不自知也。惟司馬彪《續後漢志》，八篇之書，分卷三十，割篇徇卷，大變班書子卷之法，作俑唐宋史傳，失古人之義矣。」〔註152〕又自注說「（班氏）《五行志》分子卷五，《王莽傳》

〔註146〕《通典》卷六〇，第 1696 頁。
〔註147〕閻步克：《察舉制度變遷史稿》，第 131 頁。
〔註148〕《通典》卷八〇，第 2172 頁。
〔註149〕《通典》卷八〇，第 2172 頁。
〔註150〕《藝文類聚》卷三一，第 560 頁。
〔註151〕虞預東晉初在秘府，作《請秘府布紙表》說「秘府中有布紙三萬餘枚，不任寫御書而無所給，愚欲請四百枚付著作吏，書寫起居注」（《初學記》卷二一，第 518 頁），則布紙或是珍貴的品種，計劃供應，主要用於官書的寫作。
〔註152〕《文史通義校注》，第 305～306 頁。

分子卷三，而篇目仍合爲一，總卷之數，仍與相符，是以篇之起訖爲主，不因卷帙繁重而苟分也。自司馬彪以八志爲三十卷，遂開割篇徇卷之例，篇卷混淆，而名實亦不正矣。」〔註153〕章氏的著眼點是篇卷分合的演變，認爲司馬彪改變《漢志》之例是違反傳統的。

司馬彪，《晉書》本傳載：

> 彪由此不交人事，而專精學習，故得博覽群籍，終其綴集之務。初拜騎都尉。泰始中，爲秘書郎，轉丞。注《莊子》，作《九州春秋》……彪乃討論眾書，綴其所聞，起於世祖，終於孝獻，編年二百，錄世十二，通綜上下，旁貫庶事，爲紀、志、傳凡八十篇，號曰《續漢書》。〔註154〕

則司馬彪在西晉泰始（265～274）中任秘書郎，後轉秘書丞，著有史書《九州春秋》和《續漢書》。司馬彪《續漢書》的寫成，依史傳記載，應該是在秘書郎任內完成。

章學誠以司馬彪爲變亂篇卷的始作俑者，是從學術源流的角度而言，但沒有分析司馬彪行爲的深層原因，如果結合當時紙張普及的背景，司馬彪之「八篇之書，分卷三十」應該是合乎情理的選擇。西晉泰始年間，造紙工藝尚不足以生產出長卷的連紙，因此八篇之文，需要三十張紙才能寫竣，當時紙襲帛書之稱，一張爲一卷，故稱三十卷。

書寫載體的變化，使大規模總集的編撰成爲可能。尤其晉代造紙原料和工藝的進步，使得紙張容易獲得，因此文學的傳播變得更加容易。在這種情況下，摯虞通過編撰總集來指導人們的寫作具有現實的可操作性。

五、西晉文集的編纂與《文章流別集》的形成

到了晉初，文集編撰的情況更爲多見，陸雲《與兄平原書》數次提及此事。如其三十二云：

> 君苗文，天中才亦少爾，然自復能作文。雲惟見其《登臺賦》及詩頌。作《愁霖賦》極佳，頗仿雲。雲所如多恐，故當在二人後，然未究見其文。見兄文輒云「欲燒筆硯」，以爲此故，不喜出之。曹志，苗之婦公，其婦及兒皆能作文。頃借其《釋詢》二十七卷，當

〔註153〕《文史通義校注》，第305～306頁。
〔註154〕《晉書・司馬彪傳》卷八二，第2141～2142頁。

欲百餘紙寫之，不知兄盡有不？李氏云，「雪」與「列」韻，曹便復
不用。人亦復云，曹不可用者，音自難得正。〔註155〕

這裏的《釋詢》二十七卷，是承繼曹志婦兒皆能文而說，應該是曹志和家眷
的文章總集。曹志是嗣位曹植的庶子，家族繼承著能文的傳統。劉運好根據
後文內容，認爲是李氏所作的韻書。但察陸雲所說，有李氏之作，也有曹氏
之作，因此能夠進行比較，《釋詢》應該收羅了眾家作品。

其三十六云：

景猷有蔡氏文四十餘卷，小者六七紙，大者數十紙，文章亦足
爲多，然其可貴者，故復是常所文耳。〔註156〕

景猷是荀崧（263～329）字，那麼荀崧已擁有蔡邕的別集，在當時已經結集
爲四十餘卷，所謂小大，應指各卷之規模。

其三十九云：

兄前表甚有深情遠旨，可耽味，高文也。兄文雖復自相爲作多
少，然無不爲高。體中不快，不足復以自勞役耳。前集兄文爲二十
卷，適訖一十〔註157〕，當黃之，書不工，紙又惡，恨不精。〔註158〕

陸雲已經親自將陸機的作品結集爲二十卷，但使用的紙張不甚理想。

俞士玲《陸機陸雲年譜》認爲此數條作於太安年間（302～304），劉運好
《陸士龍文集校注》將各條皆繫於永寧二年或太安元年（302），而摯虞於太
安元年（302）遷秘書監，開始準備《文章流別集》的編撰。因此陸雲《與兄
平原書》所提供的文獻的價值在於，說明當時的別集編纂不僅被普遍使用，
而且獲得廣泛的認同。

元康六年（296），石崇爲送大將軍王詡還長安，在別盧金谷園宴請賓客
飲酒賦詩，石崇《金谷集序》〔註159〕說：「或登高臨下，或列坐水濱，時琴瑟
笙筑，合載車中。道路並作，及住，令與鼓吹遞奏，遂各賦詩，以敘中懷，
或不能者，罰酒三斗。」〔註160〕這次金谷園詩會共有三十人參加，主要有遊

〔註155〕劉運好：《陸士龍文集校注》卷八，第1136頁。
〔註156〕劉運好：《陸士龍文集校注》卷八，第1143頁。
〔註157〕俞士玲以爲「一十」當屬下連讀，以爲有十卷情況不佳，筆者以爲陸雲欲編
　　　　《陸機集》二十卷，完成十卷後，發現書法和紙張不佳。
〔註158〕劉運好：《陸士龍文集校注》卷八，第1147頁。
〔註159〕《水經注・穀水》載有石季倫《金谷詩集序》。
〔註160〕嚴可均：《全晉文》卷三三，第1651頁。

玩和宴飲，然後是各自賦詩，《序》又說「感性命之不永，懼凋落之遠期。故具列時人官號、姓名、年紀，又寫詩著後，後之好事者，其覽之哉」〔註161〕，則《金谷集》的編纂有了名傳後世的動機〔註162〕。既稱「具列時人官號、姓名、年紀，又寫詩著後」，則已經有了體例，應該由人統一結集成冊，成爲詩體總集。因此說，當時的總集編撰已經較爲普遍，並且有了自覺的意識。

　　據《隋書·經籍志》的記載，曹魏已有應璩的《書林》，應璩善於書記，此書是「集錄諸家書記之文爲一編」〔註163〕，晉代的總集還有傅玄《七林》，荀勖《晉歌詩》、《晉燕樂歌辭》、《新撰文章家集》，陳壽《漢名臣奏事》、《魏名臣奏事》，荀綽《古今五言詩美文》，陳勰《雜碑》二十二卷、《碑文》十五卷等。這些單一文體總集的編纂給摯虞《文章流別集》提供了學習對象和資料淵藪。《文章流別論》說「傅子集古今七而論品之，署曰《七林》」〔註164〕，摯虞既然見到了傅玄的《七林》，這應該是他七體論述和選篇的依據。

　　總之，東漢以來文學作品的大量出現和文章結集的實踐，爲文集的產生提供了條件；而文學觀念的進步，尤其是曹丕將文學與經國之大業相提並論，可以傳之不朽，使集部的編撰具有了立言成家的地位；建安年間文人群體的聚會宴樂，不僅推動了詩賦的繁榮，也推動了文章結集的發展。別集與總集是同時出現的，但別集的的大量湧現，又推動了總集的編撰。由於常人的精力有限，只需要閱讀精華的作品，正是面對這樣的社會需求，摯虞於是「採摘孔翠，芟剪繁蕪，自詩賦下，各爲條貫，合而編之」，編成《文章流別集》，成爲最早的薈萃眾體的文章總集。在摯虞之前，早也有單一文體的總集出現，因此總集並不始於摯虞，但摯虞的工作更具意義，四庫館臣說「體例所成」，章學誠稱「彙次眾體」，王運熙、楊明的總集更爲精當，曰：「薈萃各體文章，加以刪汰別裁，且附以系統評論的大規模總集，自當首推《文章流別集》。」〔註165〕

　　漢末至西晉正是總集和別集編纂趨於頻繁的時期，而文章結集的次第或是：就創作群體而言，先由某一體的總集到彙集眾體的總集；就創作者個人來說，先由某一文體的別集到眾多文體的別集；經過以上兩類的準備，要編

〔註161〕嚴可均：《全晉文》卷三三，第1651頁。
〔註162〕傅剛：《昭明文選研究》，第23頁。
〔註163〕王運熙、楊明：《魏晉南北朝文學批評史》，第118頁。
〔註164〕《藝文類聚》卷五七，第1020頁。
〔註165〕參見傅剛：《昭明文選研究》，第20～21頁。

纂集眾體、依人分類的總集，就成爲水到渠成的事情。而在編纂過程中，彙聚某人作品的別集刪汰遴選的別集，和對前代作品有目的的選擇，也成爲總集編纂中「採擿孔翠，芟剪繁蕪」的來源。總之，《文章流別集》的編纂，是有著多種編集淵源的。

第五節　《文章流別集》的成書方式

　　《文章流別集》的編撰，固然要參考祕閣藏書，但是確定文體的排列順序和入選的作家作品，難道是作者一空依傍、獨立編撰嗎？還是有所因襲，綴緝而成呢？從考察《文章流別論》入手，瞭解當時人的文學觀念，將有助於瞭解《文章流別集》的成書方式。在摯虞之前的文體論，當以賦體和七體較爲常見而具體，茲以此兩種爲例，來探討《文章流別論》的形成途徑。

一、「文筆之辨」與文體排列

　　魏晉之際，文章的地位得到了提高，而曹丕《典論論文》是第一次作出有影響力地明確宣示。關於這篇文章的作用，傅剛教授作了很好的歸納：

> 　　曹丕首先把文學與經國之大業相提並論，並且許之爲不朽，這是對傳統「三立」學說的突破。儘管產生曹丕這篇論文的背景，具有十分明顯的政治原因，但它所表現的意義卻衝破了政治目的性。曹丕說：「是以古之作者，寄身於翰墨，見意於篇籍，不假良史之辭，不託飛馳之勢，而聲名自傳於後。」這一說法直接以文學作品與子、史相等，提高了文學的地位。自此以後，集部的編撰自然具有了立言成家的內容。〔註166〕

總之，文章從此與子、史一樣，擁有了立言不朽的地位，既往的學者文士，大多以「立德」的經學和「立言」的子史之學爲治學之正，當時的文學家多有經學家或史學家身份，而專門投身文學創作卻被視爲倡優，但這種情況在魏晉時期開始發生了改變。

　　王運熙《魏晉南北朝文學批評史》之《緒論》說：「魏晉時代人們對文章的作用、地位給予很高的評價。而在漢代，尤其是東漢，統治者對文章

〔註166〕傅剛：《昭明文選研究》，第20頁。

的重要作用已日益有所認識，思想家王充更高度評述文章著述的作用與地位。」〔註167〕早在東漢時期，王充已經對文章的作用和地位給予高度評價，但在王充的觀念中，文章的概念頗為寬泛，既有學術著作的文，如「心思為謀，集劄成文」（《論衡・超奇篇》），又有詩賦類的文學作品，如「屈原善屬文」（《論衡・紀妖篇》），「永平中，神爵群集，孝明詔上《爵頌》，百官頌上，文皆比瓦石，唯班固、賈逵、傅毅、楊終、侯諷五頌金玉，孝明覽焉。……唯五人文善」（《論衡・佚文篇》）。〔註168〕正是文章兼備眾體的複雜性，因此王充對文章的評價，主要是針對奏議等應用性文章，很難說包括了以詩賦為主的文學性作品。

即使曹魏時期的劉劭，在《人物志》中流露的文章概念，還不是以詩賦為主的文學作品。夏侯惠《薦劉劭》說「文章之士，愛其著論屬辭」，則劉劭的論作和辭賦為時人稱許。其《流業》篇說「人流之業十有二焉」，其中有文章，有儒學，則文章家是一門職業。又說「能屬文著述，是謂文章，司馬遷、班固是也。能傳聖人之業，而不能幹事施政，是謂儒學，毛公、貫公是也」，「文章之材，國史之任也」，文章即是有寫作的才能，既可以是史學才華，也可以是辭賦能手。但傳授聖賢的道統，是儒學的責任。

曹丕最先強調了文章中的辭賦作用。《典論論文》說「文章」是「經國之大業，不朽之盛事」〔註169〕，是無窮的人生事業，因此「古之作者，寄身於翰墨，見意於篇籍，不假良史之辭，不託飛馳之勢，而聲名自傳於後」〔註170〕。曹丕的文章重在治理國家，除劉劭提及的國史外，自然也有其表彰徐幹《中論》的諸子書籍，最具特色的是辭賦，同篇說：「王粲長於辭賦，徐幹時有齊氣，然粲之匹也。如粲之《初征》、《登樓》、《槐賦》、《征思》，幹之《玄猿》、《漏卮》、《圓扇》、《橘賦》，雖張、蔡不過也。然於他文，未能稱是。琳、瑀之章表書記，今之雋也。應瑒和而不壯，劉楨壯而不密。孔融體氣高妙，有過人者，然不能持論，理不勝詞，至乎雜以嘲戲；及其所善，揚、班儔也。」〔註171〕而在《典論》佚文中也有同樣的材料：「李尤字伯宗，年少有文章。賈

〔註167〕王運熙、楊明著：《魏晉南北朝文學批評史》，第3頁。
〔註168〕參見顧易生、蔣凡：《先秦兩漢文學批評史》，上海：上海古籍出版社1990年版，第578～579頁。
〔註169〕李善注：《文選》卷五二，第720頁。
〔註170〕李善注：《文選》卷五二，第720頁。
〔註171〕李善注：《文選》卷五二，第720頁。

逵薦尤有相如揚雄之風，拜蘭臺令史，與劉珍等共撰《漢記》。」〔註172〕曹丕在確認文章地位之前，所舉的例子重點卻是辭賦，而各選王粲和徐幹代表作四篇，並且認為這些作品超過張衡和蔡邕。而說李尤有文章，卻引賈逵誇讚他有司馬相如和揚雄的餘風。眾所週知，馬、揚是以賦作顯示出成就，成為後世辭賦的模範。

儘管在漢末魏晉時期，還沒有「文筆之辨」的理論出現，但在當時作家的觀念和實踐中，已經明確的將後世「文」類與「筆」類文體進行區分，而特別重視討論「文」類文體的性質與地位。

《典論論文》載「奏議宜雅，書論宜理，銘誄尚實，詩賦欲麗」〔註173〕，這種四科八體的分類，不僅僅依據文體的風格，其中也有區分應用文體和審美文體的意思。但將應用文體排在前面，顯然是為了適應他提出的文章是「經國之大業，不朽之盛事」的思想，應該不是曹丕本人的真實意見，因為同時代的文士往往是將詩賦等審美文體排在前面。

楊修比曹丕更早地揭示了文章價值，他在回應曹植的「辭賦小道，固未足以揄揚大義，彰示來世也……將採史官之實錄，辨時俗之得失，定仁義之衷，成一家之言」時說：

> 今之賦頌，古詩之流也，不更孔公，風雅無別耳。修家子雲，老不曉事，強著一書，悔其少作。若此，仲山周旦之儔，為皆有譽邪？君侯忘聖賢之顯跡，述鄙宗之過言，竊以為未之思也。若乃不忘經國之大美，流千載之英聲，銘功景鍾，書名竹帛，斯自雅量素所畜也，豈與文章相妨哉。〔註174〕

楊修此篇作於建安二十一年（216），早於曹丕的《典論論文》。曹植的這番話，並不能看作真情實意的流露，當時是爭儲的關鍵期，這話是有政治背景的。值得注意的是，楊修將賦頌與文章分開並提，則在當時人們的觀念中，已經將辭賦與其它應用文字進行區別。

《中論序》說徐幹：

> 君之性，常欲損世之有餘，益俗之不足。見辭人美麗之文，並時而作，曾無闡弘大義，敷散道教，上求聖人之中，下救流俗之昏

〔註172〕《北堂書鈔》卷六二，第 255 頁。
〔註173〕李善注：《文選》卷五二，第 720 頁。
〔註174〕李善注：《文選》卷四○，第 564 頁。

者，故廢詩賦頌銘贊之文，著《中論》之書二十篇。〔註175〕
《中論序》作者不明，但末段說「余數侍坐，觀君之言常怖，篤意自勉，而心自薄也。何則？自顧才志不如之遠矣耳。然宗之仰之，以爲師表」〔註176〕，那麼說作者與徐幹有所交往，屬同代人，《中論序》中的文學觀念，也體現了當時普遍的看法。作者說「辭人美麗之文」，則以辭賦之流遍體華美的作品是作爲「文」看待的，隨後作者又羅列了詩、賦、頌、銘、贊等五種文體作爲依據。應該說對「文」的內涵在建安時期已經基本確定。至於他對美麗之文的態度，是問題的另一面了。

陸機在「文筆之辨」上較曹丕有了突破。《文賦》列舉了十種文體及風格：「詩緣情而綺靡，賦體物而瀏亮，碑披文以相質，誄纏綿而悽愴，銘博約而溫潤，箴頓挫而清壯，頌優遊以彬蔚，論精微而朗暢，奏平徹以閑雅，說煒燁而譎誑。」〔註177〕次序是詩、賦、碑、誄、銘、箴、頌、論、奏、說，這種排列方法很值得玩味，排在「頌」前的都是有韻的作品，而後三者是無韻的應用文字。陸機太康末已經入晉，《文賦》又寫成於晉代，他的這種排列順序，與摯虞已經非常相似了，說明當時已經有了「文筆之辨」的思潮。劉師培也持同樣的看法，他說：「晉人論文之作，以陸機之賦爲最先，觀其所舉文體，惟舉賦、詩、碑、誄、銘、箴、頌、論、奏、說，不及傳、狀之屬，是即文筆之分也。」〔註178〕

陸機只是舉出幾例進行論證，與曹丕行文的技法相類，當然不能說是當時的全部文體。曹丕所列舉的是奏、議、書、論、銘、誄、詩、賦等八種，陸機提及的有詩、賦、碑、誄、銘、箴、頌、論、奏、說等十種，應該說絕大多數是相同的，而詩、賦、頌、銘、誄、箴等，是南朝人所謂的「文」，也是我們今天所謂的純文學體裁，是逞才效伎、抒發性情的重要載體，而歸入「筆」類應用型文章大抵以說理爲主，帶有經國、立言的性質，具有很強的事功性。總之，儘管曹丕（192～232）與陸機（261～303）壽命相近，而活躍年份有百年之遙，但對文體的分類和風格特徵是相似的，說明當時社會對文學已經有了穩定而共同的認識。

〔註175〕《四部叢刊》影印明嘉靖青州刊本。
〔註176〕《四部叢刊》影印明嘉靖青州刊本。
〔註177〕李善注：《文選》卷一七，第241頁。
〔註178〕劉師培著、劉躍進講評：《中國中古文學史講義》，第84～85頁。

　　因此，儘管「文筆之辨」是南朝之後引起重視並展開討論的，但早在魏晉時代，人們已經有意識地將辭賦與章表等進行區別：一主稱美功德、抒發感情，一主實際使用、補裨治道。因此說，摯虞編撰《文章流別集》，以詩賦的順序進行文體排列，注意審美性的文體，是有當時的文體分類依據的。由於《文章流別集》久佚，《文章流別論》也是張溥、嚴可均等人據唐宋類書進行輯佚的，儘管能夠歸納出摯虞討論的若干文體種類，但當時的排列順序已經不甚清晰，只能根據《文章流別論》的內容進行仔細斟酌。

　　《文章流別論》說：「文章者，所以宣上下之像，明人倫之敘，窮理盡性，以究萬物之宜者也。王澤流而詩作，成功臻而頌興，德勳立而銘著，嘉美終而誄集。祝史陳辭，官箴王闕，周禮太師掌教六詩：曰風，曰賦，曰比，曰興，曰雅，曰頌。言一國之事，繫一人之本，謂之風。言天下之事，形四方之風，謂之雅。頌者美盛德之形容。賦者，敷陳之稱也。比者，喻類之言也。興者，有感之辭也。」〔註179〕這應該是《文章流別集》的序言之一部分。開首即對「文章」進行定義，並尋求文章各體的經學來源，所提及的有詩、頌、銘、誄、賦等，接下來又說賦、頌出於詩的問題，文繁不具。因此我們有理由相信，《文章流別集》的排列，和當時的普遍文體觀念是一致的，應該遵循「文」類文體在前，「筆」類文體在後的通行規範。但《文章流別論》共列舉十三種文體，據興膳宏《摯虞文章流別志論考》〔註180〕歸納，有頌、賦、詩、七、箴、銘、慶、哀辭、設論、碑、圖讖、述〔註181〕等十三種文體，全屬有韻之文。那麼到底是否有無韻的文體，限於材料，殊難說清了。

二、文章理論的資源

　　將《文章流別論》與摯虞之前或同時的文章理論進行比較，我們發現，摯虞的文章理論並不是自己獨立創造的，基本是因襲前哲時賢的觀點，反映了當時人的普遍觀念。如此看來，《文章流別論》所做的更多是彙聚前人文章理論的工作。茲以《文章流別論》中殘存的內容比較豐富的賦、頌、七體為例，來觀察摯虞是如何借鑒他同時和之前的文章理論資源。

〔註179〕《藝文類聚》卷五六，第 1018 頁。
〔註180〕陳鴻森譯，見臺灣《中華文化復興月刊》第十九卷，第六期。原發於 1974 年的《入矢教授、小川教授退休記念中國文學語學論集》。
〔註181〕《文心雕龍・頌贊》說「又紀傳後評，亦同其名，而仲治『流別』，謬稱為述，失之遠矣」，則摯虞以贊為述，也屬有韻之文。

首先來討論賦體。摯虞給賦的定義:「賦者,敷陳之稱,古詩之流也。」〔註182〕賦體是《詩經》六義之一,故而說是古詩之流。這個觀點班固在《兩都賦序》裏也表達過,楊修在《答臨淄侯箋》也說「今之賦頌,古詩之流也,不更孔公,風雅無別耳」,皇甫謐《三都賦序》說「詩人之作,雜有賦體。子夏序《詩》曰:『一曰風,二曰賦。』故知賦者,古詩之流也」和左思《三都賦序》中也引用了班固的觀點。因此說,摯虞對賦的看法是漢魏以來的普遍觀點。

摯虞又說:「古之爲賦,以情義爲主,以事類爲佐;今之賦,以事形爲本,以正義爲助。」〔註183〕《詩經》賦體以情義爲主而以事類爲輔,而摯虞時代的賦作卻以事類爲主,曹丕《答卞蘭教》即說「賦者,言事類之所附也」,這體現了賦體的變遷。正是這個緣故,影響到賦體表達形式的變化,從言省文約發展到鋪陳言辭,而鋪陳的結果會導致誇飾的作風,背離了事實和義理,最終走向反面,「背大禮而害政教」,司馬相如和揚雄等大賦作家對此都有過反思。

在摯虞看來,賦史上有哪些經典的作家作品呢?我們在第四章中已經討論過,《文章流別集》選錄的作家作品耳熟能詳,都是傳世名篇,在摯虞之前的賦論家,如皇甫謐《三都賦序》和陸機《遂志賦序》也大抵涉及,因此說《文章流別集》選擇了當時公認的佳作。《文章流別集》中賦的題材,俞士玲根據《文選》分類方式,共區分爲七個小類,各附篇目,筆者稍有增補並羅列道:《楚辭》類有屈原的《離騷》、《九歌》、《九章》、宋玉的《九辨》、《高唐》、《神女》、賈誼的《鵬鳥》等;京都類有班固的《兩都》、張衡的《二京》;田獵類有司馬相如的《子虛賦》、《上林賦》,揚雄的《羽獵賦》、《長揚賦》,陳琳《武獵賦》,王粲《羽獵賦》,應瑒《西狩賦》,劉楨《大閱賦》;紀行類有班固《北征賦》、班超《東征賦》;志類有班固《幽通賦》、張衡《思玄賦》、蔡邕《玄表賦》;又有荀卿賦《禮》、《智》等等。

賦作中司馬相如和揚雄的典範地位,在東漢初年已經得到廣泛的認同。譬如《文選》卷六〇任昉《齊竟陵文宣王行狀》李善注引《東觀漢記》:

〔註182〕《藝文類聚》卷五六,第 1002 頁;《太平御覽》卷五八八,第 2644 頁。《北堂書鈔》卷一百二,第 429 頁。

〔註183〕《藝文類聚》卷五六,第 1002 頁;《太平御覽》卷五八八,第 2644 頁。《北堂書鈔》卷一百二,第 429 頁。

「上以所自作《光武皇帝本紀》示東平憲王蒼，蒼因上《世祖受命中興頌》。上甚善之，以問校書郎，此與誰等，皆言類相如、揚雄，前代史岑比之。」〔註184〕班固《東都賦》載：「賓既卒止，乃稱曰：美哉乎斯詩！義正乎揚雄，事實乎相如，匪唯主人之好學，蓋乃遭遇乎斯時也。」〔註185〕張衡《東京賦》載：「故相如壯上林之觀，揚雄騁羽獵之辭，雖係以隤牆填塹，亂以收置解罘。」〔註186〕《後漢書・李尤傳》載：「少以文章顯。至是，侍中賈逵薦尤有相如、揚雄之風。召詣東觀，受詔作賦，拜蘭臺令史。」〔註187〕以上都是馬、揚並稱的記載，並且作為賦作的重要代表和模擬對象。之所以出現司馬相如、揚雄並稱的情況，自然是兩者均以鋪張揚屬的大賦名世。揚雄是在模擬司馬相如的基礎上取得了堪與比肩的成就，《漢書・揚雄傳》載：「顧嘗好辭賦。先是，蜀有司馬相如，作賦甚弘麗溫雅，雄心壯之，每作賦，常擬之以為式。又怪屈原文過相如，至不容，作《離騷》，自投江而死，悲其文，讀之未嘗不流涕……至是客有薦雄文似相如者……」〔註188〕本傳又說：「賦莫深於《離騷》，反而廣之。辭莫麗於相如，作四賦，皆斟酌其本，相與放依而馳騁云。」〔註189〕而揚雄的作品也因酷似司馬相如而得到成帝的召見，《古文苑》卷一揚雄《答劉歆書》，屬於自述性質，曰：「而雄始能草文，先作《縣邸銘》、《玉佴頌》、《階闥銘》及《成都城四堣銘》。蜀人有楊莊者為郎，誦之於成帝，成帝好之，以為似相如，雄遂以此得外見。」〔註190〕揚雄欣賞司馬相如的弘麗，有意取為模仿的準式，所作的賦，時人以為與相如相似。因此東漢以來，將司馬相如和揚雄並稱，是很有道理的。

　　魏晉之際的文人對前代賦家，在推舉屈原、司馬相如和揚雄的基礎上，也增加了班固、張衡、蔡邕等人。曹丕的《典論》記載有人問：「屈原、相如之賦孰愈？」他回答說：「優遊按衍，屈原之尚也；浮沉漂淫，窮侈極妙，相如之長也。然原據託譬喻，其意周旋，綽有餘度矣。長卿子雲，意未能及也。」

〔註184〕《文選》卷六○，第 826 頁。亦見吳樹平：《東觀漢記校注》，第 242 頁。
〔註185〕《文選》卷一，第 35 頁。
〔註186〕《文選》卷三，第 67 頁。
〔註187〕《後漢書・李尤傳》卷八○，第 2616 頁。
〔註188〕《漢書・揚雄傳》卷八七，第 3514 頁。
〔註189〕《漢書・揚雄傳》卷八七，第 3583 頁。
〔註190〕《古文苑》第十卷，四部叢刊影印杭州蔣氏藏明成佛壬寅刊本。

〔註191〕這也間接反映了屈原和司馬相如在賦史上的典範地位，他們在摯虞的賦選中也佔有重要的地位。

陸機《遂志賦序》：

> 昔崔篆作詩，以明道述志。而馮衍又作《顯志賦》，班固作《幽通賦》，皆相依仿焉。張衡《思玄》，蔡邕《玄表》、張叔《哀系》，此前世之可得言者也。崔氏簡而有情，《顯志》壯而泛濫，《哀系》俗而時靡，《玄表》雅而微素，《思玄》精練而和惠，欲麗前人，而優遊清典，漏（《藝文類聚》作「陋」）《幽通》矣。班生彬彬，切而不絞，哀而不怨矣。崔蔡沖虛溫敏，雅人之屬也；衍抑揚頓挫，怨之徒也。豈亦窮達異事，而聲爲情變乎？余備託作者之末，聊復用心焉。〔註192〕

陸機介紹了詩與賦在題材上的繼承性，應該是賦爲古詩之流說的延續，他以崔篆的「明道述志」詩爲開端，繼之有馮衍、班固、張衡、蔡邕、張叔等人的賦作，察其語氣，以班固《幽通賦》爲憂，張衡《思玄》不如，崔篆、蔡邕《玄表》其次，對馮衍《顯志賦》最爲不滿。然而班固、張衡、蔡邕的賦作已被摯虞明確採納，而馮衍賦應未收。

左思在《三都賦序》中認爲賦有「先王採焉，以觀土風」的作用，因此對賦作不能征實很是不滿，說「相如賦《上林》，而引『盧橘夏熟』，揚雄賦《甘泉》，而陳「玉樹青蔥」，班固賦《西都》，而歎「以出比目」，張衡賦《西京》，而述「以遊海若」。假稱珍怪，以爲潤色，若斯之類，匪啻於茲。考之果木，則生非其壤；校之神物，則出非其所。於辭則易爲藻飾，於義則虛而無徵。」〔註193〕所針對的目標有司馬相如《上林賦》、揚雄《甘泉賦》、班固《西都賦》和張衡《西京賦》，因爲這些都是名家名賦，將其作爲批評的鵠的，更能吸引人們的注意。劉逵《吳都賦蜀都賦注序》中說：「觀中古已來爲賦者多矣。相如《子虛》擅名於前；班固《兩都》理勝其辭；張衡《二京》，文過其義。」〔註194〕所稱引的也是司馬相如的《子虛賦》，班固的《兩都賦》和張衡的《二京賦》。除《甘泉賦》不能確定是否爲摯虞所收，其它都有明證。

〔註191〕《北堂書鈔》卷九九，第 423 頁。
〔註192〕劉運好校注整理：《陸士衡文集校注》卷二，第 120～121 頁。
〔註193〕李善注：《文選》卷四《三都賦序》，第 74 頁。
〔註194〕《晉書‧左思傳》卷九二，第 2376 頁。

　　皇甫謐是摯虞的老師，我們來看看師徒兩人對賦史及賦作的認識。《三都賦序》曰：

　　　　逮至於戰國，王道陵遲，風雅寢頓。於是，賢人失志，辭賦作焉。是以孫卿、屈原之屬，遺文炳然，辭義可觀；存其所感，咸有古詩之意。皆因文以寄其心，託理以全其制，賦之首也。及宋玉之徒，淫文放發，言過於實。誇競之興，體失之漸，風雅之則於是乎乖。漢，賈誼頗節之以禮。自時厥後，綴文之士不率典言，並務恢張其文，博誕空類。大霧罩天地之表，細者入毫纖之內。雖充車聯駟，不足以載；廣夏接榱，不容以居也。其中高者如相如《上林》、揚雄《甘泉》、班固《兩都》、張衡《二京》、馬融《廣成》、王生《靈光》，初極宏侈之辭，終以約簡之制，煥乎有文，蔚爾麟集，皆近代辭賦之偉也。若夫士有常產，俗有舊風，方以類聚，物以群分，而長卿之儔，過以非方之物寄以中域，虛張異類，託有於無。祖構之士，雷同影附，流宕忘反，非一時也。〔註195〕

皇甫謐所列舉的幾人，有荀子、屈原、宋玉、賈誼、司馬相如、揚雄、班固、張衡、馬融、王逸等，代表作品有《上林賦》、《甘泉賦》、《兩都賦》、《二京賦》、《廣成頌》、《靈光賦》等，以此對比《文章流別集》所列舉的作家作品，發現皇甫謐提及的作品全部囊括之內。在具體人物的判斷上，兩篇文章也是一致的，譬如皇甫謐說「孫卿、屈原之屬，遺文炳然，辭義可觀；存其所感，咸有古詩之意。皆因文以寄其心，託理以全其制，賦之首也。及宋玉之徒，淫文放發，言過於實。誇競之興，體失之漸，風雅之則於是乎乖。」摯虞也說「孫卿、屈原，尚頗有古之詩義，至宋玉則多淫浮之病矣」。

　　至於《三都賦序》是否出自皇甫謐之手，代有爭論，反對者認為陸機在太康十年（289）入洛，而左思向陸機咨詢過吳事，而皇甫謐在282年去世，未及見《三都賦》寫竣。這個觀點忽略了陸機在太康平吳時期被俘入洛一事〔註196〕，又衛權在《三都賦略解·序》已提及皇甫謐作注，衛權是晉初人，與皇甫謐屬同時人，其說值得信賴。〔註197〕

〔註195〕李善注：《文選》卷四五皇甫謐《三都賦序》，第641頁。
〔註196〕傅剛：《陸機初次赴洛時間考辨》，《上海師範大學學報》，1986年第2期。
〔註197〕對此王紫微有很好的分析，見其《左思〈三都賦〉研究》，北京大學碩士論文2010年。

　　摯虞少時曾師從皇甫謐，在 265 年已爲郡主簿，此序作於 281～282 年間，至於他們在賦學觀上一致性的原因，既有可能是摯虞接受了乃師的影響，也有可能是當時的共同意見。

　　再來討論七體。《文章流別論》說「《七發》造於枚乘，借吳楚以爲客主」〔註198〕，「崔駰既作《七依》，而假非有先生之言」〔註199〕。摯虞認爲「七」體起源於枚乘，因此《七發》入選《文章流別集》當無疑問，又提及崔駰《七依》，則也應該是《文章流別集》的選擇篇目。《文章志》還提到桓麟《七說》，或是《文章流別集》所選。

　　魏晉人對「七」體的意見，曹植《七啓序》說：「昔枚乘作《七發》、傅毅作《七激》，張衡作《七辯》、崔駰作《七依》，辭各美麗。余有慕之焉！遂作《七啓》，並命王粲作焉。」〔註200〕曹植提到了四篇前人作品，既說王粲在世，那麼曹植的《七啓》是在建安年間創作。如此說來，將七體追溯到《七發》是當時人的共同意見，代表性作品有傅毅、張衡和崔駰的作品，摯虞討論了最早的枚乘《七發》和崔駰《七依》，是有現實的依據。

　　傅玄（217～278）《七謨序》稱「大魏英賢迭作」，知作於曹魏期間。他對「七」體進行了梳理，也以枚乘《七發》爲始，這是當時人的共同意見；又羅列了傅毅《七激》、劉廣世《七興》、崔駰《七依》、李尤《七款》、桓麟《七說》、崔琦《七蠲》、劉梁《七舉》、桓彬《七設》等作家作品，又有馬融作《七厲》、張衡作《七辨》、曹植作《七啓》、王粲作《七釋》、楊修作《七訓》、劉劭作《七華》、傅巽《七誨》，並評價道「世之賢明，多稱《七激》工，余以爲未盡善也。《七辨》似也，非張氏至思，比之《七激》，未爲劣也。《七釋》僉曰妙哉，餘無間矣。若《七依》之卓轢一致，《七辨》之纏綿精巧，《七啓》之奔逸壯麗，《七釋》之精密閑理，亦近代之所希也。」〔註201〕察其口吻，以王粲《七釋》、最佳，但時人多稱傅毅《七激》，他認爲張衡《七辨》不相

〔註198〕《藝文類聚》卷五七，第 1020 頁；《太平御覽》卷五九〇，第 2657 頁。近來，由於北大簡的發現，其中有漢簡《反淫》一篇，結構和內容與《七發》相似，很可能給我們提供理解西漢七體文的新思路，即《七發》起初並非以「七」名篇，而當時模寫《七發》這樣的文體的人可能有很多。參見傅剛、邵永海：《北大藏漢簡〈反淫〉簡說》，《文物》2011 年第 6 期。

〔註199〕《藝文類聚》卷五七，第 1020 頁；《太平御覽》卷五九〇，第 2657 頁。

〔註200〕胡刻李善注：《文選》卷三四，第 484 頁。

〔註201〕《太平御覽》卷五九〇，第 2657 頁。

上下，最後特別討論了崔駰《七依》、張衡《七辨》、曹植《七啓》、王粲《七釋》，當然傅玄專門討論「七」體，眼界較挚虞開闊，但挚虞所選《七發》和《七依》也確實爲他所推舉。

經過對賦、七諸體的研究，我們很明顯地看到，挚虞的文體論部分，基本是因襲當時人的普遍結論，因此說《文章流別論》的價值並不在於對文體的深入辨析，而是將零散的文論體進行統籌而集合在一起。而《文章流別集》的作家作品選擇，自然要與《文章流別論》所論及的相似，因此《文章流別集》收羅的既是當時公認的代表性作品，也是歷代文體論溯及流變時的代表作家作品，唯其如此，才能體現挚虞建立「流別」的初衷。

第六節　《文章流別集》的編纂體例

《文章流別集》全書久佚，殘存的僅有《文章流別論》和《文章志》的部分內容，因此要歸納該書的編纂體例，還是比較困難的。但根據史志目錄的著述和現存的材料情況，不妨做出一些推論，以期能夠瞭解《文章流別集》編纂的大體情況。

一、《文章流別集》與《文章志》的關係

《晉書・挚虞傳》載：「虞撰《文章志》四卷，注解《三輔決錄》，又撰古文章，類聚區分爲三十卷，名曰《流別集》，各爲之論，辭理愜當，爲世所重。」〔註202〕這裏明確提及的著作有《文章志》和《文章流別集》，但本傳不擔負記錄藏書的任務，史臣所錄應是因襲前史或目錄而成。史志的著錄更加明確，如《隋書・經籍志》史志「簿錄類」載《文章志》四卷，集志有《文章流別集》四十一卷（梁六十卷，論二卷），又有《文章流別志論》二卷。《舊唐書・經籍志》多著開元以前書，史志載《文章志》四卷，集志載《文章流別集》三十卷。《新唐書・藝文志》增補了中唐以後的著作，且對《舊唐志》有所補充，史志載《文章志》四卷，集志載《文章流別集》三十卷，《文章流別志論》二卷。其後的目錄如《通志》和《國史經籍志》的著錄均是因襲前史，不贅。另外，《太平御覽》所引文獻中尚有《文章流別傳》的記載。據《晉書》本傳，《文章流別論》即是《文章流別集》中「各爲之論」的部分，既有對每篇文章的論

述，如現存的佚文對《七發》一文分析甚詳，也有對各文體類別的概論，這與文體分類意識在當時的覺醒相關。《隋志》稱「梁六十卷，論二卷」，知梁時論嘗獨立成卷，即《文章流別論》二卷。總之，《文章志》四卷，入史部「簿錄類」，無異說；與文章相關的著錄形式除《文章志》、《文章流別集》外，還有《文章流別傳》、《文章流別論》、《文章流別志論》等各種名目，另外也有學者提出《文章流別志》，令人眼花繚亂、徒滋困惑，因此很有辯證的必要。

（一）《文章流別集》與《文章志》之關係辨析

《隋志》和《舊唐志》記載了「《文章流別志論》二卷」，而《文章流別論》確有此書，因此學界認為也應該有《文章流別志》，屬於《文章流別集》的作者小傳。但《文章流別志》不見史志和目錄記載，直到明清時期，才有學者提出這是一本書，逐漸形成了兩種不同的觀點，一種認為是《文章志》的異名，一種認為兩者並非一書。

明代楊慎說：「摯虞，晉初人也，其《文章流別志》云：『李陵眾作，總雜不類，殆是假託，非盡陵制，至其善篇，有足悲者。』」〔註 203〕這應該是最早的記載，察其內容，當是《文章流別論》之誤。清代學者趙翼的《廿二史考異》、趙紹祖的《讀書偶記》和梁章矩的《三國志旁證》都在摯虞《文章志》下注曰：「一作《文章流別志》」。現代學者也認為《文章志》和《文章流別志》本係一書，如興膳宏〔註 204〕認為「《流別志論》之『志』，其內容當與此《文章志》同」，稱「《志》原與《論》同為《流別集》之附庸，然《志》因具有著作目錄的性質之故，乃又獨立為一書而與《論》別行」。王更生認為《文章流別集》、《文章流別論》、《文章流別志》：「三者性質雖別，而原本一書，只因卷帙繁重，傳鈔者分合不一，於是名稱、卷數也都有了歧互。或僅錄其序目，則為《文章志》。」〔註 205〕傅剛先生〔註 206〕認為《文章志》屬《文章流別集》的作家小傳，但它本出自總集目錄，故入「簿錄」類。力之〔註 207〕認

〔註 203〕楊慎：《升菴詩話》，丁福保《歷代詩話續編》，北京：中華書局 1981 年版，第 928 頁。

〔註 204〕興膳宏：《摯虞〈文章流別志論〉考》，臺灣陳鴻森譯，收入《中華文化復興月刊》，第 19 卷第 6 期。

〔註 205〕王更生：《摯虞的著述及其在文論上之成就》，《出版與研究》第三○期，1978 年 9 月。

〔註 206〕傅剛：《昭明文選研究》，第 56 頁。

〔註 207〕《論〈文章流別集〉及其與〈文章志〉的關係——〈文選成書考說〉之一》，《韶關學院學報》，2008 年第 5 期。

為《文章志》是獨立的傳錄之體，與《文章流別志》的性質類似，但同中有異，《文章流別志》僅就《流別集》提及的作家進行傳錄。

也有學者提出了不同的看法，認為兩者並非一書。俞士玲〔註208〕認為《文章志》「為踵武劉向《別錄》體例而作的斷代別集類目錄書《文章志》」，「後來《文章流別集》中《志》（《文章流別（集）志》）、《論》（今稱《文章流別論》）單出，然《文章志》與《文章流別志》亦非一書」，但認為「《文章流別志》『後漢至魏』部分當對《文章志》有所取用，如文章家小傳部分，文章評論部分等」，這就與力之意見不謀而合。謝灼華、王子舟〔註209〕討論了《志》、《集》、《論》三者的關係，認為「《文章志》應成於《文章流別集》之前」。唐明元〔註210〕也認為《文章志》和《文章流別志》是兩部不同的目錄著作，說《文章流別志》是《文章流別集》的目錄，認為「梁時《文章流別志》《文章流別論》仍單行，及至隋朝，二書皆有亡佚，故整理者將二者合併，遂稱《文章流別志、論》」；稱《文章志》是單行文學之目錄，故《隋志》納入「簿錄類」，又從傅亮的《續文章志》收錄西晉一代作品為例，認為《文章志》收錄的是西晉以前的作家，具體看來，應屬東漢、曹魏時代。

總結起來，學者都承認有《文章流別志》，有的認為《文章志》與《文章流別志》同實異名，有的認為雖非一書，但《文章流別志》借鑒了《文章志》的部分內容，也認為《文章流別志》、《文章流別論》單行，後來整合成了《文章流別志論》。

由於學界普遍認為《文章流別志》出於《文章流別集》，故《文章流別志》和《文章志》的關係，實質就是《文章流別集》與《文章志》的關係。那麼針對上述觀點，茲略陳意見如下：

第一，現存的目錄、史書等文獻均未見《文章流別志》的單行記載，《太平御覽》引書時有三處提到《文章流別傳》，一處提到《文章流別傳論》，但所謂的《文章流別傳》卻是討論的銘、誄、哀辭、哀策等文體，則是《文章流別論》的誤書。這可能是編撰者引用《文章流別志論》，又志與傳意思相類，如《三國志》即是三國人物的傳記，鈔胥刻工屢見《後漢書宦者傳論》、《後

〔註208〕俞士玲：《摯虞〈文章志〉考》，《西晉文學考論》，第188頁。
〔註209〕《古代文學目錄〈文章志〉探微》，見《圖書情報知識》，1995年第4期。
〔註210〕《摯虞〈文章志〉〈文章流別志〉考辨》，《圖書館理論與實踐》，2010年第2期。

漢書逸民傳論》、《宋書謝靈運傳論》等等，於是「志」、「傳」混用，有了《文章流別傳論》，又誤脫「論」字，故成《文章流別傳》。

第二，《隋書‧經籍志》和《新唐書‧藝文志》記載的《文章志》與《文章流別志論》，一入史志，一入集志，應是兩書，迥不相類。《文章志》有四卷，《文章流別論》有二卷，而《文章流別志論》諸家著錄均爲二卷，從篇製規模上來看，將四卷的《文章志》和二卷的《文章流別論》綴合成二卷，既無可能，也無必要。而《文章流別論》史有明載，《文章流別志論》也見著述，它們俱輯自《文章流別集》，認爲《文章流別志論》由單行的《文章流別志》、《文章流別論》整合而成，頗失望文生義，何況《文章流別志》本無其書。

第三，目前看到的《文章志》佚文中，以史岑最早，是王莽末東漢初人，實際事蹟是和帝前後的史岑，摯虞此處誤混，但不影響對他收錄作家的認識；而以應貞最晚，卒於 269 年〔註 211〕。《文章志》說「晉室踐阼，遷太子中庶子，散騎常侍，卒」〔註 212〕。應貞曾在泰始四年預晉武帝華林園聚會，所賦之《華林園集》詩，辭義最美。如此，應貞入晉後也有文學活動，故而既可以算魏代作家，也能稱爲晉代作家。但《文章志》僅見一例，且應貞入晉不過五年，《文章志》只是追述他入晉的仕履，應該不與不錄晉人的原則齟齬。〔註 213〕因此《文章志》很可能只收錄了後漢曹魏的文學家，屬於以洛陽爲中心的東都文學。《文章流別集》收錄了先秦到東漢的文章，如屈原賦、《兩京賦》、《二京賦》、《七發》等，最晚是王粲，卒於建安二十二年（217），尚未入魏；因此在年代斷限上，一截至曹魏，一截至東漢，也不相同。

第四，根據現存的文獻進行統計，《文章流別集》提及了 27 位作家，《文

〔註 211〕《文選》卷二四潘尼《贈陸機出爲吳王郎中令一首》李善注引：「《文章志》曰：潘尼，字正叔，少有清才，初應州辟，後以父老，歸供養，父終，乃出仕，位終太常。」潘尼（247？～311？）與摯虞生卒年近似，摯虞撰《文章志》時，潘尼尚在世，不得預知其「位終太常」。因此該《文章志》材料，很可能是出於東晉傅亮的《續文章志》，係記載西晉一代文章家。

〔註 212〕李善注：《文選》卷二○，第 286 頁。

〔註 213〕興膳宏認爲《文章志》提及應貞、潘尼的原因是「或即應貞、潘尼附於其父、祖之附傳」，似未審。見《摯虞〈文章流別志論〉考》，陳鴻森譯，見臺灣《中華文化復興月刊》第十九卷，第六期。原發於 1974 年的《入矢教授、小川教授退休記念中國文學語學論集》。

章志》提及了 15 位作家，重複的僅有史岑、傅毅、陳琳、王粲等人，而《文章志》提及的 7 篇作品，《文章流別論》提及 48 篇作品，竟無一相同，則不僅說明《文章流別志》與《文章志》迥異，而且前者也未取資後者。如果《文章流別集》確有作者小傳一類的文字，姑稱爲《文章流別志》，爲配合《文章流別集》的作家作品著錄，應該有先秦和西漢的文學家的小傳，但今天一則佚文也沒有見到〔註214〕，則《文章流別志》應未單行，亦未誤書爲《文章志》。

（二）《文章志》的性質

《文章志》與《文章流別集》是兩種書，基本可以論定，但《文章志》的性質，到底是目錄還是傳記，仍然聚訟紛紜，茲歸納成兩種意見如下：

一種意見認爲《文章志》屬於志書的目錄著作。如興膳宏〔註215〕認爲《文章志》的「志」，「蓋如《漢書》之『藝文志』等，其內容當屬一種著作目錄」，又據《文章志》佚文，認爲「內容主要系歷代文人之略傳甚明」。王更生認爲《文章流別集》、《文章流別論》、《文章流別志》原係一書，「或僅錄其序目，則爲《文章志》」〔註 216〕，則以《文章志》爲目錄。吳光興《摯虞〈文章志〉考》稱「按中古時期的圖書分類系統，又同屬於史部中的目錄書的範圍」〔註 217〕，認爲《文章志》的著作體例，由作者事蹟與所著文章篇目組成的，可稱爲「傳錄體」。謝灼華、王子舟〔註 218〕分析了《文章志》的內容體例，認爲這是一部通代文學總目，止於魏末；又有提要，屬於傳錄體目錄，並將提要繫於個人作品名稱下面；且收錄了名不見經傳者的作品如周不疑等。胡大雷〔註 219〕斷定《文章志》屬於書籍目錄，但又是「以人爲綱」，其實就是謝灼華、王子舟提過的傳錄；他考察了《隋志》「簿錄類」的「文章志」一類書的著述，又注意到荀勖、摯虞、傅亮等人

〔註214〕錢鍾書《管錐編》（四）說「竊意《流別論·志》所論及各體未必皆鈔入《流別集》耳」，已注意到這個問題，但未究其竟。北京：三聯書店 2001 年版，第 521 頁。

〔註215〕興膳宏：《摯虞〈文章流別志論〉考》，臺灣陳鴻森譯，收入《中華文化復興月刊》，第 19 卷第 6 期。

〔註216〕王更生：《摯虞的著述及其在文論上之成就》，《出版與研究》第三○期，1978 年 9 月。

〔註217〕見吳光興：《荀勖〈文章敘錄〉、諸家「文章志」考》，收入《周勳初先生八十壽辰紀念文集》，第 186 頁。

〔註218〕《古代文學目錄〈文章志〉探微》，見《圖書情報知識》，1995 年第 4 期。

〔註219〕《〈文章志〉爲『以人爲綱』的書籍目錄》，《大連大學學報》，2008 年 8 月。

均任職秘書監，典校圖籍、製作目錄自是他們的工作之一；最後指出「文章志」一類書的演變，更多地「關注對作品評價乃至對作者文學事蹟的整體關注，作者生平並非關注的重點所在」。

另一種意見認爲《文章志》偏於志人的史學著作。如劉師培說：「古代之書，莫備於晉之摯虞。虞之所作，一曰《文章志》，一曰《文章流別》。志者，以人爲綱者也；流別者，以文體爲綱者也。」〔註220〕則以《文章志》爲傳記之書。鄧國光以爲《文章流別志》係謬稱，本名是《文章志》，「乃志人之書，無涉乎目錄」〔註221〕。傅剛先生〔註222〕認爲肯定「摯虞的《文章流別集》及《志》、《論》，都明顯受《七略》、班《志》的影響」，認爲「摯虞在編《文章流別集》同時，又附有作家小傳，名曰《文章志》」，同意「《文章志》是一部人物傳記」，又據《晉義熙以來新集目錄》中所引的作者小傳，總結道「《文章志》一類敘作者小傳者，本來應是總集目錄的一部分，後有人將其從總集中取出，單獨成書，即成《文章志》一類專書。但它本出於總集目錄，故《隋志》仍列於『簿錄』類中」。

支持目錄著作的說法，主要依據是《隋志》編《文章志》入史部「簿錄」類，類小序稱：「古者史官既司典籍，蓋有目錄，以爲綱紀，體制堙滅，不可復知。孔子刪書，別爲之序，各陳作者所由。韓、毛二詩，亦皆相類。漢時劉向《別錄》、劉歆《七略》，剖析條流，各有其部，推尋事蹟，疑則古之制也。自是之後，不能辨其流別，但記書名而已。博覽之士，疾其渾漫，故王儉作《七志》，阮孝緒作《七錄》，並皆別行。大體準向、歆，而遠不逮矣。其先代目錄，亦多散亡。」〔註223〕類序說繼劉向、劉歆之後，史官不能辨其流別，目錄只記書名而已，而《文章志》位列其中，則《文章志》顯係目錄，而且是僅僅流於羅列書名，既不能如書序、詩序一樣陳述創作緣起，也未能如向、歆那樣屬意於辨別源流。

然而根據現存的佚文來看，《文章志》似與目錄不相關，頗類史書志人的筆法，如「（崔）烈字威考，高陽安平人，駰之孫，瑗之兄子也。靈帝時，官

〔註220〕《蒐集文章志材料方法》，《劉申叔遺書》，南京：江蘇古籍出版社1997年版，第1655頁。
〔註221〕鄧國光：《摯虞研究》，第163頁。
〔註222〕傅剛：《昭明文選研究》，第56頁。
〔註223〕《隋書・經籍志》卷三三，第992頁。

居至司徒、太尉，封陽平亭侯」〔註 224〕，又如「繆襲，字熙伯。辟御史大夫府，歷事魏四世。正始六年，年六十卒。子悅，字孔懌，晉光祿大夫。襲孫紹、播、徽、胤等，並皆顯達」〔註 225〕，《隋志》的歸類情況與今日殘存的佚文實際構成了根本性矛盾，雖說今日的佚文又不能代表全書的原貌，但殘存的十七則竟無一例接近目錄，也不合情理。

　　值得注意的是，《文章志》一類書多載奇聞異事。《文章志》提到的兩則材料，頗失游離，如《三國志・魏書・阮瑀傳》裴松之注：「臣松之案，魚氏《典略》、摯虞《文章志》並云瑀建安初辭疾避役，不為曹洪屈。得太祖召，即投杖而起。不得有逃入山中，焚之乃出之事也。」〔註 226〕又如《三國志・魏書・王粲傳》裴松之注引《文章志》曰：「太祖時，征漢中，聞粲子死，歎曰：『孤若在，不使仲宣無後。』」〔註 227〕這兩則討論的是阮瑀和王粲的軼事，與文章無關，《文章志》亦收入其中，嚴肅的目錄學著作也不會收錄此等繁文瑣事。不僅《文章志》，傅亮的《續文章志》也有類似的材料，如《文選集注》卷六三所引的「早與祖逖友善，嘗二大角枕同寐，聞雞夜鳴，兩而相蹋，逖遂墜地。」宋明帝劉彧的《江左以來文章志》（又稱《晉江左文章志》）也頗多此類材料，屢見於劉孝標的《世說新語注》。

　　我們應該正視《文章志》入史部「簿錄類」的記載，認為《文章志》的性質屬於目錄，「目」指書目，「錄」指敘錄，包括了志書和志人兩個部分。任昉在《贈王僧孺詩》中稱「劉略班藝，虞志荀錄」，將摯虞《文章志》與劉歆《七略》、班固《漢書藝文志》和荀勗《七錄》並稱，而後三者都是單獨的目錄學著作，則摯虞《文章志》也不能例外。劉向整理中秘圖書，每校一書，撰有「敘錄」，向、歆的目錄學，不僅有書目，而且有敘錄，如至今保存完整的「《韓子》五十五篇」，其敘錄即交待了韓非的仕歷：「韓非者，韓之諸公子也。喜刑名法術之學，而歸其本於黃老。其為人吃，口不能道說，善著書。與李斯俱事荀卿，李斯自以為不如。非見韓之削弱，數以事干韓王，韓王不能用。於是韓非病治國不務求人任賢，反舉浮淫之蠹

〔註 224〕《世說新語・文學》劉孝標注，余嘉錫箋疏本，第 229 頁。《文選》卷三五《冊
　　　　魏公九錫文》李善注，第 500 頁。
〔註 225〕《文選》卷二八繆襲《輓歌詩》李善注，第 406 頁。《三國志・劉邵傳》裴松
　　　　之注，第 620 頁。
〔註 226〕《三國志・魏書・阮瑀傳》裴松之注，第 600 頁。
〔註 227〕《三國志・魏書・王粲傳》裴松之注，第 599 頁。

而加之功實之上。」〔註228〕余嘉錫《目錄學發微》也將篇目、敘錄作爲四種組成部分之二種，在敘錄中首提「論考作者之行事」，顯然是敘錄的重要組成部分。現存《文章志》佚文的輯錄形式就是繼承了這種方法，《隋書‧經籍志》歸入「簿錄類」，也是符合目錄學著作規範的。那麼，《文章志》應該是反映了漢魏的文章著述情況，體例是先列文章目錄，繼而敘及作家字號、鄉里、官職、著作或事蹟。

《文章志》問世後，頗受後人的重視，續作者接踵而至。《隋志》「簿錄類」尚有傅亮的《續文章志》二卷，察其佚文，是記西晉一代；宋明帝的《晉江左文章志》三卷，顯然是記東晉一代；而沈約的《宋世文章志》三卷，顧名思義是記劉宋時期。傅剛先生指出除傅亮未見總集的著錄，其餘都編過總集，此類《文章志》可能是這些總集的附錄部分。但宋明帝主持的《詩集》、《詩集新撰》和《賦集》都是分體總集，又考《世說新語》劉孝標注所引《晉江左文章志》的情況，與摯虞《文章志》頗不相同，常常繪聲繪色地描寫文章家的性格、品行和軼事，頗類《世說新語》，極少涉及文章家的文體和篇章，即使偶而提到如說孫綽「博涉經史，長於屬文」，所論僅此而已，未涉文體和篇目，故認爲《晉江左文章志》與《文章志》一樣是史傳的手法，未必是總集之附錄。

著名文論家鍾嶸和遍照金剛等人的著作對《文章志》頗有稱譽，劉勰雖在《文心雕龍》中五處提及「流別」，但沒有對《文章志》發表意見。鍾嶸《詩品》曰：「陸機《文賦》，通而無貶；李充《翰林》，疏而不切；王微《鴻寶》，密而無裁；顏延論文，精而難曉；摯虞《文志》，詳而博贍，頗曰知言：觀斯數家，皆就談文體，而不顯優劣。至於謝客集詩，逢詩輒取；張騭《文士》，逢文即書。諸英志錄，並義在文，曾無品第。」〔註229〕《文鏡秘府論》云：「摯虞之《文章志》，區別優劣，編輯勝辭，亦才人之苑囿。」〔註230〕鍾嶸和空海的判斷值得重視，因爲他們看到了《文章志》的全文，提供的論斷具有說服力，但顯而易見地，兩種判斷之間存在著矛盾。鍾嶸認爲「就談文體，不顯優劣」，符合佚文的客觀情況，佚文羅列了多種文體，但並未交待作者擅長何體，疏於何體；但空海又說「區別優劣，編輯勝辭，亦才人之苑囿」，意思是

〔註228〕鄧駿捷校補：《七略別錄佚文》，上海：上海古籍出版社2009年版，第60頁。
〔註229〕呂德申：《鍾嶸〈詩品〉校釋》，北京：北京大學出版社1986年版，第99頁。
〔註230〕盧盛江：《文鏡秘府論彙校彙考》，北京：中華書局2006年版，第202頁。

區分了作品的優劣，收編了優秀的作品，顯然與鍾嶸所說相齟齬，更像是對《文章流別集》和《文章流別論》的評價。鍾嶸說「詳而博贍」，核之佚文，《文章志》的描述委實周詳廣博，但說「知言」，這從遺文中不能獲得解釋，但傅玄《續文章志》有「（潘）岳為文選言簡章，清綺絕倫」〔註231〕句，是對潘岳文章的特點和風格的評價，可以作為摯虞「知言」的旁證。

《文章志》的著錄形態，俞士玲梳理了漢魏以來史學家和目錄學家的有關文章家和別集的著述慣例，又依據《文章志》的佚文進行了總結歸納，從著錄篇題、著錄文章類型及篇數、文章家下立小傳和評論各家文章及意義等四個方面進行了系統描述。但根據佚文歸納出來的結果，尚不能稱之為體例，因為體例是要規定一個範式，在文章中一以貫之地執行，而存留的佚文均不照樣遵守，何況這四個方面的要素又往往不能完全具備。根據佚文來看，普遍順序是作者姓氏字號、籍貫家世和行跡官宦，然後是文學方面的順序是依文體、篇目和具體作品，各要素雖不求完備，但順序大抵如此。這種著述方式在魏晉之際較為流行，如《三國志》和《後漢書》均有相似的著述，陳壽早摯虞十幾年，范曄雖晚，其撰《後漢書》也因前史而成，或是當時著錄的習慣。

二、《文章流別集》的體例擬測

《文章流別集》久佚，只能根據《文章流別論》的蛛絲馬蹟，結合當時的文集、類書及子書的編纂規範，試圖作出合乎情理的推測。本文擬從四個方面來討論，即文體的排列次序、選錄作家作品的原則和《文章流別論》的排列規則等。

第一，《文章流別集》的文體分類排列。通過殘存的《文章流別論》佚文，我們發現，摯虞各就某一文體集中進行詳盡的論述，如「賦」體、「七」體、「頌」體、「銘」體，顯示出《文章流別集》是按照文體分類的事實。

那麼文體分類的順序是什麼呢？摯虞主張「賦者，敷陳之稱，古詩之流也」，其《文章志》說劉修「著詩賦頌六篇」，同時代的陸機《文賦》載「詩緣情而綺靡，賦體物而瀏亮」，按理詩應是文體之首。《漢志》名為「詩賦略」，詩在賦前，但實際安排時，賦居詩前。又說「《楚詞》之賦，賦之善者也」，

〔註231〕余嘉錫：《世說新語箋證》，第309頁。

則騷亦賦類；所謂「王澤流而詩作，成功臻而頌興，德勳立而銘著，嘉美終而誄集。祝史陳辭，官箴王闕」，那麼文體排列順序或爲詩、頌、銘、誄、箴等。傅剛先生指出，漢魏以來的目錄學分類，都是以賦居詩前，《漢志》的「詩賦略」影響了後來的目錄學的分類，因此「班固先賦後詩的安排，不僅對目錄學著作，同時對總集、別集的編輯，也有很大的影響」〔註232〕；又考察了唐前舊集的普遍情況，均列賦爲篇首，證明了當時的編集多以先賦後詩爲體例。尤爲有力的證據是，《三國志·魏書·陳思王植傳》載明帝景初中詔稱「撰錄植前後所著賦、頌、詩、銘、雜論百餘篇，副藏內外」，屬於當時人編纂別集，正是以賦居首。因此說：「漢魏六朝的文體觀念在詩賦連稱的時候，詩居賦先，但目錄學和編集體例卻以賦居篇首，這已成爲一個習慣。」〔註233〕據此，《文章流別集》的文體排列順序應該是：賦、騷、詩、頌、銘、誄、箴等。

　　《文章流別集》是如何安排同一文體的分類次序？俞士玲《摯虞〈文章流別集〉考》〔註234〕依據《文選》對《文章流別集》的類目進行了對照歸納，提出賦體有楚辭、京都、田獵、紀行、遊覽、志、孫卿等類，詩體有贈答、雜詩、古詩之類，指出了《文章流別集》同一文體的分類面貌。這是根據《文選》的記載來鏡鑒還原，結合《文章流別論》的記載，能夠確認的還有詩分四言、五言、七言等，銘分器銘、碑銘和墓誌銘等等。

　　第二，《文章流別集》的作家排列和不錄魏晉作家的原則。摯虞論文注重流別，前面已有專文論述，那麼在某一文體的分類中，作家作品的安排需要服從他的流別思想，那麼應該是按照時間的先後順序排列。如《七發》肇端於枚乘，七體自當以斯爲先，誄體見於典籍者，以《左傳》魯哀公爲孔子誄最早，也應該弁之於首。按照卒年順序將《文章流別集》的作家進行排列，根據現有的材料分析，最早的是屈原，是我國第一位偉大的詩人，最晚的是「建安七子」中的陳琳、王粲、應瑒、劉楨等，同逝於建安二十二年（217）的大疫，屬於東漢獻帝時期，而禪代之後的作家作品並無收錄。因此《文章流別集》只錄了戰國兩漢的作家作品，未及魏晉時期，而他的《文章志》收錄的是後漢曹魏的作家，不錄晉人之作。

　　第三，《文章流別論》的排列規則。興膳宏將《文章流別論》分爲「總論」

〔註232〕傅剛：《昭明文選研究》，第228頁。
〔註233〕傅剛：《昭明文選研究》，第228頁。
〔註234〕俞士玲：《西晉文學考論》，第199頁。

與「分論」兩部分，他說「文章者，所以宣上下之象……」一段「係在闡述文章之意義，此或即『論』之總序部分」，又以各文體為分論，認為其敘述原則「大抵是先考察各文體之源流，漸次論及其演變軌跡、創做法則，再就其代表作家及作品各加分析、批評」。鄧國光分為三部分，一是「總論文章者」，二是「分論文體者」，三是「係諸篇下以為解題者」，但筆者以為第三種應該是第二種的一部分。

《文章流別集》中「論」的形式有兩種：一種是總論性質的，如：「文章者，所以宣上下之像，明人倫之敘，窮理盡性，以究萬物之宜者也。王澤流而詩作，成功臻而頌興，德勳立而銘著，嘉美終而誄集。祝史陳辭，官箴王闕，周禮太師掌教六詩：曰風，曰賦，曰比，曰興，曰雅，曰頌。言一國之事，繫一人之本，謂之風。言天下之事，形四方之風，謂之雅。頌者美盛德之形容。賦者，敷陳之稱也。比者，喻類之言也。興者，有感之辭也。後世之為詩者多矣，其功德者謂之頌，其餘則總謂之詩。頌，詩之美者也。古者聖帝明王，功成治定而頌聲興。於是奏於宗廟，告於鬼神。故頌之所美者，聖王之德也，古之作詩者，發乎情，止乎禮義，情之發，因辭以形之，禮義之旨，須事以明之，故有賦焉，所以假象盡辭，敷陳其志，古詩之賦，以情義為主，以事類為佐，今之賦以事形為本，以義正為助，情意為主，則言省而文有例矣，事形為本，則言富而辭無常，文之煩省，辭之險易，蓋由於此，夫假象過大，則與類相遠，逸辭過壯，則與事相違，辯言過理，則與義相失，麗靡通美，則與情相悖，此四過者，所以背大禮而害政教，是以司馬遷割相如之浮說，揚雄疾辭人之賦麗以淫。」〔註235〕這是對文章及各體進行總體論述，在體例上，應該是弁於篇首。

另一種是分體論述的文論，即前面提及的「七」、「頌」、「銘」諸體，如「頌」體：「頌，詩之美者也。古者聖帝明王，成功治定而頌聲興。於是史錄其篇，工歌其章，以奏於宗廟，告於神明，故頌之所美，則以為名，或以頌形，或以頌聲，其細已甚，非古頌之意。昔班固為《安豐戴侯頌》，史岑為《出師頌》、《和熹鄧后頌》，與《魯頌》體意相類，而文辭之異，古今之變也。揚雄《趙充國頌》，頌而似雅，傅毅《顯宗頌》，文與《周頌》相似，而雜以風雅之意。若馬融《廣成》、《上林》之屬，純為今賦之體，而謂之頌，失之遠

〔註235〕《藝文類聚》卷五六，第 1018 頁。

矣。」〔註236〕既有文體的定義，又介紹了文體的規範篇章，並舉著名作家作品以見出文體流變過程中的變遷，或是體意相類而文辭變異，或是文章相似而雜以風雅，甚者謂賦體爲頌，其失更遠。

　　根據《漢書・藝文志》的體例，小序置於某一類的篇末，我們認爲這些分體論述，也應該遵循這種規範，將論述放在各體所有作品的後面。這樣安排可能出於這樣的考慮：只有當讀者閱畢《流別集》中的作品，摯虞提出的論述才能被讀者接受；如果置於篇前，易形成先入之見，不是好的處理方法。

　　那麼《文章流別集》的體例應該是：整體依據文體分類；文體之中又按時代、題材、形式等分類；類分之中各以時代先後排列作家；篇前有總論，各體之下有分論。《文章流別集》本是一部書，由於《流別集》收錄的多是經典作品，比較易得，後人傳抄時，只需要記錄各篇名目和論的部分，是爲《文章流別志論》，又《論》單行，即成《文章流別論》。

〔註236〕《藝文類聚》卷五六，第 1018 頁。

結　語

　　論文以摯虞和《文章流別集》爲研究對象，第一章討論了摯虞與魏晉之際的經學關係，通過對存世作品的細緻考察，我們發現摯虞的《易》學屬《費氏易》的流脈，朋於王肅的觀點；其《書》學多取《古文尙書》，並倡王肅之說；其《詩》說屬古文《毛詩》，從王肅之見，不取鄭說；而《春秋》學自杜預注出，兼解眾家，也是摯虞的取法對象。摯虞與《新禮》的關係密切，早在司馬昭主政曹魏時，因世族傳統的身份和提倡名教的需要，已命荀顗等人制訂《新禮》，但由於聞見材料局限、完成匆忙，整體比較粗糙，操作性不強，而魏晉禪代已成，遂擱置不用。太康末期，摯虞主持了《新禮》的修訂，在荀顗的基礎上因革損益，又與傅咸共同纘續，《決疑要注》即是討論《新禮》的成果。摯虞的禮學主要崇尙王肅學說，間有取自鄭玄。總之，根據摯虞的經學和禮學情況，我們認爲摯虞的經學代表了西晉學者的主流面貌，既體現了融合今古文經學的時代特點，又反映了博學和精究統一的時代風氣，同時體現了王肅學說在經學界的主要地位，而禮學討論的是當時的疑難問題，其討論方式受到集解注經的新方法影響。

　　第二章討論了摯虞的史官身份與總集編纂的關係。曹魏西晉的秘書監共有王象、蘇林、薛靖、王肅、秦靜、王沈、羊祜、董綏、庾峻、荀勖、華嶠、何劭、虞濬、賈謐、繆世徵、摯虞和潘尼等十七人，而秘書監的職責主要是負責圖書的典藏和整理，編撰大型書籍如《皇覽》、《畿服經》等，同時也編纂國史，如曹魏的第二次國史編纂，由秘書監王沈等領銜，再如西晉的秘書監賈謐主持議立晉書限斷。身爲秘書監的摯虞，撰有多部史學著作，如《族姓昭穆記》、《三輔決錄注》、《畿服經》、《文章志》等，而《文章流別集》的

編撰，與其史官身份密切相關。漢魏以來史學從經學中分離並漸趨獨立，文章才能成為史官任職的前提，而目錄學中的流別觀念、史學中的分類思想、史書的編撰方式都對文章的定義、流別和總集的分類產生了影響，給《文章流別集》的成書提供了史學條件。

第三章討論了漢魏以來名辯思潮與《文章流別論》的關係。漢魏以來名辯思潮對摯虞的影響，從以下材料可以獲知：摯虞自幼師從皇甫謐，其「逸志」應淵源乃師，而張華贈詩稱摯虞有玄虛的人生態度；摯虞未能聚眾談辯，應是不嫻口談的緣故，而能著筆論難司馬廣，可見亦未置身談辯之外；劉勰曾見《文章流別論》，稱其品藻有「黃白之偽說」，其論文應受名辯影響；《思游賦》體現了《易》、《老子》、《莊子》等玄學家「三玄」經典的內容；《三輔決錄注》對人物的品評，與漢末以來的人物品評也屬一脈；摯虞本屬禮學家，而名家出於禮官，其《決疑要注》反映了禮學正名位、異禮數的職業要求，其中的往復辯難的文章也與當時的論辯風氣有關。名辯思潮影響到當時的魏晉文學批評，以劉劭《人物志》最具典型，夏侯惠說劉劭善於清談，兼擅玄學名理，且《材理》篇專門討論辯論；《人物志》的分類觀影響了魏晉的文體區分，而偏才說也與曹丕等人的作家論也屬同調。摯虞曾在《祀六宗奏》中引用了劉劭的說法，則對劉劭較為熟悉。名辯思潮影響到《文章流別論》，推進了文體討論的追根溯源，並明晰了魏晉的文體辨析，這些在賦、頌、七體中得到了體現。

第四章從西晉文學的視野中討論了摯虞的文學創作和文學理論。《文章流別集》涉及的作家作品以兩漢為主，反映了摯虞重視兩漢作品的文學史思想；摯虞的詩歌創作受到《毛詩序》的影響，多以《詩經》「雅頌」體和漢代四言詩作為模仿對象，而辭賦創作，《鵁鶄賦》或從賈誼《鵩鳥賦》和禰衡《鸚鵡賦》，而《疾愈賦》應是模仿《七發》。事實上，西晉文人重視對兩漢文章的模仿，如傅玄、張華和陸機的擬古詩，且在理論上也顯示出對兩漢文章的表彰，因此說以摯虞為代表的西晉作家，普遍具有漢代的情結。西晉年間，文人集團活動頗為頻繁，華林園集會可以確定時間的有三次，其它還有皇太子釋奠詩文唱和、金谷園集會和「二十四友」，摯虞並非最活躍的一位，但他與當時的文人頗有贈答，如向書省同僚和潘岳等人。「八王之亂」後，文人開始分化，一部分熱衷政治、捲入紛爭，如張華、石崇、潘岳、陸機、陸雲等，一部分供職內府、繼續治學，如杜育、繆徵、潘尼等，摯虞屬於後者，代表

了這部分人的人生取向。魏晉史學家和文學家的不同立場，對待文學的態度
迥然有別，前者以摯虞、李充爲代表，後者以曹丕、曹植和陸機爲代表，在
具體文體風格特徵的歸納、代表作品的選擇、作品生成的環境、作家的橫向
和縱向比較、文論概念的創新和保守上頗有分歧。摯虞首次將名辯思潮應用
到文體辨析，並趨向於細緻縝密，且建立了文體論的寫作方式，這是摯虞在
文學批評史上的貢獻，影響到《文心雕龍》和《文選》的編著。

　　第五章針對《文章流別集》進行專書式研究。先從資料和人才的集聚洛
陽、博學思潮和圖書修撰風氣討論了《文章流別集》的編纂背景。又從子書
寫作和類書編纂討論《文章流別集》出現的可能性，《文章流別集》具有子書
性質，這與子書在魏晉時的復興背景相關，而類書編撰中的「類聚區分」也
給總集編撰提供了經驗。西晉流行的模擬寫作風氣，使《文章流別集》的產
生成爲必要，具有指導寫作的編撰宗旨。文章討論了總集和別集的起源、發
展和命名歷程，指出曹丕在文集發展史上的作用，以及書寫載體變化推動了
文集的繁榮，認爲《文章流別集》產生是集部發展自然而然的結果。《文章流
別論》的成書，反映了當時人文學觀念中已具備「文筆之辨」，且影響到具體
文體的排列；《文章流別論》中具體的文章理論基本是因襲前人和時賢的普遍
看法，它的主要價值並不在於對文體的深入辨析，而是將零散的文體論統籌
在一起。文章最後分析歸納了《文章流別集》的體例：整體依據文體分類；
文體之中又按時代、題材、形式等分類；類分之中各以時代先後排列作家；
篇前有總論，各體之下有分論。

參考文獻

基本古籍

經　部

1. 《周易正義》，《十三經注疏》本，北京：中華書局影印嘉慶刊本。

2. 《毛詩正義》，《十三經注疏》本，北京：中華書局影印嘉慶刊本。

3. 《周禮注疏》，《十三經注疏》本，北京：中華書局影印嘉慶刊本。

4. 《儀禮注疏》，《十三經注疏》本，北京：中華書局影印嘉慶刊本。

5. 《禮記正義》，《十三經注疏》本，北京：中華書局影印嘉慶刊本。

6. 《春秋左傳正義》，《十三經注疏》本，北京：中華書局影印嘉慶刊本。

7. 《周易集解纂疏》，〔清〕李道平撰，北京：中華書局 1994 年版。

8. 《尚書今古文疏證》，〔清〕孫星衍撰，北京：中華書局 1986 年版。

9. 《今文尚書考證》，〔清〕皮錫瑞撰，北京：中華書局 1989 年版。

10. 《尚書校釋譯論》，顧頡剛、劉起釪撰，北京：中華書局 2005 年版。

11. 《詩三家義集疏》，〔清〕王先謙撰，北京：中華書局 1987 年版。

12. 《周禮正義》，〔清〕孫詒讓撰，北京：中華書局 1987 年版。

13. 《禮記訓纂》，〔清〕朱彬撰，北京：中華書局 1996 年版。

14. 《禮記集解》，〔清〕孫希旦撰，北京：中華書局 1989 年版。

15. 《春秋左傳注》，楊伯峻編著，北京：中華書局 1990 年版。

16. 《孟子正義》，〔清〕焦循著，北京：中華書局 1987 年版。

17. 《說文解字》，〔漢〕許慎著，北京：中華書局 1953 年版。

18.《釋名疏證補》，〔漢〕劉熙撰，〔清〕畢沅疏證，〔清〕王先謙補，北京：中華書局 2008 年版。

19.《經典釋文序錄疏證》，〔唐〕陸德明撰，吳承仕疏證，北京：中華書局 2008 年版。

史　部

1.《國語集解》（修訂本），徐元誥撰，北京：中華書局 2002 年版。

2.《史記》，〔漢〕司馬遷撰，北京：中華書局 1982 年版。

3.《漢書》，〔漢〕班固等撰，北京：中華書局 1962 年版。

4.《後漢書》，〔劉宋〕范曄等撰，北京：中華書局 1982 年版。

5.《三國志》，〔晉〕陳壽撰，〔劉宋〕裴松之注，北京：中華書局 1982 年版。

6.《晉書》，〔唐〕房玄齡等撰，北京：中華書局 1974 年版。

7.《宋書》，〔梁〕沈約等撰，北京：中華書局 1974 年版。

8.《南齊書》，〔梁〕蕭子顯撰，北京：中華書局 1972 年版。

9.《隋書》，〔唐〕魏徵等撰，北京：中華書局 1973 年版。

10.《舊唐書》，〔五代〕劉昫等撰，北京：中華書局 1975 年版。

11.《新唐書》，〔宋〕歐陽修、宋祁撰，北京：中華書局 1975 年版。

12.《二十五補編》，北京：中華書局影印開明書店版。

13.《資治通鑒》，〔宋〕司馬光等著〔元〕胡三省注，北京：中華書局 1956 年版。

14.《兩漢紀》，〔漢〕荀悅、〔晉〕袁宏，北京：中華書局 2002 年版。

15.《東觀漢紀校注》，吳樹平校注，北京：中華書局 2008 年版。

16.《八家後漢書輯注》，周天游輯注，上海：上海古籍出版社 1986 年版。

17.《眾家編年體晉史》，喬治忠校注，天津：天津古籍出版社 1989 年版。

18.《華陽國志校補圖注》，〔晉〕常璩著，任乃強校注，上海：上海古籍出版社 1987 年版。

19.《水經注校證》，〔北魏〕酈道元注，陳橋驛校證，北京：中華書局 2007 年版。

20.《漢魏南北朝墓誌彙編》，趙超，天津：天津古籍出版社 2008 年版。

21.《漢唐地理書鈔》，〔清〕王謨編，北京：中華書局影印本。

22.《三輔黃圖校釋》，何清谷撰，北京：中華書局 2005 年版。

23.《三輔決錄》，〔清〕張澍輯，二酉堂叢書本。

24.《三輔決錄注》，〔清〕王仁俊輯，上海古籍出版社影印《玉函山房輯佚書續編》稿本，1989 年版。

25. 《通典》,〔唐〕杜佑著,北京:中華書局 1988 年版。

26. 《通志二十略》,〔宋〕鄭樵撰,王樹民點校,北京:中華書局 1995 年版。

27. 《七略別錄佚文 七略佚文》,〔清〕姚振宗輯錄,鄧駿捷校補,上海:上海古籍出版社 2008 年版。

28. 《漢書藝文志講疏》,顧實著,上海:上海古籍出版社 2009 年版。

29. 《四庫全書總目》,〔清〕紀昀等撰,北京:中華書局影印本。

30. 《史通通釋》,〔唐〕劉知幾著,〔清〕浦起龍通釋,上海:上海古籍出版社 2009 年版。

31. 《文史通義校注》,〔清〕章學誠著,葉瑛校注,北京:中華書局 1985 年版。

32. 《校讎通義通解》,〔清〕章學誠著,王重民通解,上海:上海古籍出版社 2009 年版。

33. 《十七史商榷》,〔清〕王鳴盛著,上海:上海書店出版社 2005 年版。

子 部

1. 《老子道德經注校釋》,樓宇烈校釋,北京:中華書局 2008 年版。

2. 《莊子集釋》,〔清〕郭慶藩集釋,北京:中華書局 2004 年第 2 版。

3. 《墨子校注》,吳毓江校注,北京:中華書局 1993 年版。

4. 《呂氏春秋集釋》,許維遹集釋,北京:中華書局 2009 年版。

5. 《白虎通疏證》,〔清〕陳立撰,北京:中華書局 1994 年版。

6. 《論衡校釋》,〔漢〕王充著,黃暉校釋,北京:中華書局 1990 年版。

7. 《潛夫論校正》,〔漢〕王符著,〔清〕汪繼培校正,北京:中華書局 1985 年版。

8. 《獨斷》,〔漢〕蔡邕著,《叢書集成初編》本。

9. 《人物志》,〔三國魏〕劉劭著,《四部叢刊》本。

10. 《古今注》,〔晉〕崔豹著,《叢書集成初編》本。

11. 《抱朴子外篇校箋》,〔晉〕葛洪著,北京:中華書局 1991 年版。

12. 《世說新語箋疏》,〔劉宋〕劉義慶著,余嘉錫箋疏,北京:中華書局 2007 年 2 版。

13. 《金樓子校箋》,〔梁〕蕭繹著,許逸民校箋,北京:中華書局 2011 年第 1 版。

14. 《初學記》,〔唐〕徐堅編,線裝書局影印日本宮內廳藏宋本。

15. 《初學記》,〔唐〕徐堅編,北京:中華書局 1985 年版。

16.《藝文類聚》，〔唐〕歐陽詢編，上海：上海古籍出版社1999年版。

17.《北堂書鈔》，〔隋〕虞世南編，北京：清華大學出版社2003年版影印本。

18.《太平御覽》，〔宋〕李昉等編，北京：中華書局，1960年2月版。

19.《群書治要》，〔唐〕魏徵等編，《四部叢刊》本。

20.《玉海》，〔宋〕王應麟編，揚州：廣陵書社2007年版。

21.《玉函山房輯佚書》，〔清〕馬國翰編，揚州：廣陵書社2005年版。

集　部

1.《楚辭補注》，〔漢〕劉向輯，〔宋〕洪興祖補，北京：中華書局1983年版。

2.《曹操集》，北京：中華書局1959年版。

3.《建安七子集》，俞紹初輯校，北京：中華書局2005年版。

4.《曹丕集校注》，魏宏燦校注，合肥：安徽大學出版社2009年版。

5.《曹植集校注》，趙幼文校注，北京：人民文學出版社1984年版。

6.《阮籍集校注》，陳伯君校注，北京：中華書局1987年版。

7.《嵇康集校注》，戴明揚校注，北京：人民文學出版社1956年版。

8.《陸士衡文集校注》，劉運好校注，南京：鳳凰出版社2007年版。

9.《陸士龍文集校注》，劉運好校注，南京：鳳凰出版社2010年版。

10.《潘黃門集校注》，王增文校注，鄭州：中州古籍出版社2002年版。

11.《摯太常遺書》，張鵬一輯《關中叢書》本，臺灣：藝文印書館。

12.《陶淵明集箋注》，袁行霈箋注，北京：中華書局2003年版。

13.《文選》，〔梁〕蕭統編，〔唐〕李善注，北京：中華書局影印胡刻本，1977年版。

14.《玉臺新詠》，〔梁〕徐陵編，北京：人民文學出版社影印趙均覆宋本。

15.《古文苑》，《四部叢刊》影印杭州蔣氏藏明成佛壬寅刊本。

16.《文館詞林》，〔唐〕許敬宗編，《古逸叢書》本。

17.《文館詞林校證》，〔唐〕許敬宗編，羅國威整理，北京：中華書局2001年版。

18.《樂府詩集》，〔宋〕郭茂倩編，北京：人民文學出版社影印傅增湘藏宋本。

19.《漢魏六朝百三名家集》，〔明〕張溥輯，南京：江蘇教育出版社2002年版。

20.《全上古三代秦漢三國六朝文》，〔清〕嚴可均編，北京：中華書局1958年版。

21.《先秦漢魏晉南北朝詩》，逯欽立編，北京：中華書局1983年版。

22. 《全漢賦校注》，費振剛等校注，廣州：廣東教育出版社 2005 年版。

23. 《文賦集釋》，〔晉〕陸機著，張少康釋，北京：人民文學出版社 2002 年版。

24. 《文心雕龍注》，〔梁〕劉勰著，范文瀾注，北京：人民文學出版社 1978 年版。

25. 《增訂文心雕龍校注》，〔梁〕劉勰著，楊明照校注拾遺，北京：中華書局 2005 年版。

26. 《文心雕龍注釋》，周振甫校釋，北京：人民文學出版社 1981 年版。

27. 《詩品箋注》，〔梁〕鍾嶸著，曹旭注，北京：人民文學出版社 2009 年版。

28. 《文鏡秘府論彙校彙考》，〔日〕遍照金剛著，盧盛江彙校彙考，北京：中華書局 2005 年版。

近人著作

1. 《經學通論》，〔清〕皮錫瑞著，北京：中華書局 1954 年版。

2. 《經學歷史》，〔清〕皮錫瑞著，周予同注，北京：中華書局 2008 年第 2 版。

3. 《劉申叔遺書》，錢玄同等整理，南京：江蘇古籍出版社 1997 年版。

4. 《五經源流考》，江竹虛著，上海：上海古籍出版社 2008 年版。

5. 《中國經學史》，馬宗霍著，上海：上海書店影印商務印書館 1937 年版。

6. 《周予同經學史論》，朱維錚編校，上海：上海人民出版社 2010 年版。

7. 《觀堂集林》，王國維著，北京：中華書局 1959 年版。

8. 《尚書學史》，劉起釪著，北京：中華書局 1989 年版。

9. 《尚書綜論》，蔣善國著，上海：上海古籍出版社 1988 年版。

10. 《三禮通論》，錢玄著，南京：南京師範大學出版社 1996 年版。

11. 《春秋左傳學史稿》，沈玉成、劉寧著，南京：江蘇古籍出版社 1992 年版。

12. 《中國學術思想史論叢》，錢穆著，北京：三聯書店 2009 年版。

13. 《漢晉學術編年》，劉汝霖著，上海：華東師範大學出版社 2010 年版。

14. 《四庫提要辨證》，余嘉錫著，北京：中華書局 1980 年版。

15. 《余嘉錫論學雜著》，余嘉錫著，北京：中華書局 1963 年版。

16. 《中國學術史·三國兩晉南北朝卷》，王志平著，南昌：江西教育出版社 2001 年版。

17. 《兩漢象數易學研究》，劉玉建著，南寧：廣西教育出版社 1996 年版。

18. 《鄭玄通學及鄭王之爭研究》，史應勇著，成都：巴蜀書社 2007 年版。

19. 《〈尚書〉鄭王比義發微》，史應勇著，上海：華東師範大學出版社 2011 年版。

20. 《古書通例》，余嘉錫著，北京：中華書局 2007 年版。

21. 《中國古文獻學史簡編》，孫欽善著，北京：北京大學出版社 2008 年版。

22. 《目錄學發微》，余嘉錫著，北京：中華書局 2007 年版。

23. 《中國目錄學史》，姚名達著，上海：上海古籍出版社 2005 年版。

24. 《古籍目錄與中國古代學術研究》，高路明著，南京：江蘇古籍出版社 1997 年版。

25. 《魏晉南北朝目錄學研究》，唐明元著，成都：巴蜀書社 2009 年版。

26. 《史記研究》，張大可著，北京：商務印書館 2011 年版。

27. 《漢書考索》，朱東潤著，上海：華東師範大學出版社 1996 年版。

28. 《秦漢文獻研究》，吳樹平著，濟南：齊魯書社 1988 年版。

29. 《注史齋叢稿》（增訂本），牟潤孫著，北京：中華書局 2009 的版。

30. 《中國史學史》，金毓黻著，石家莊：河北教育出版社 2003 年 2 版。

31. 《魏晉南北朝史論集》，周一良著，北京：北京大學出版社 2010 年 2 版。

32. 《魏晉史學的思想與社會基礎》，逯耀東著，北京：中華書局 2006 年版。

33. 《中國史學史·魏晉南北朝隋唐時期》，瞿林東著，上海：上海人民出版社 2006 年版。

34. 《秦漢魏晉史探微》（重訂本），田餘慶著，北京：中華書局 2011 年 3 版。

35. 《兩漢魏晉南北朝宰相制度研究》，祝總斌著，北京：中國社會科學出版社 1990 年版。

36. 《材不材齋史學叢稿》，祝總斌著，北京：中華書局 2009 年版。

37. 《品位與職位：秦漢魏晉南北朝官階制度研究》，閻步克著，北京：中華書局 2003 年版。

38. 《從爵本位到官本位——秦漢官僚品位結構研究》，閻步克著，北京：三聯書店 2009 年版。

39. 《士大夫政治演生史稿》，閻步克著，北京：中國人民大學出版社 2009 年版。

40. 《樂師與史官——傳統政治文化與政治制度論集》，閻步克著，北京：三聯書店 2004 年版。

41. 《天下一家——皇帝、官僚與社會》，邢義田著，北京：中華書局 2011 年版。

42. 《地不愛寶——漢代的簡牘》，邢義田著，北京：中華書局 2011 年版。

43. 《清水茂漢學論集》，〔日〕清水茂著，北京：中華書局 2003 年版。

44. 《漢唐間史學的發展》，胡寶國著，北京：商務印書館 2003 年版。

45. 《漢唐間史學的發展》（修訂本），胡寶國著，北京：北京大學出版社 2014 年版。

46. 《中國造紙史》，潘吉星著，上海：上海人民出版社 2009 年版。

47. 《中國出版通史・魏晉南北朝卷》，周少川著，北京：中國書籍出版社 2008 年版。

48. 《魏晉玄學論稿》，湯用彤著，上海：上海古籍出版社 2001 年版。

49. 《魏晉玄學史》，余敦康著，北京：北京大學出版社 2004 年版。

50. 《玄學與魏晉士人心態》，羅宗強著，天津：南開大學出版社 2003 年版。

51. 《魏晉玄學與文學思想》，盧盛江著，南昌：百花洲文藝出版社 2010 年版。

52. 《魏晉清談思想初論》，賀昌群著，北京：商務印書館 1999 年版。

53. 《士與中國文化》，余英時著，上海：上海人民出版社 2003 年版。

54. 《才性與玄理》，牟宗三著，長春：吉林出版集團有限責任公司 2010 年版。

55. 《郭象與魏晉玄學》，湯一介著，北京：北京大學出版社 2009 年版。

56. 《玄智、玄理與文化發展》，戴璉璋著，臺北：中央研究院中國文哲研究所 2002 年版。

57. 《中國中古文學史講義》，劉師培著，劉躍進講評，南京：鳳凰出版社 2011 年版。

58. 《文心雕龍札記》，黃侃著，上海：上海古籍出版社 2000 年版。

59. 《照隅室古典文學論集》，朱東潤著，上海：上海古籍出版社 2009 年第 2 版。

60. 《中古文學系年》，陸侃如著，北京：人民文學出版社 1985 年版。

61. 《管錐編》，錢鍾書著，北京：三聯書店 2007 年版。

62. 《中古文學史論》（重排本），王瑤著，北京：北京大學出版社 1998 年 2 版。

63. 《程千帆選集》，莫礪鋒編，瀋陽：遼寧古籍出版社 1996 年版。

64. 《逯欽立文存》，逯欽立著，北京：中華書局 2010 年版。

65. 《中古文學史料叢考》，曹道衡、沈玉成著，北京：中華書局 2003 年版。

66. 《中國文學家大辭典・先秦漢魏晉南北朝卷》，曹道衡、沈玉成著，北京：中華書局 1996 年版。

67. 《中古文史叢稿》，曹道衡著，保定：河北大學出版社 2003 年版。

68. 《中古文學史論文集》，曹道衡著，北京：中華書局 1986 年版。

69. 《魏晉文學》，曹道衡著，合肥：安徽教育出版社 2001 年版。

70. 《蕭統評傳》，曹道衡、傅剛著，南京：南京大學出版社 2001 年版。

71.《沈玉成文存》，劉寧編，北京：中華書局 2006 年版。

72.《異域之眼》，〔日〕興膳宏著，戴燕譯，上海：復旦大學出版社 2006 年版。

73.《中國古代文體概論》（增訂本），褚斌傑著，北京：北京大學出版社 1990 年版。

74.《漢唐文學的嬗變》，葛曉音著，北京：北京大學出版社 1990 年版。

75.《八代詩史》（修訂本），葛曉音著，北京：中華書局 2007 年版。

76.《先秦漢魏六朝詩歌體式研究》，葛曉音著，北京：北京大學出版社 2012 年版。

77.《賦史》，馬積高著，上海：上海古籍出版社 1987 年版。

78.《魏晉南北朝賦史》，程章燦著，南京：江蘇古籍出版社 2001 年版。

79.《先秦兩漢文學批評史》，顧易生、蔣凡著，上海：上海古籍出版社 1990 年版。

80.《中國文學批評通史·魏晉南北朝卷》，王運熙、楊明著，上海：上海古籍出版社 1996 年版。

81.《兩漢魏晉南北朝文學批評資料彙編》，柯慶明、曾永義編，臺北：成文出版社 1978 年版。

82.《魏晉南北朝文論全編》（修訂本），穆克宏、郭丹編著，南京：江蘇教育出版社 2004 年第 2 版。

83.《魏晉南北朝文論選》，郁沅、張明高編選，北京：人民文學出版社 1996 年版。

84.《魏晉南北朝詩歌史論》，傅剛著，長春：吉林教育出版社 1995 年版。

85.《〈昭明文選〉研究》，傅剛著，北京：中國社會科學出版社 2000 年版。

86.《秦漢文學編年史》，劉躍進著，北京：商務印書館 2006 年版。

87.《秦漢文學論叢》，劉躍進著，南京：鳳凰出版社 2008 年版。

88.《魏晉詩歌藝術原論》，錢志熙著，北京：北京大學出版社 2005 年版。

89.《中國古代文體學研究》，吳承學著，北京：人民出版社 2001 年版。

90.《漢代文學思想史》，許結著，北京：人民文學出版社 2010 年版。

91.《漢代文人與文學觀念的演進》，于迎春著，北京：東方出版社 1997 年版。

92.《〈文選〉編纂研究》，胡大雷著，桂林：廣西師範大學出版社 2009 年版。

93.《摯虞研究》，鄧國光著，香港：學衡出版社 1990 年版。

94.《文章體統——中國文體學的正變與流別》，鄧國光著，上海：上海古籍出版社 2013 年版。

95.《西晉文學考論》，俞士玲著，南京：南京大學出版社 2008 年版。

96.《陸機陸雲年譜》，俞士玲著，南京：鳳凰出版社 2009 年版。

97.《東漢社會變遷與文學演進》，陳君著，北京：中國社會科學出版社 2012 年版。

98.《潘岳研究》，王曉東著，上海：上海古籍出版社 2011 年版。

99.《中國文選學》，北京：學苑出版社 2007 年版。

100.《中外六朝文學研究文獻目錄》，洪順隆主編，臺灣：文津出版社 1987 年版。

學位論文

1.《晉代史學研究》，宋志英，南開大學 2002 年博士學位論文。

2.《三國吳地文化與文學》，徐昌盛，北京大學 2008 年碩士學位論文。

3.《左思〈三都賦〉研究》，王紫微，北京大學 2010 年碩士學位論文。